JN124903

新編 下田歌子著作集

よもぎむぐら 上

監修 実践女子大学下田歌子記念女性総合研究所
校注 久保貴子

下田歌子肖像写真
（明治二十四年・写真師 武林盛一による撮影）
実践女子大学図書館所蔵

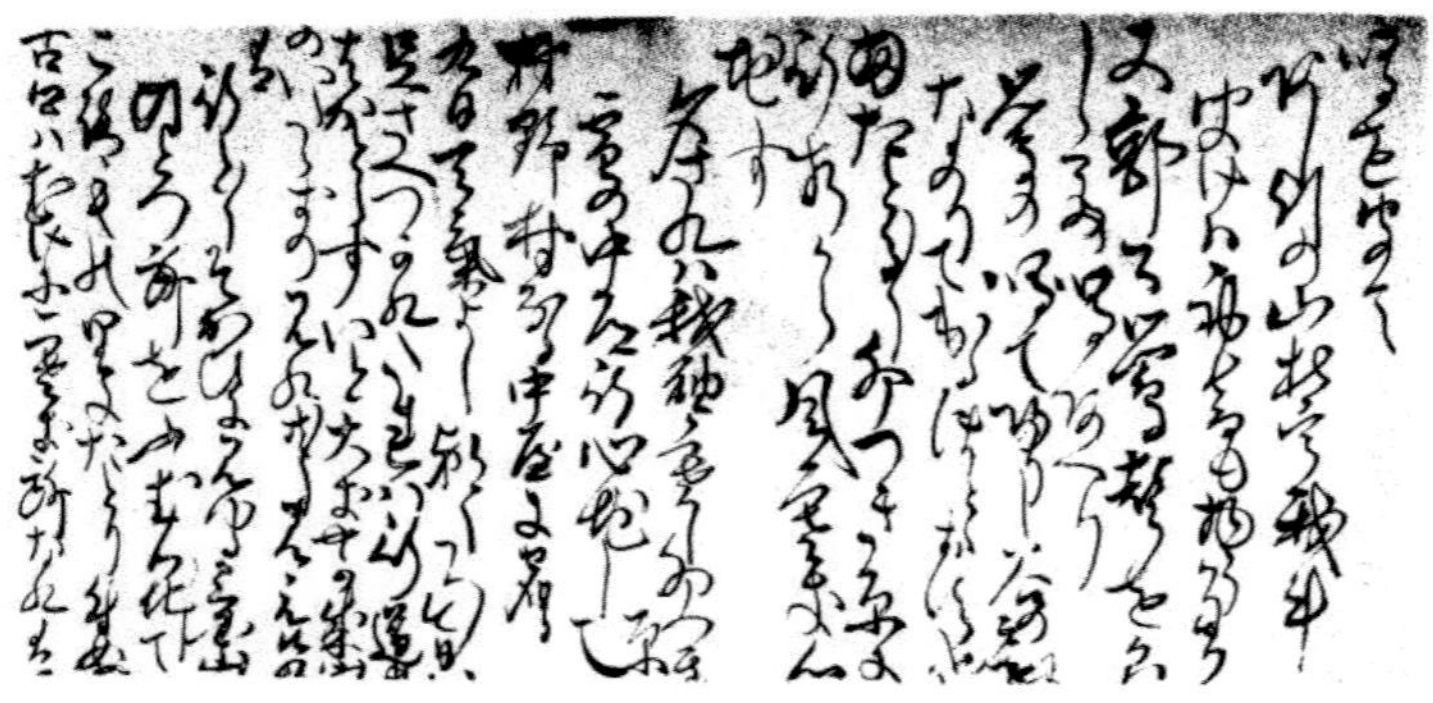

東路之日記（明治四年）

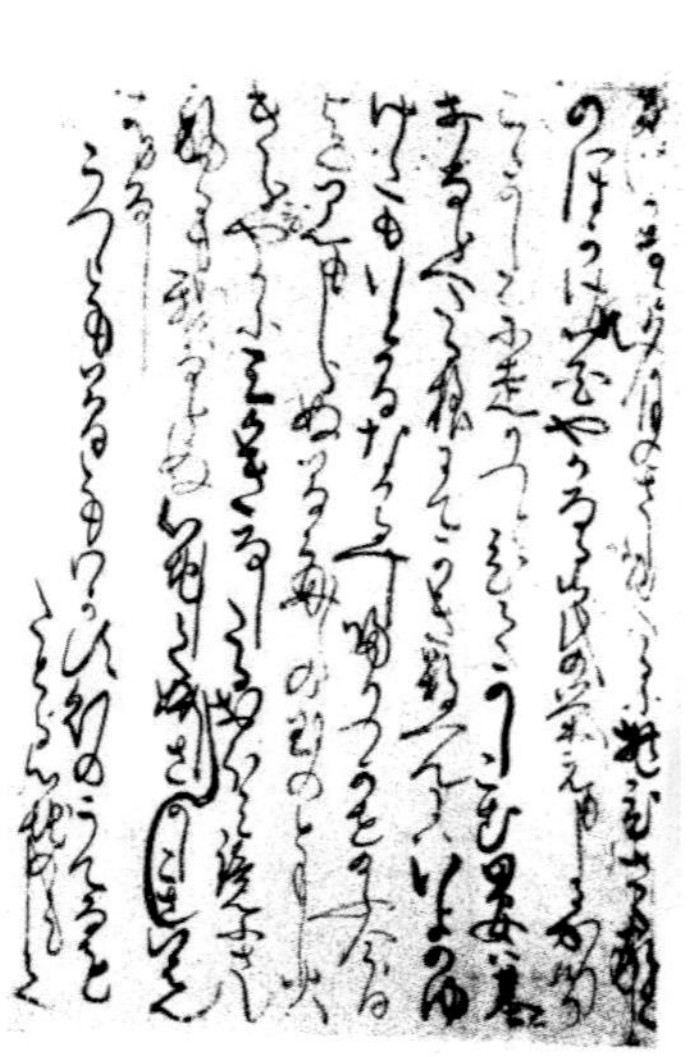

濱御殿に候して（明治六年）

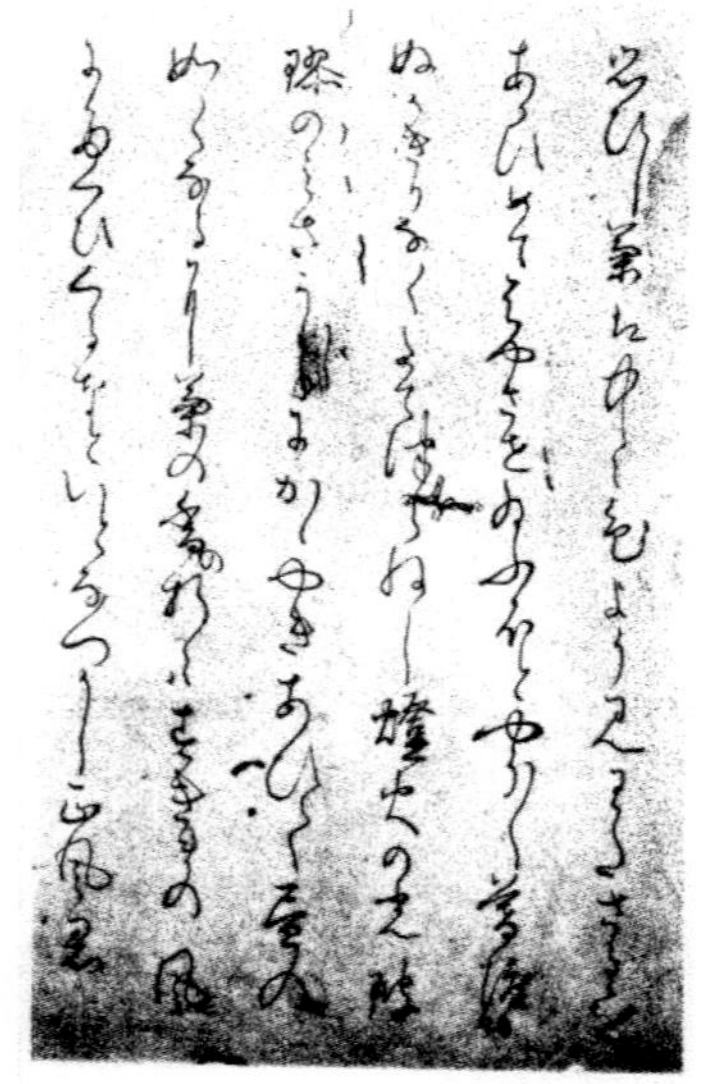

御苑觀楓伺候之記（明治九年）

はしがき

今年は已に世俗に謂ふ喜壽の齡を算ふる年となりました。回顧すれば、自分の生涯は甚だ變化多く、隨分波瀾も少なくなかつたのであります。或時は殆ど生命を賭して事に當つた場合もあり、或時は、隱遁の念に驅られて、閑地を探らうとしたこともありましたが、かけまくもかしこき、皇恩を思ひては、微力の及ばん限り、なほ魯鈍に鞭ちて、露ばかりだに、今少し奉公の義を致したきものと、心ばかりは焦りつゝ、ありしながらに在りつゝも、匪德匪才の身には、常に事心と違ひ、思ふ所の百分の一だも盡し得ず、碌々として今日に至りました事を思へば、慚愧に堪へぬ次第であります。

かくも年齡の長ずるに從ひ、近き肉身の情に惠まれぬ身にありては、たゞ〳〵熱烈なる愛の、いとほしさをしへ子の上にのみ注がるゝ所から、彼等の爲に、幸福を加ふることは能はずとも、せめては、心配をだにかけたく無いとのみ考へましたので、嘗て還曆の齡に達する頃から、諸子はより〳〵に謀りて、壽像を建てんと請ひ、又は碑文を彫らんと言ひ、或は歌集や著作を刊行せよと勸め、種々の企てをして、內諾を懇請されましたけれども、血を分けた生(うみ)の子でさへ、數人の兄弟の中、殆ど皆が親の爲に、有形無形ともに盡し得ても、其の中一人の子でもが、萬一餘儀無き事情に妨げられて盡し得ぬとしたらば、親はどんな心地が致しませう。それは寧ろ爲し能ふ子等に爲して貰はぬ方が、思ひても爲し能はぬいとほしき子の爲に嬉しいと思ふのでありませう。師父の弟子に對するも亦同様ではありますまいか。

かゝる不景氣時代に遭遇した爲に、たづき無くなつた向きさへ無きにしもあらぬのに、其さへ非力の自分には、全く救ひ得ぬのであります。ですから、何もせぬが可い。何もしなければ、ある少數の愛兒に悲しみを與へない譯であると斯う言ふのが、自分が第一の考であり、又第二には、壽像や碑を建てぬ事は、自分が年來の持論で、深く吾が運命の孤獨なるを悟ると同時に、すべて無に歸したいと考へ詰めたからであります。

故に、嘗てある事情から、已む無くして、著作もし出版も致しましたが、其の數種の拙著の如きも、大正十二年の震災に灰燼になつたのは、却つて自然の攝理であらうと考へたから、其の後少しく增補して再版せぬかとの勸誘も退けて、今日に至つたのであります。

然るに、未知の人からも、古本でも可いから欲しいと、拙著のある種のものに對する要求もあつたし、未だ意に滿たぬ腰折歌を、何時の間にやら、寫して秘めらるゝをしへ子もありなどして、とう〳〵諸子の懇請に負け、すべてを許すことになつてしまひました。其故、歌集の如きは全く筐底のしみの棲家より拾ひ出して見たので、夢の如き維新以前などの忍ぶ草に外ならぬのであります。が、たゞ此の様な老人の世に後れたる獨語の、現代人に幾何要求せらるべきものにもあらずと浸々感じますから、やはりなるべく皆に心配をかけぬ方法にしたのであります。これも所謂「老いては子に從ふ」の古語にふさはしき老人のしわざでありませう。

扨此の叢書の第一巻は、自分の少年時代のものより、大正年中迄の間に記したものであります。此の中には省いても善いと思ふものもあり、又ある時のは記して置きたかつたのにと、後から少し残念に思ふものもありますけれども、筆を執る時間が少しも無かつたり、後で書かうと思つて書きかけて止めたりしたものがあつたりして、誠に意に滿たないものが多いのでございます。

殊に明治大正の御世に亘りて、自分の深く心に印し、後進又はゆかりの人丈にでも伺はせたいと考へる所の、恐れながら畏き御邊りの御偉徳の一端に關しましては、他日硯を洗ひ筆を新たにして謹記し置き度いと存じます。且是に對しては猶外に少しく考ふる所もありますから、かたがた以て遺憾ながら、此度はすべて御遠慮申上ぐる事と致しました。けれども何分自分の生涯は、恐れ多いが、さる御邊りの事に關係する場合も少なく無いので、何うしてもあるものは、全然省くといふ事は不可能ですから、已むを得ぬのは省かぬ事と致しました。が、何分古きは六十餘年の昔に溯る事で、殆ど隔世の感があり、從つて多少の思ひ違ひも誤謬もありませうし、文章も亦甚だ拙いのでありますけれども、なるべく其の儘に存した次第でありますから、是等も豫め御斷り申して置きます。

昭和七年十月

著者

よもぎむぐら 上　目次

凡例

一、本書の底本には『香雪叢書第一巻「紀行　随筆　よもぎむぐら」』（昭和七・一九三二年、実践女学校出版部、実践女子大学下田歌子記念女性総合研究所所蔵）一冊を用いた。
一、各作品の扉題は、底本の下田歌子自筆による内題を配した。
一、収載作品中、著者の自筆原稿が実践女子大学・同短期大学部図書館に所蔵されている場合、適宜写真を掲載した。
一、旧字体が用いられている底本の漢字は新字体に改めた。
一、句読点、読み仮名（ルビ）、踊り字などは底本のまま活かし、旧仮名遣いのままとした。
一、校注は、文頭や語頭に[　]として番号を付け、奇数頁に記した。
一、注の内容が重複する場合、前掲の注を示し、省略した。
一、できる限り底本を尊重したが、明らかな誤植（固有名詞など）については、正しいと判断されるものを注記した。
一、注に引用した和歌は、『新編国歌大観』（角川書店）所収本により、巻数・部立・歌番号の順で表記した。それ以外の引用は、『新編日本古典文学全集』（小学館）所収本によった。
一、本文中に、今日の視点から見た場合、人権上不適切な表現が用いられている箇所があるが、歴史的資料としての性質から、底本どおりとした。
一、巻末に「下田歌子と実践女子学園　略年譜」「下田歌子と実践女子大学下田歌子記念女性研究所関係　略年譜」「和歌口語訳」「索引」を掲載した。

明治四辛未四月稲荷

東京之地記

能尾

壺齋子

東路之日記（明治四年）

[1]辛未四月八日、

東なる[2]祖父君を尋ね参らせんとて立ちいづ。別れにのぞみて、

仮初のわかれながらも夏草のはずゑ露けき道の空かな

山田といふ所に至る。卯の花咲きたり。

足引の山田のくろの卯の花を衣に重ねて今日やたゝまし

つゝじは移ろひて卯の花多し。とある沼の汀にかきつばた咲き出でたるだにめでたきを、藤さへ盛なり。

かきつばたにほふ汀に藤の花同じゆかりの色にさきけり

[1] 明治四（一八七一）年。下田歌子は、満十六歳。

[2] 東条琴台（寛政七・一七九五—明治十一・一八七八）。儒学者。著書『伊豆七島図考』により幕府の咎めを受け、明治維新までの十八年間を越後国高田（現在の新潟県上越市）で暮らした。その後、明治政府に徴されて上京し、神祇官宣教少博士に着任した。晩年は、亀戸天神社の宮司となったが、眼を病んで失明し、亡くなった。八十四歳。

山路にかゝる折、杜宇（ほとゝぎす）の鳴くを聞きて、

あし引の山杜宇我ばかり聞けば初音ものの憂かりけり

又杜宇、鶯、声をかはして鳴きあへるに、

鶯の鳴きて帰りし谷の戸をなのりて出づるほとゝぎすかな

かくてたどる〳〵卯つぎ原にかゝる。風少し寒き心地す。

夕されば我が袖寒し卯つぎ原雪の中道行く心地して

[3]柿野村なる中屋に宿る。

九日、天気よし。朝たつ。今日は足さへ労れたれば、行く道もはかどらず。さるは駕籠に乗り出で立ちたれど、一里も行かぬ間に、胸悪くなり頭痛みて吐気を催しければ、乗り捨てゝ小さき手荷物などばかり駕籠には入れて行く。いと大きやかなる山のいたゞき、振りかへり〳〵して、見れども〳〵見えければ、

行けど〳〵そがひに見えつ三国山ひとつ所をふむ心地して

[4]錦着て立ちかへらずば三国山またふたゝびは越えじとぞ思ふ

[5]ころもの里にたどり着きぬ。こゝはいと寒き所なれば、単衣二つ重ねて着るに、なほ寒し。去年も此の道をよぎりたるに、など思ひいでつ。

夏もまだ風寒ければ麻衣かさねてこゝにきたる今日かな

夜に入りて[6]岡崎藩なる[7]武久がり訪ひて、母方の[8]祖母君叔父君などに巡り逢ひ、くさ〴〵の物語りす。

十日、天気よし。

十一日、天気よし。ひるより少し曇る。

十二日、天気よし。

十三日、天気よし。岡崎にて人々寄り集ひて、三日四日の日をあだに暮しつ。

十四日、天気よし。空は霞深し。岡崎をたつ。[9]藤川の里に着くに、紫色のきぬ染めて許多（あまた）掛けつらねたり。

　染めたるはたが衣ならん紫のゆかりゆかしき藤川の里

扨、[10]御油（ごゆ）を過ぎて行く。こゝら辺（わたり）の土地いと広らかにて、麦よく穂に出でたり。賎の男等遠近に居り。

[3]　現在の岐阜県土岐市鶴里町柿野。

[4]　美濃国・三河国・尾張国の峠で詠じた、下田歌子の代表歌。岐阜県岩村城址公園には、この歌を刻んだ「下田歌子顕彰碑」が設置されている。また、岐阜県立自然公園内にある三国山頂上付近にも、同歌の歌碑が建立されている（一九五八年）。自撰歌集『雪の下草』（『香雪叢書　第二巻』）には、初句「綾錦」とする。

[5]　愛知県豊田市の旧称である挙母（ころも）の古い呼び名で、歌枕。

[6]　三河国岡崎（現在の愛知県岡崎市）を本拠地とした譜代藩。岡崎城は、徳川家康の生誕地。

[7]　武久氏のもとを。母・房子（ふさ、とも）は、岡崎藩士武久氏の出自。「平尾家過去帳（平尾家家系畧記）」には、「天保元（一八三〇）年生　明治三十八年　六月房子霊位　旧岡崎藩士武久元右ヱ門長女　鍒藏之妻、女歌子男鍗藏ヲ生ム　行年七十六歳　東京麻布光林寺ニ葬ル」（下田歌子資料　登録番号二八七〇）とある。

[8]　未詳。

[9]　現在の愛知県岡崎市。東海道五十三次の宿場。

大麦の穂なみかたよせ吹く風に一むらなびく賤が菅笠

[11]豊橋なる桝屋に宿る。

十五日、朝たつ。今日は薄曇なり。日は高くいでたり。遊びども打ちむれ居て、くるひあざれたり。

人目には吉田とみれど豊はしのながれて渡るうきせなるらん

[12]吉田と二川とのあはひなる[13]岩屋の観世音へは少し廻り道なれども、此所迄来たるかひに、いざ高ね迄とて登る。

御仏の道はしらねどしほみ坂われも高ねに引かれきにけり

二川をすぎ[14]白すかに至る。浦曲(うらわ)のさまいと興あり。

白妙の袖ふりはへて白すかの浜の白すを行きかへりしつ

[15]荒井の海に近づけども、今日は浪いと静かなり。

遠つ近江荒井の浜は近けれど浪のひゞきは聞えざりけり

荒井の渡を越ゆるに、此方の淵はおだやかなれど、沖の方は浪いと高し。[16]舞坂を過ぎて[17]浜松にたどり着く。まひるの頃あつかりしも、風そよ〳〵と吹き出でて心地いとよし。

立ちよれば袂にかよふうら風も秋の声する浜松の里

十六日、曇る。浜松を立ち、[18]見付を過ぎて[19]袋井に至る。此所より車にのりて行くにいと早し。

小石原きしる車のいち早くそがひに成りぬ袋井の里

[20]掛川を行くほど、をかしき雲のたゝずまひを見る、さてよめる、

越えぬべき[21]さよの中山如何ならん雲こそかゝれかけ川の里

[22]日坂の宿に着く。

十七日、朝立つ。雨ふり出でんとす。

[10] 現在の愛知県豊川市。東海道五十三次の宿場。

[11] 現在の愛知県東南端。

[12] 現在の愛知県豊橋市東部。東海道五十三次の宿場（吉田宿・二川宿）。

[13] 赤石山脈の南端火打坂（豊橋市大岩町）にある岩屋観音堂。古来世人によく知られ、信仰を集めた。

[14] 現在の静岡県南西端、湖西市。東海道五十三次の宿場。

[15] 新居のこと。現在の静岡県湖西市南東部。東海道五十三次の宿場で、重要な関所があった（今切（いまぎれ）の関）。

[16] 舞阪のこと。現在の静岡県浜松市、浜名湖湖口の東岸。江戸時代には、対岸の新居宿への渡船場があり、東海道五十三次の宿場として栄えた。

[17] 静岡県西部の浜松市。もとは東海道五十三次の宿場。

[18] 静岡県磐田市。もとは東海道五十三次の宿場。

[19] 静岡県南西部の袋井市。もとは東海道五十三次の宿場。

[20] 静岡県南西部の掛川市。もとは東海道五十三次の宿場。

[21] 静岡県掛川市日坂（にっさか）と島田市の旧金谷町の間にある東海道の難所。夜泣石伝説も有名。古くは「さやの中山」と呼ばれた。歌枕で、紀友則「あづまぢのさやの中山なかなかになにしか人を思ひそめけむ」（東海道にある佐夜の中山ではあるまいに、なまじっか、なんであの人を恋しく思うようになってしまったのだろう。『古今和歌集』第巻十三・恋歌二・594）が初出。

[22] 静岡県掛川市。小夜の中山の西口に位置し、もと東海道五十三次の宿場。

行く先は猶いかならんうき雲の高ねにまよふさよの中山

ゆくてはきり立ち籠めて、道見えわかず。

東路のさよの中山なかばきてたどりぞかぬる霧の中道

雨いとはげし。

さして行くをがさかたぶけふる雨のしのをこそつけさよの中山

是より[23]金谷の原にかゝる。[24]大井川の下つ瀬、矢口の橋を渡らんとて行く。此の原にて徳川氏の家人たちの、いとやつ〳〵しく見えたるが、遠近ありく。心にいたみて、

たち馴れし錦に更ふる細布の打ちあはぬ世をさぞうらむらん

大井川、矢口の橋を渡る。

[25]藤枝と[26]岡部とのあはひ[27]横打といふ所は、古き岩邑の[28]知行所なりければ、今も猶ゆかりの人多くてとゞめらる。そは、此の村人、嘗てこゝに在しつるわが[29]曾祖父の徳を慕ひて、祠をたてゝあれば詣でよといはるゝ儘にゆきて見れば、大なる榎のもとに小さき祠あり。御名のみ聞きて見しことも無き人なれば、いとゞ知らぬ昔の懐かしき心地して、さゝげ物などして、暫時(しばし)をがみぬ。

十八日、曇る。岡部、うつの山をすぐ。こは[30]在五中将の、[31]ゆめにも人にとうたはれしは昔にて、今は開けに開けて行きかひの人多し。

古し世の跡もとゞめず高ねまで大路開けぬ[32]つたの細道

かごにも少し馴れて、今日は打ち乗りつ。眠り〳〵ぞ行く。

するがなるうつの山路のうつゝをばゆめにも知らで我は越えけり

[33]まりこの里に至る。此里にこてまりと呼ぶ花咲きたり。

数ふればまりこの里にこてまりの花二つ三つ咲き初めにけり

行き〳〵て[34]駿河の国府に至る。さて過ぎ行くほど、[35]三保の松原遠方に見ゆ。

[23] 静岡県島田市。大井川西岸にあり、東海道五十三次の大井川渡しの宿場。
[24] 静岡県中部を南流する川。赤石山脈に源を発し、駿河湾に注ぐ。長さ一六八㎞。
[25] 静岡県藤枝市。もとは東海道五十三次の宿場。
[26] 静岡県藤枝市北東部。もとは東海道五十三次の宿場。
[27] 静岡県静岡市。横内。
[28] 享保二十（一七三五）年岩村藩主松平乗賢は西之丸老中となり、西美濃と駿河とで一万石を加増された。駿河領十五ヶ村の統治のため、横内に陣屋を置いた。陣屋は、朝比奈川と旧東海道（現在の県道八一号線）の間で、横内橋の北側にあった。
[29] 平尾鍬蔵（他山）は、文政年間に郡奉行を務めた。
[30] 平安前期の歌人。「在五」は在原氏の五男の意。位が近衛中将であったところから在原業平の異名。
[31] 「駿河なる宇津の山べのうつつにも夢にも人にあわぬなりけり。」（駿河の国の宇津の山のほとりに来ると、ものさびしく人けもない。現実にはもとより、夢の中にも、あなたにお逢いできないものだよ。『新古今和歌集』巻第十・羇旅歌・904、『伊勢物語』・九）
[32] 蔦がおいしげって幅が細くなっている道。宇津の山越えの道（宇津谷峠）をさすことが多い（『伊勢物語』・九に「宇津の山にいたりて、わが入らむとする道は、いと暗う細きに、つたかえでは茂り、」とある）。
[33] 丸子。鞠子とも。静岡県静岡市。もとは東海道五十三次の宿場。

天乙女衣かけゝんふることも今なほ残る三保の松原

松原きり立ちこめたるが、ところ〲ほの見ゆ。

立ち渡る雲と霧との中空にほの〲見ゆる三保の松原

八百日行く浜の真砂路跡とめてふたゝび開く千代の古道

限りなき沖つ海原こぎつれて空に消え行くあまのつり舟

もしほ草まじる真玉はなけれども都のつとにあつめてぞ行く

[36]由井の浜辺に宿る。波の音はいと高けれど、いたくつかれたるけにや、熟くねぶりぬ。

十九日、雨ふる。

下紐をゆゐの浜風なみの音もしらで長閑に結ぶゆめかな

[37]蒲原を過ぎて[38]吉原、[39]原にかゝる。天気だによくば、富士を一目に見るべき絶景の勝地なりと聞けど、雨のみふり暮してかひなし。

富士のねも[40]田子の浦辺もしら雲にかさなる物はうらみなりけり

雨雲を恨みつぶやきつゝ、行く〲少し霧の晴間に見ゆる方を問へば、[41]浮島が原なりとこたふ。

宿るべきみしまも見えずかきくらす雲のもなかにうき島が原

[42]三島に宿る。雨いとはげし。

二十日、雨ふる。三島を立ちて箱根山を越ゆ。雨はげし。かごに打ちのりて行く。高峯にかゝりけるに、かごにゆられたる為か、心地すが〲しからず。辛うじて人に助けられて、下りて歩む。

かくて後、兎角心地悪くて、又日記も書かずなりぬ。

因に記す。[43]わが父君は、去年、神祇官より藩主に仰せごとありて、宣教師といふを召されけるが、その職に選ばれて、既に東京丸之内なる[44]鍛冶橋の藩邸に在しませば、其所にとて出でたちつるなり。供には、父君が八歳の時より仕へたりといふ老爺[45]高智文蔵といふ人、六十に余りて隠居したるが、なほ健かなれば

[34] 静岡県静岡市。府中宿で、もとは東海道五十三次の宿場。

[35] 静岡県清水市の三保半島の海岸砂丘に連なる松の防風林。富士山を望む白砂青松の景勝地。御穂神社の前浜に羽衣の松がある。

[36] 由比、由居とも。静岡県中部、薩埵(さった)峠東側のふもと。静岡県静岡市。由比宿は、もとは東海道五十三次の宿場。

[37] 静岡県中部、富士川河口の西岸で駿河湾に面する。静岡県静岡市。もとは東海道五十三次の宿場。

[38] 静岡県富士市。もとは東海道五十三次の宿場。

[39] 静岡県沼津市。もとは東海道五十三次の宿場。

[40] 富士川東岸の富士市田子の浦港の一帯をさすか。歌枕で、山部宿禰赤人「田児の浦ゆうち出でて見れば真白にぞ不尽の高嶺に雪は降りける」(『万葉集』・巻第三・318)などで知られる。

[41] 静岡県東部愛鷹(あしたか)山南麓と富士川などによって形成された砂洲(東田子ノ浦砂丘・千本浜砂丘)との間に形成された低湿地帯。浮島沼とも。

[42] 静岡県三島市。もとは東海道五十三次の宿場。

[43] 父・平尾鍒蔵は、明治三(一八七〇)年神祇官宣教使史生に就任する(「辞令　宣教掛仰付」下田歌子資料　登録番号一四三九)

[44] 岩村藩上屋敷、現在の東京都千代田区丸の内二—七—一。

とて、その老爺と、其の[46]女(むすめ)の鉄女といふをゐて来つるなれば、いと心安くて、のどかに思ふ事なき旅路なりき。

[45] 高智文蔵（文化十・一八一三年─明治八・一八七五年、六十三歳）は、駿河国岩村藩領飛地横内村生まれ、水野吉兵衛三男、岩村藩士高智丈太夫養子。墓が現在の岐阜県恵那市岩村町の大名墓地内にある。

[46] 父・高智文蔵、母・茂代（郡上八幡青山藩松山家より婚姻、明治三十一・一八九八年歿）の二女（明治三十九・一九〇六年歿、五十四歳）。父母、兄・鼎夫妻と共に、墓が現在の岐阜県恵那市岩村町の大名墓地内にある。

演説概略に際して

（明治六年）

浜御殿に候して（明治六年）

十月の二十日余り五日にかありけん。[1]后の宮、[2]御垣の外なる言の葉の花をもつどへてみそなはさむとて、[3]浜殿へ渡らせ給ひぬ。風なき海の面しづかに紫立ちたる雲のけはひ、春ならねどもいとのどかなり。時は猶秋なるを、四方のうら〳〵打ちかすみて、春めきたる空のけしきも、万づ新たまるおきてに従ふにかとおぼえてかしこし。程も無く参りつきぬ。かゝるほどに蹄の音高う聞えて、はやう御車は着かせ給ふと、つかさ人達西東に打ちそよめき、[4]けいめいし歩くさまおごそかなり。おほゆかには青き赤きあや織の敷物しき、白き大和織の[5]御帳などうるはしうしなさせ給へり。流石になまめいたる女房達のすきかげほのめきて、

[1] 明治天皇皇后美子、後の昭憲皇太后（嘉永三・一八五〇―大正三・一九一四年）。文藻に秀で、和歌集に『昭憲皇太后御集』がある。
[2] 宮中、禁中。
[3] 浜御殿。江戸時代から明治時代の浜離宮の別称。
[4] 準備に精を出して歩きまわる様子。

[6]白妙の[7]袿衣（うちぎ）はまだきに雪の色をうばひ、紅の袴はなほ入日の影をとゞむるに似たり。さと薫りくる追風、懐しくをかし。

　　花鳥の錦のとばり長閑にて春にしられぬ梅が香ぞする

南おもてに[8]椅子（いし）たてさせて御覧ぜさせ給ふなるべし。けふは[9]米田（こめた）侍従長の姨（をば）[10]本子といふ人と、[11]間宮の八十子と、[12]跡見花蹊女とを召し給ひしなりけり。即ち浦秋といふ題給はらせたり。人々絵嶋、和歌のうらとり〴〵に春秋の情趣（なさけ）あつむる中に、[13]あまの子のみ筆のたちども定めかねてたゞよはしげなるさまよ、いと人悪かりけんと、[14]打ちひそまれぬ。[15]かのゐあはせならましかば、おのれぞ負け方なる。あな苦しと打ち歎きて、

　　おも白く見ゆるゐしまもあるものをたどりわづらふ歌の中山

かゝるほどに、珍らかなる海山のみさかなあまた取りとゝのへ、てうぜさせ給ふ。御前に召させ給ひし後、御達（ごたち）にも賜らせ給ひつ。

　　海のさち山のさちあまた御けにとていかなる神か取り集めけん

宮つこ達のへいじもて出でゝ[16]愛でくつがへりつゝ、こよろぎのいそがしき中に、彼是とさゞめき合ふもをかし。小瓶やいづらと問はんはいかにと、つきじろひもしつべし。打ち渡したる沖の千舟は、松の梢にかゝるかと怪しまる。

　　松原の梢はなれぬ小舟かなたれ木によりて魚もとむらん
　　浜松の枝うつりするむら鳥のたちはなれぬやあまのつり舟

目に掛る雲もなくて、三つ四つ二つ飛ぶ鳥ぞ空のちりなりける。淵にをどる鯉は龍の門に登るかと怪しまれ、岸に落つる雁は龍の都に使ひするかと疑はる。巌とならんさゞれ石は玉にまがひ、清き流れにのぞめる木は、さかさまに立てり。波の上はいとゞかすみ増さりて、いぶせげなる舟の煙もなかなかに見どころあり。御前の池に馴れたる水鳥は、浮寝をわぶるさまもなし。

[5] 貴人を敬ってその御座所のとばり、または帳台をいう。
[6] 衣などにかかる枕詞。白の歌語的な表現。
[7] 平安時代以来、貴族の女性が唐衣(からぎぬ)の下に着た衣服。単に衣(きぬ)ともいう。
[8] 天皇や身分の高い貴族が、儀式などの時に使った腰掛。背に寄りかかりがあり、左右にひじかけが付く。
[9] 米田(こめだ)虎雄は明治天皇の側近。慶応二(一八六六)年肥後熊本藩家老。明治四(一八七一)年宮内省にはいり、明治六(一八七三)年侍従番長。子爵。一八三九—一九五五。
[10] 虎雄父・熊本藩家老米田(長岡)是容(これかた)の姉・美津。歌や絵をよくした才媛として知られた。
[11] 間宮八十子(まみややそこ)は、江戸後期·明治時代の国学者で歌人。常陸水戸藩士久米博高の娘で、国学者間宮永好(ながよし)の妻。和歌集に『和歌玉石集』がある。一八二三—一八九一。
[12] 跡見花蹊(あとみかけい)は、学校法人跡見学園の創設者。教育者で日本画家、書家。摂津国西成郡木津村(現在の大阪市浪速区)生まれ。本名は瀧野。一八四〇—一九二六。
[13] 自分を身分が低い海女として謙遜した表現。
[14] 泣き顔になった。
[15] 『源氏物語』第十七帖「絵合」の物語絵合をふまえる。
[16] 讃嘆しながら、

浜の方にあたりて、こほ〳〵となる音やゝ近うなりて、耳にさしあてたらん様なり。いかづちならずば、某の君の佗びたまひしからうすにかと思ふに、夕顔のまつはるべき垣などは、猶はるかなり。ひたと近づく儘に見れば、是なん[17]黒木たく煙に走る車にて、疾きこと鳥のかけるに似て、聞きしよりもけなりかし。

大君の恵みも広き池水に所を得たり鳰(にほ)の一むら

目の前のほの車にのり馴れてはすのうてなをいふ人もなし

なゝめなる夕日に、少しなびきかゝりたる薄雲のたゝずまひ、哀れに露見え初むる蘆かやの乱れにも、秋の深さしらる。まだ青葉なるかへでの色に出であへぬのみぞ、物たらぬ心地せらるゝ。

唐錦今日のとばりにかけよとはなど山姫におほせざりけん

長くもがなと思ふ日影も、限りありてくれぬなり。

夕づく日招きもあへぬ淋しさのほに顕るゝ花薄かな

なびくばかりの風もなくて、薄の穂なみのみ布敷きたらんやうに白う見渡され、あるかなきかの虫の音やう〳〵聞ゆる程に、男子達駒引き出でつゝ還御(おんかへさ)のみまうけすと打ち[18]さうぞきて、時なりぬといふに、今はとて召させ賜ひし人々にもいとまたまはらせ給ふ。道のなかばに暮れ果てたり。光はなくて影のみほのかなる夕月のさし出でたるに、物ひさぐ家々の火影にも、花やかなる御代の栄えはしるかりけり。

こゝかしこに走りつどひて、かしこむ男女は碁打ちならべたる様にて、かき数へんには[19]いよのゆげたもいとまなかるべし。やがて帰りつかせ給ふ。己れは今日まで、見もしらざりし間毎々の玉の灯火きらびやかに、磨きなしたるおほみ鏡にうつるを見るも、我ならぬ心地して、かしこさ嬉しさ言はん方なし。

うつゝとも夢ともわかず幻のうてなをたどる心地のみして

因に記す。こは己れ宮仕してまだ一年に足らぬ程の事なり。

[17] 明治五（一八七二）年六月十二日、品川—横浜間で日本で初めて鉄道が開通し、仮営業を始めた。同年十月十四日、新橋—横浜間二十九kmが開通し、明治天皇の臨席のもと、新橋（のちの汐留駅、一九八六年廃止）、横浜（現桜木町駅）両駅で盛大な開業式典が挙行され、翌十五日から正式に営業した。その十日後の、浜御殿（現在の浜離宮恩賜公園）から見える蒸気機関車が走る模様の記録としても貴重。豊原国周『浜御殿御遊覧之図』（明治二十三・一八九〇年）も残る。

[18] 支度して。

[19] 伊予の湯桁は、数が多いことのたとえ。

洗心亭に陪して

（明治七年）

洗心亭に[1]陪[2]して（明治七年）

[3]飛香舎の御まへ近き垣根の梅、心もとなくふゝまりたるに、ともすれば雪もかつちるものから、今日はいとよう晴れて、空の色もやう〱霞み渡れるに、御覧じてひたや籠りならんもと、主上のおぼしのたまはするに、宮（后宮）は少しなやましきやうにせさせ給ひしかど、強ひて御衣奉りそへなどして、御壺の外のに出でさせ給ふ。こは近き頃新しく作り給へるにて、遣水築山のたたずまひ心深う、松などもたちこみて、いと[4]かごかなる処なり。さはいへど、西の方はる〲と打ち開けて、かしこけれど[5]大后の宮の御垣のうちも障るもの無く打ち渡さる。此の殿は洗心亭といふとぞ。

[1] 明治七（一八七四）年仮皇居となった青山御所（南半苑）と赤坂離宮（北半苑）との中間にあった。明治六（一八七三）年皇居（江戸城西丸）が炎上したため、当時、皇后（美子）は、青山仮御所にいた。
[2] 供をして。
[3] 内裏五舎の一つ。皇后の住まい。

君臣の心のちりや洗ふらんまだきにとくる池の薄氷(うすらひ)

御蔵のかげに消え残りたる雪の色、同じやうに見渡さる。宮何ぞとの給はするに、

雪かあらずいづらしら壁豊年のみつぎをさむるみくらなるらん

御かはらけなど参りて、日もやゝなゝめなる程に、宮つこ達にもみき給はらせたるなるべし、みさかなは何よけんなどさゞめく声ももり聞ゆめり。夕風少し冷やかなるをおぼゆれば、[6]とばり帳(ちやう)もかけまほしくぞおぼゆる。片山かげの汀は、なほ、

ちりひぢも雪に氷にうづもれて清きは冬の汀なりけり

[7]入相の鐘の声もかすかに打ちひゞきて、松の音もやう〳〵高うなりゆく夕暮の空のけしき、いひしらずなつかしくも、はた哀れなり。夕は秋と思へ給へらるゝを、まして人々の入日の空を詠めがちにて、猶こひしきはと[8]かこつも理りにこそ。時移りて少し端つ方に御座(おまし)移しなどするに、小さき犬の子の人なれ顔にまゐくるを召しよせて、物など給はらすれば、尾打ちふりつゝ食ひ尽して、[9]くりやの方に走り行きけん、心なき宮つこ達の抱き取り引きかなぐりなどして、果は堤の下へ抛げやりたり。こも賜の御酒(みき)の余波(なごり)のしわざなるべけれど、余りなる[10]むくつけ人やなど人々つぶやく。

けものにもかゝるなさけを思はなんくれなばなげの君がかげかは

かたはらいたきざれ事なりや。いざさらばとてなん。松の梢の花やかに匂へるは、なほ夕日のさし残るにぞありける。

あかねさす夕日のかげに松のはももみぢやすると驚かれつゝ

暮れぬれば、急ぎ帰らせ給ふ道のさまなど面白けれど、心あわたゞしくて、えよくも目とゞめざりけり。

[4] 閑静な様子。

[5] 英照皇太后。孝明天皇女御夙子、明治元（一八六八）年皇太后宣下（のち、英照皇太后と追号）、九条尚忠の六女。明治天皇嫡母、英照皇太后は、明治五（一八七二）年赤坂離宮（青山御所の北半苑）に遷御していた。一八三三（一八三五とも）—一八九七。

[6] 仕切りに用いる大きな垂れ布。

[7] 日暮れ時に寺でつく鐘。また、その音。晩鐘。

[8] 嘆くのも当然であろう。

[9] 飲食物を調理する所。台所。

[10] 無風流で野暮な人。

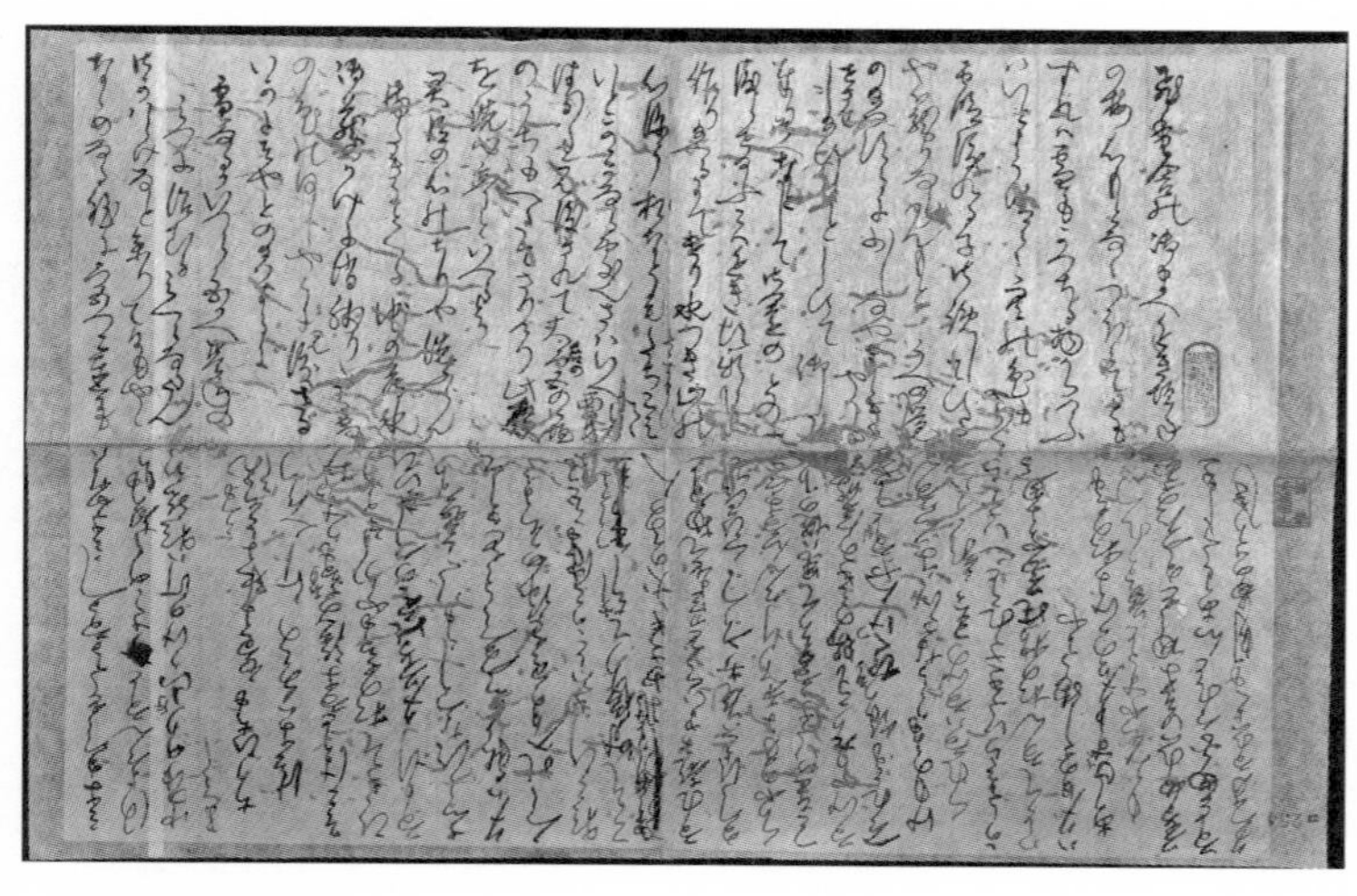

御發輦のおしたて

（明治九年）

御発輦のあした（明治九年）

陸奥へ行幸ましますべき頃、やう〳〵近うなりて、内も外もたちさわぎて賑はしく、[1]すがのねの長き日もたそがれ早う覚ゆるなめりかし。とかうする程にはや六月二日にもなりぬ。今日はつとめて起き出でゝ御送りの用意などさうぞき立ち、人々こゝかしこに満ち〳〵たり。[2]藤波言忠ぬしも御供につかうまつり給ふとかや。いぬる日、其のはなむけの宴にて、夏旅といふ題を得てよみたりとて、見せ給ふ。

きのふけふ夏のうすきに成りにけり衣のせきも涼しかるらん

とぞある。今度は御遊びの為などの行幸にはあらで、民のなやみ、県の有様のよしあしをも、御みづからみそなはして、文明らけき御代の光をそへさせ給はんとの、聖旨なりけりなど聞えしらし給ふ。畏しともかし

[1]「菅の根の」は、スゲの根が長く、乱れているところから、「長し」などにかかる枕詞で歌語的表現。
[2]藤波言忠は、広橋胤保の子、藤波教忠の養子。宮内省にはいり、明治十二（一八七九）年侍従、同十七（一八八四）年子爵。主馬頭として御料牧場事業の監督にあたった。一八五三―一九二六。

こし。

玉ぼこの道のおくまで大君のみいづをしめす時はきにけり

大君のおほみ光に陸奥のしのぶの露も今かわくらん

などや書きすさびけん。とかう思ひめぐらす程も無く、掻きさらひ持て行き給ひぬ。后の宮は千住といふ所まで御おくりにぞ渡らせ給ふ。御みちの程に、見送り奉る民どもゝ多かめりとて、かしこくも御ふたところの[3]御輦（みくるま）の蓋（かさ）とり除けつべし、さる御用意あらせよと、つかさ人啓したるに、さうぞき立ちたる女房達はいといみじき事に思ひて、おほふ許（ばか）りの袖もがなとさわぎありくめり。宮はた如何におもほし給ふらん。さはいへど、[4]うたてやなともの給はで、たゞ御顔の色のさとうつりて、薄紅の御ぞに匂ひ合ひたるぞ、あてにめでたかりける。

御門の前に楽奏する声して、御輦引き出でたる名残、まことに堤にあふれし水の俄に干（ひ）果てたらんやうにて、さしもゆすり満ちたりし宮の内さうぐ〵しく心細げなり。宮だにとく帰らせ給はなんなどいふ程に、還り入らせ給ひぬ。人々少しいき出でたる心地して、御まへにつと候ふものから、いたう濡らし給ひけん、御袖をせめて引きかくして、空のみ打ち詠め給へるみけしきを見奉るぞ、我が身よりけに心づくしなりける。

[3]　天皇、皇后など、貴人の用いる輦の覆い。

[4]　嘆かわしいことだなあともおっしゃらないで。

銀色の雲

（明治九年）

鈍色の雲（明治九年）

[1]姫宮薫子の尊は、梅宮（うめのみや）とぞ称へまつりし。この姫宮日頃[2]あつしうのみ在せしかど、打ちしきり苦しうせさせ給ふ所も在しまさで、そこはかとなく悩み渡らせ給へど、猶幼う渡らせ給へば、ただ御有様を推し量り奉るのみ。此の行幸（陸奥行幸）の後いかゞあらむなど、宮（后宮）の御まへにもおぼしの給はせつ。御おぼえいとめでたう、華やかにあらまほしき行末の御あらまし事をさへかけ奉りしに、げに花には嵐とかや、障り多かる世のさがこそはかなけれ。

この夕つ方より俄に[3]おどろ〱しうなやみ増さり給ひぬとありければ、宮、いみじう驚かせ給ひて、先、[4]愛子（なる）の御局に女房一人二人をさしそへて御訪ひに遣はし給ふ。次の日ぞつとめて、宮、[5]ふりはへわたら

[1] 梅宮薫子（しげこ）内親王、明治天皇の第二皇女。母は柳原愛子。大正天皇の同母姉、昭和天皇の伯母。明治八（一八七五）年一月二十一日—明治九（一八七六）年六月八日。
[2] 病気がちで。
[3] すさまじく。

せ給ひける。それより日毎に重らせ給ふまゝに、神に仏にさま〴〵の願どもたてて、我も〳〵と参りつかうまつり、いみじき医師ども手を尽して、日影待つ間の露にも似たる御[6]玉の緒を、主上の還幸せ給はんまでをだに、かけ留め奉らまほしと、人々心をつくしてみとり奉るも、夢路にまどふ心地のみぞせし。

七日の朝は少しよろしう見えさせ給ひぬと[7]啓するに、后の宮もけふはわたらせ給はず、少し胸あく心地せらるゝものから、猶心細かり。侍ふ人々こゝにて物参らずやなど仰せて、御菓子など給ひつれど、喉にも通らず。猶いかゞあらん、さりとも行幸待ちえて幾多の民の畏み歓ぶらん、それが思ひにてだにおこたらせ給はでやはなど、宮のの給はする、げにと承る程に、御使あわただしうまゐ来て、今ぞ誠に頼みがたげに成らせ給ふと啓するに、宮は誠に夢うつゝともおぼいたらず、とかうの御用意もなく、御供の人々を促しつゝ、夕暗の覚束なきほどに、木の下露にぬれぬれ姫宮の御方に渡らせ給ひぬ。従ひ奉らぬは魂も身にそはで、何わざすとも無く、物にあたり歩く。[8]亥の刻過ぐる程に帰らせ給ひぬれば、誰も〳〵待ちつけむかへ奉るに、いといたう心苦しげに屈し給へば、いかになど承らんやうも無く、たゞ打ち目守り奉るのみ。御ありさま見奉りし人々は、今宵の程もいかゞなどひそめく。夜中ばかりにも成りぬ。かくて後は何事も啓せず。猶かくてのみも一日二日をだに過させ給へかしなど、[9]いみじきことを念じてかたらひ明かす。

其の暁がたに、其の命婦のおもとあわたゞしう走り来て、終にとのみ云ひさして消えかへり泣く。宮は御寝所より転び出でおはしまして、昨日しも少し平らかになど云ひしは、誠に消えなんとする灯火のしばし光をそふるにてありけんよとて、さし当て給ふ御袖を引きも放ち給はず。御帳の内も外もたゞゆすり満ちて、神はなきかと打ち歎くも畏しや。日やう〳〵高うなりて、渡らせ給ふ[10]御うしろでを見送り奉りて、つくぐとながめらるゝ御庭の、草も木も皆しをれたる心地して、朝日の空に打ちなびく浮雲さへにび色だちてぞ見ゆる。

露もなき御垣の草のしをるゝや袖の涙のかゝるなるらん

とばかりある程、姫宮の御方より人あわたゞしう参りたりといふ。もし蘇生(よみがへ)らせ給ふなどの事もやあらんなど愚かなることを頼めて、ふみひろぐれば、宮のいたうむづからせ給ひて、やつれさせ給ひぬれば、御道の程も余り人悪かりぬべし、御櫛笥(くしげ)の具とく奉らせ給へとぞある。いと悲しうくれ惑ふ心を、思ひ強(つよ)りて取りぐして奉りつ。

十日には御柩に納め奉るべしとて、ひしめき合ふも、何のかひかあらん。今日は[11]長き御いとまをもまをし奉れとあるに、誰彼打ちつれてまゐる。御方近うなるまゝに、やがても閉ぢ果つべき御門ぞかしと思ふに、

[4] 大正天皇（嘉仁(よしひと)親王）の生母、柳原愛子。従一位柳原光愛の次女。明治三（一八七〇）年皇太后宮上臈として宮中に出仕。早蕨内侍(さわらびのないし)と称し、明治五（一八七二）年から明治天皇につかえた。二位局。一八五五―一九四九、九十五歳。
[5] わざわざ。
[6] 生命。いのち。
[7] 申し上げる。言上する。
[8] 午後十時前後の二時間。
[9] 辛いこと、悲しいこと。
[10] 後ろ姿。
[11] 長いお暇（お別れ）を（姫宮様に）申し上げなさいと。

胸のみつと塞がりて、足さへわなゝかるゝを、倒れもやせんとねんじて、強ひてつれなくもてなしつゝ、早う人につきて進まんとするに、涙のいとゞ湧きいでゝ、ほろほろとこぼるゝぞ[12]わりなきや。御屏風少しかいやりて、見上げ奉らんとするに、目はきり塞がりて、今はえねんじあへず、あとばかり臥しまろびて、頭もたげんやうもなきを、いひがひ無しなど人々に励まされて、やう〳〵さしより奉れば、御顔は誠に有りしながらに白うふくらかにて、少し伏しめに傾かせ給へる、いと美しう[13]らうたげにおはします。大方魂といふ物さりては、凄う恐ろしう見ゆめるものを、などかうしも渡らせ給ふらん、さも見えさせ給ひなましかば、少しは思ひ離るゝ節もありぬべきをなど思ふも、いと畏うあながちなりや。げに、宮のえ堪ふまじう泣い給ひけん、理りにこそおはしましけれなど、とり集め、それさへにいと悲し。愛子の御局の思ひしよりけに取りも乱し給はぬしもぞ、いと心くるしうこそは。

　木の下のしげみの露をかた〳〵の袖にかけてもぬらしそへつ

十六日には護国寺なる豊島の岡といふところに御柩納め奉る。御送りの女房達かたへは先夙めて出で立つものから、万づしめやかにて物のはえもなし。[14]掌侍敦子[15]刀自とおのれとは、歌手向け奉るべう促がしの給はせしよしもあれば、

　ゆふだすき榊のえだの手向にもきみがみかげをかけぬ間ぞなき　敦子

　榊葉もとりあへぬ袖にふりかゝる涙の外は何をたむけん　歌子

こは[16]玉串といふ物もさゝげざりければ、詠めるなり。

其の夕つ方、雨少し降りていとゞつれぐ〳〵に寂し。宮の御まえの御歌承りしを、余りの悲しさに忘れにけり。

亡きみたま高天が原にいますらんと空を詠めぬひま無かりけり

此の程はいみじき歎きに心乱りて、[17]奥の果の御旅路も思ひやり奉らざりしを、日に添ひていとはるかに都は遠ざからせ給ふらんと、それはた畏けれど、心苦しう、かけ奉らぬ人とても無し。宮はまいて[18]御ながめがちにのみぞ渡らせおはしますらむかし。

[12] どうしようもなくつらい。

[13] かわいらしく。

[14] 幕末―明治時代の歌人、税所敦子（さいしょあつこ）。鹿児島藩士税所篤之（あつゆき）の妻。千種有功（ちくさありこと）にまなぶ。夫と死別後、藩主島津家や京都近衛家（このえけ）につかえた。明治八（一八七五）年宮内省に出仕、皇后（昭憲皇太后）に歌道をもって仕え、楓内侍（かえでないし）とよばれた。一八二五―一九〇〇、七十六歳。著作『心つくし』、歌集に『御垣（みかき）の下草（したくさ）』がある。

[15] 敬愛の気持ちを込めて、女性の名前の下に付けて呼ぶ称。

[16] 榊の枝などに、絹、麻、紙などを付けて神前に供えるもの。

[17] 陸奥行幸。

[18] 物思いに沈んでいる時が多いようす。

楓のもとを離れて

（明治九年）

楓のもとを離れて（明治九年）

実にや黒金をも溶かすといふなる八月なかばにも成りぬ。侍ふ人々、若きは殊に心地しぬべう打ちうめきて、袿衣、袴などのほころびがちなるもをかし。暮るゝ待ちてぞやう〳〵人心地はつくめる。后の宮は、此の暑きほどは、御心地いとさばかりけしうも在しまさねど、氷閉ぢ雪降る頃ぞ、いつも〳〵あつしうのみ渡らせ給ふなる。こはなほざりに見奉り過しつべきことにあらず、箱根の出湯になどこそはと、侍医も啓し、女房達もさ思ふなるべし。重らせ給はぬ程にとや、しば〴〵勧め奉りけむ。されど宮は、[1]主上の遥けき御旅路やう〳〵果てさせ給ひし頃も経ずして、などかへす〴〵申させ給ふめれど、なほ大臣たちの代る〴〵勧め申し給ふを、え強ひては拒みも果てさせ給はず、しぶ〳〵に聞し召し入れぬ。

渡らせ給はむ日は二十日余り七日なりけり。御供には[2]典侍一人、[3]掌侍二人、[4]命婦三人、[5]女嬬三人

[1] 明治天皇は、北海道・東北地方へ巡幸（六月二日〜七月二十日）。
[2] 明治以後の宮中女官の階級の一、尚侍の次位。

ばかりぞつかうまつれる。[6]楓掌侍(かへでのないし)あつ子のおもとも御供の中なり。此の君には明暮馴れ睦み参らせて、はかなき言の葉、をかしき歌、何やかやと、憂きも嬉しきも語らひかはし参らせつるを、それはた立ちそひ奉りて出で立ち給ふなれば、仮初の別れながら、言ふ方無く[7]あぢき無き心地す。心にうち思ふ事ありて、

夏川のかれぬながれを頼むかな蘆分舟のさはりある世も　敦子

たゞ敦子のおもとゝ二人してぞ打ち歎き合ひける。

机にそひふして、書きすさびたるをとりて見給ふ。返しとて、

障るべき節だになくば夏川の汀の蘆のよを重ぬとも　歌子

御車の駒のあゆみのときの間もたち別れうきかへるでのもと

いと斯うしも思ひ乱るべき程の別れかは、とは思へど、袖だにしらぬ涙の心に湧きかへるゆゑぞかし。其の日にも成りぬ。女房たち我も〳〵と打ちさうぞき、たち重ねたる、白き、紫、こき、薄き、こきまぜたる袖口、色合ひ、今めかしうげにぞ都の錦なめりかし。御車引き入れぬとて、いざ〳〵と促がし奉れば、御もと人々さし集ひて、とく出でさせ給へ、汽車といふ物は時聊かたがふ事をも許さぬものなりなどいふめり。こは新橋より汽車にて、其の駅迄渡らせ給はん定めなればなりけり。辛うじて御前すべり出でさせ給ふ。白き二重織物に、薄紅の[8]固紋(かたもん)織りたる御[9]小袿(こうちぎ)、紅の御袴どもの、いとこちたきを、[10]なよゝかに着なし給へる、例のことながらあてにめでたし。かへりみがちに乗り移らせ給ふを見送り奉るとて、

とゞむべき力泣く〳〵御車の駒の跡おふくつわ虫かな

密かにつぶやくを、とう聞きつけて、

　　　　　　　　　　　　　　　　　　　　敦子

よの為と思ひかへせどみ車のすゝみやすきは涙なりけり

遠からんみするゑをかけていすゞ川ながるゝみづに袖はぬらさじ

をゝしう言ひ放ち給ふも、なほ心苦しげなり。余りゆゝしき心弱さを、我からいさめかへしつゝ入り来れば、掌侍[11]任子の君、ひとへの袖いたう濡らし給へる、同じ心にも在しましけりと嬉しくおぼゆるも強ちなりや。

[3] 明治以後の宮中女官の階級の一、四人を置く。
[4] 宮中に仕えた中級の女官。
[5] 宮中に仕えた下級の女官。
[6] 注[14]、37頁。おもとは、主として女性、特に女房を親しんでいう語。
[7] つまらない。
[8] 織物の模様を、糸を浮かさずに堅くしめて織り出したもの。
[9] 正装の唐衣や裳の代わりに着る最上衣で、下に打衣・単衣を着た。広袖で丈が短い。
[10] たくさん着重ねているのをやわらかに着こなされていらっしゃるのが。
[11] 千種任子。千種有任の長女、母・四辻正子（四辻公績三女）。明治十四（一八八一）年滋宮韶子内親王（明治天皇第三皇女）、明治十六（一八八三）年に増宮章子内親王（明治天皇第四皇女）をそれぞれ儲けたが二人共に夭折。桔梗権掌侍、花松権掌侍、後に皇后宮典侍に任じられた。一八五五―一九四四、九十歳。

別れといへばなど、万づ細やかにの給はせし仰せごとの忝けなさを思ひいづるも、いと苦しうわびし。

いすゞ川遠きながれはかけながら猶打ちつけにぬらす袖かな

主上も日一日ながめ暮させ給ふを、いと畏けれど、嬉しうも悲しうも見奉る。御消息待ちに待つほどにありけり。つゝがなう渡らせ給ふと承はるに少し胸あく心地しつゝ、打ち集ひ御うへかけ奉るも畏し。

月もかへりぬ。二日三日といふ程ながら、月いとまどかにて花やかにさし出でたる夕つ方、[12]飛香舎の端近う御まし移させて、御[13]かはらけ参る。あはれ、宮の添ひ在しまさましかばと思ふにいとわびし。[14]あたら夜のと忍びやかに言へば、げに口惜しくさう〴〵しき御まどゐやなど、心知るどちは打ちさゞめくかし。御肴たまはりて、みき勧めかはすめり。

かしこしと思ふも物のわびしきは君がみかげの見えぬなりけり

御前にも、例のやうには興ぜさせ給はぬにこそ。

今宵しも秋のみやまのかげ見ぬやみちたる月のくもりなるらん

満ち渡る光を空にたのめてもおぼつかなさのまさる月かな

御庭の芝生の露きら〳〵とかゞやきて、前栽の木立築山も、誠に玉の枝に見えまがひぬ。[15]玉敷とはかゝる夜におほせたる名にこそはと見ゆ。若き女房達の三たり四たりばかり下り立ちたる、白き[16]すゞしの袖うち湿りたるも、優になつかし。繁みがもとの萩のえを、そと引き折りたれば、花のほろ〳〵とこぼれたる、いとあはれなり。何時の間に咲きたるにかあらん、折らざらましかば、夜の錦にや成りなまし、我ながらかしこかりけりと誇るを、人々笑ひ興じて憎むもをかし。

木のもとの小萩が枝を折りとればうらみ顔にも露のこぼるゝ

とかく紛らはし歩けど、猶たはぶれにくゝのみなん。夜いたうも更けぬ程に、御ことはてぬ。

日毎の慰めには、新聞待ちつけつゝ、御道のさま、在します所がらのたゝずまひなどを、心にたどりて遥かに思ひやりまゐらするなりけり。

世の中悪き感冒(かぜ)いみじう行はるゝとぞ。いと怖ろしきことなり。とく海の外(と)へも往(い)ねかしなどさゞめく程に、宮中(うち)わたりにもそれをうれふる人出で来にけり。[17]あなうたて、なぞや[18]大御門をも憚らで入り来にけむと、つぶやく〳〵[19]臥戸に入りぬ。

[20]つとめて御障子参らんとするに、喉の片つ方痛み出でぬ。試みに食物(もの)まゐれば、いよゝ苦し。若しさもやと問へば、医師(くすし)うなづきて、さなり、よく〳〵心し給へ、薬調(てう)じてむとて出で行きつ。心うきことかな、

[12] 23頁、注[2]参照。
[13] (盃で）酒を飲む。
[14] すばらしい夜なのに皇后がいらっしゃらないのが惜しいと。
[15] 玉を敷いたように美しく立派な庭で、禁中の庭をいう。
[16] 生絹の織物。
[17] ああ、いよいよただならないと。
[18] 皇居の門。
[19] 寝床、臥所。
[20] 翌早朝。

さらでだに御人少なゝる宮の中の人、さる病にも[21]そみなば如何せんと打ちわびつゝ、一日二日と重ぬれど、あつしとまでにはあらねど、そこはかとなく悩み渡るめり。かゝるは人より人にも移り行くめれば、御まへわたり憚り給ふべしと医師の言ふ、理りなれど、いと憎くさへおぼゆ。さらばとくと人々に促さるゝ、泣きぬべき心地しながら、かくてありぬべきにあらねば、[22]明子のおもとと同じ[23]局に引きこもりぬ。このおもとも此の病にかゝれるなり。それより後は世の中のこと、かき絶えてふつに聞えず。

　玉だれの隔てばかりに箱根山いよ〳〵遠く成りにけるかな

月いと明きに、ふと寝覚して障子少し明けたれば、灯火の火くちのやうにさし入りたる、月かげ誠に心細し。

　花すゝきかりの宮ゐの露のうへにぬれてや月の今宵すむらん

　かへる手のかげにもよらば晴間なき袖の時雨もかゝらましやは

さるは日数経るまゝに、楓のおもとのすゞろに恋しう懐しうおぼゆるまゝに、うめき出でたるなり。更け行くまゝに、枕のもとのきり〴〵すのみ声いと高うなりて、外の方の虫の音どもは、無下に打ち消たれたるは憎きものから、

　呉竹のふしどさびしき秋の夜をなれより外に誰かとふべき

[24]燕子楼中など誦じて、つく〴〵とながめ明す空の、いづこにかあらん、折々雷のこほ〳〵と鳴るもいとすさまじ。明けはなれたれど、[25]垂れ籠めたる曹司のうち、何の栄かあらん。髪などもおどろ〳〵しう山姥などいふものめきて、打ちそゝけたり。

袖垣のあれ間にかゝる朝顔の塵も払はぬ昨日今日かな

いと仮初と思ひし[26]いたつきの、猶いまだ爽やぎ果てず、御帰りも程近うなりぬ。心焦(いら)れのみして、何くれ思ふこと少からずかし。

ある夜、雨いみじう降りて、雷おどろ〳〵しうなる。御まへにあらましかば何のおそれかあらん。かう籠らひをれば、松吹くかぜの音さへすさまじきを、いとあらましき夜にもあるかなど打ちわびつゝ、頭(かしら)さし合せて、

いたつきにふせやの軒の雨そゝぎ余りなる迄くたす袖かな

例の処よりも、けに端近ければ、雨誠に枕の上にもほとばしり落ち来る心地す。

宵に見し跡だにもなし天の川水やあふれて雨となるらむ

とく明けよと思ふに、[27]漏刻(ろうこく)猶真夜中なり。

[21] 感染してしまったら。
[22] 葵権命婦・中東明子。春日大社所縁で明治八（一八七五）九月出仕。
[23] 宮中などで、主としてそこに仕える女性の住む私室。
[24] 『白氏文集』巻十五「滿窗明月滿簾霜 被冷燈殘払臥床 燕子樓中霜月夜 秋來只爲一人長」をさす。
[25] 閉じこもっている部屋。曹司は、宮中などに設けられた、上級官人や女官などの部屋。
[26] 病気。
[27] 時間、時刻。

次の日、雨はやみにたれど、風あらく〳〵しう吹きて、昼だに佗ぶる虫の声も絶え〴〵なるに、心細きこと限りなし。夜に入りては、いとゞ野分だちて、すさまじう成りまさり、板戸をも打ち破りつべき心地するに、佗しさいはん方なし。御湯あみの日頃を、とをはたとかき数ふれば、残り二日三日になりにけり。其の日だにえ出でざらましかば、いかに思ほし給ふらむなど思ふに、畏うも悲しうもくれまどふ心地、誠にかき乱りぬ。明子のおもとは、おのれより先におこたり給ひぬべかりしを、昨日今日は又少し重りて、出で給はんことはおくれ給ふべしと、医師(くすし)のいさむるを、いみじう佗び憂ひ給ふも理りに心苦し。

　末の露もとの雫と思へどもとまるはさこそ佗しかるらめ

などいひなぐさめ参らす。帰らせ給はん日もあすあさてとなりて、日頃より催しつる雨、いみじう降り出でて、やむべき景色もなし。御道のほどには、すさまじき川の流れも少からずとぞ。定めたまへる日にはいかゞなど、人のいふを聞く心地、いとあぢきなし。

　おほみ舟はてんそれまで酒匂川みかさなましそ雨はふるとも

なほ今日は喉のあたりに、更に痛みをおぼえければ、

　なつかしき楓のかげにいち早く立ち寄らましを風なさはりそ

濱苑観楓伺候之記

（明治九年頃）

御苑観楓伺候の記（明治九年頃）

十一月二十日余り六日の朝、空よく晴れて小春の日影うらゝかなるに、今日は宮中（うち）に再びまうのぼるべき日なれば、いと心行きて急ぎ参りぬ。

この日は、宮、御庭の紅葉のかげに、言の葉の花つみはやし給はんとて、[1]九条、[2]高崎、[3]嵯峨等の君たちをめさせ給ひたれば、おのれもやがて御供にと承る。畏さはさるものにて、嬉しきこと限りなし。

時さす針のはこびも、常よりは遅くおぼえて待ち奉るほどに、短き日影も長き心地す。

后の宮は、主上（うへ）の御馬場にならせ給はぬ程は、御まへさらず在しますらむ。

[1] 九条道孝、九条尚忠（ひさただ）の長男で氏長者。貞明皇后の父。一八三九―一九〇六。

[2] 高崎正風、鹿児島藩士高崎温恭の長男。桂園派の八田知紀（とものり）（香川景樹の門下。維新後は宮内省歌道御用掛）に歌道を学び、古今調の穏健典雅な歌風で、桂園派に新生面をひらいた御歌所派として活躍。初代御歌所長。著書に『たづがね集』（没後に刊行された歌集）、『進講筆記』など。一八三六―一九一二。

[3] 嵯峨実愛（さねなる）（正親町（おおぎまち）三条実愛）。一八二一―一九〇九。

四時過ぐるころにぞ、出でたゝせ給へる。

召させ給ひし君たち、みはしのもとに立ちて待ち奉り給へり。

こぶかき山、[4]ゆほひかなる池の辺を、左右にめぐり在します程、正風君の啓し給へる、

御園生にいたりますまで紅葉（もみぢば）のこずゑに残れ冬の日のかげ

散りしきたる紅葉をふみ分けつゝ、思ひめぐらせば、去ぬる年いたつきによりて、宮の中を退きて里にかき籠りける折の悲しさなど取り集めて、ひとつ涙のこぼるゝぞわりなかりける。

紅葉の根にかへりつるそのかみを忍ぶ袂にちるなみだかな

向ひのきしに、散りすきたる楓あり。

もみぢばの散りてたゞよふ水の面にまた一さかり見ゆるあきかな

宮の二重織物の御小袿の、紅葉の色にかゞやき合ひたる御有様、物によそへんもかしこし。

同じ心にや見奉り給ひけむ、正風君、

あかねさすひのみはかまのめうつしに見れば紅葉も色なかりけり

御集ひのむしろは、[5]衆芳亭（しゅうはうてい）なり。

庭前の菊紅葉を折るといふことを、人々つかうまつり給へり。

さまぐ〵啓し給へる歌どもをみて、掌侍（ないし）[6]あつ子の君、

九重の秋のみや居にから錦おりそへたりと見ゆるけふかな

との給ふ。猶盛にやと思ひし紅葉は散り過ぎたるが多く、早う移ろひぬらんと思ひし菊は、なかく〵色よう

見わたさるゝを、あかず愛(め)ではやさせ給ふほど、やうく暮れ渡りぬ。あまた立てつらねたる灯火の光、玻璃の御障子に照り映えて、真昼の如くなるに、菊の香の折折すきまの風にたぐひくるなど、いとなつかし。正風君、

みや人の袖にゆづりて紅葉はよるのにしきと成りにけるかな

歌子

大君の大きみまへは憚(はゞ)かりてしめの外にや冬のたつらむ

人々のよみ出で給へるも、とりぐならんを、おまへに御覧ぜさせ給ふほどにて、え伺ひ知らざりけり。斯くて御盃など賜はりて後、正風君を御机のもとにめして、[7]道のうへのことにつきおぼめかしう思し給ふふしぐを、ねもごろに尋ねとはせ給へるを、[8]つばらくに答へ給へる、[9]いかに面目(めいぼく)ありておぼし給ふらんなど打ち思ふほどに、あつ子の君、

夕日かげさすや雲ゐに紅葉のふたゝびにほふ色のさやけさ

[4] 広々とした。
[5] 青山御所と赤坂離宮との中間にあった（現在の東京都港区元赤坂）。23頁注[1]・[4]参照。
[6] 37頁、注[14]参照。
[7] 和歌の道のことについて、不審に思っていらしゃる節々を、親しくお尋ねになられたのを、
[8] たいへんくわしく。
[9] どんなに名誉なこととおもっていらっしゃるだろうかと、

菊の花もとの御垣に匂ふかなちとせの秋の契りかはらで

かへりみてひとり言のやうにの給へるも、すゞろにあせあゆる心地して、面の色ぞ紅葉にもおとるまじう成りにけんかし。こはふたゝび千代にあへるなど、つかうまつりたるをや見給ひつらん。

立たまくをしき御まとゐなれど、翁草といはんはなほつきなからめど、いたゞきの霜をも思はで、夜風引きありかんもをこならんを、いかで御いとま給はらせ給へと、敦子の御もと啓したまへば、げに心づかざりけり、退で散らば夜の錦にも成りぬべき紅葉の、いとほしさに長居しつるを、老松はげに嵐もこそやどれと、打ち笑ひ給へる御気色もめでたく、斯くて人々退で給へりし後は、俄にさう〳〵しう成りにたる心地して、引きも留めまほしくぞおぼえたりし。

御前には[10]大みき参りなどして、宵過ぐる程にかへらせ給はんとす。

月はなやかにさし出でゝ、風にきほへる紅葉の濃き薄き、さま〳〵散りまがひたるに、菊の香いと香ばしく匂ひて、御衣の香にきそひがほなるも、をかしき夜のさまなり。

正風君

かぎりなく心の行くはみ供して月のかげふむ夜道なりけり

とのばらには、もとの御はしのもとにて、御いとま給はりぬ。

御帰さは、吹く風もいとはだ寒うなりぬるに、立ちとまるべきいとまはた無かりしかば、[11]此の記事の末つ方は、またの日ぞおひつぎてつゞりはてたりける。

抑も今日の雅の御会は、后の宮、主上の聖旨によりて催させ給へるなりとぞ、後に承りぬる。

附記　明治九年頃とおぼゆれど、さだかならず。

[10] お酒をお召しあがりなどして、

[11] この記事の末の方は、別の日に続けて綴り終えたのだった。

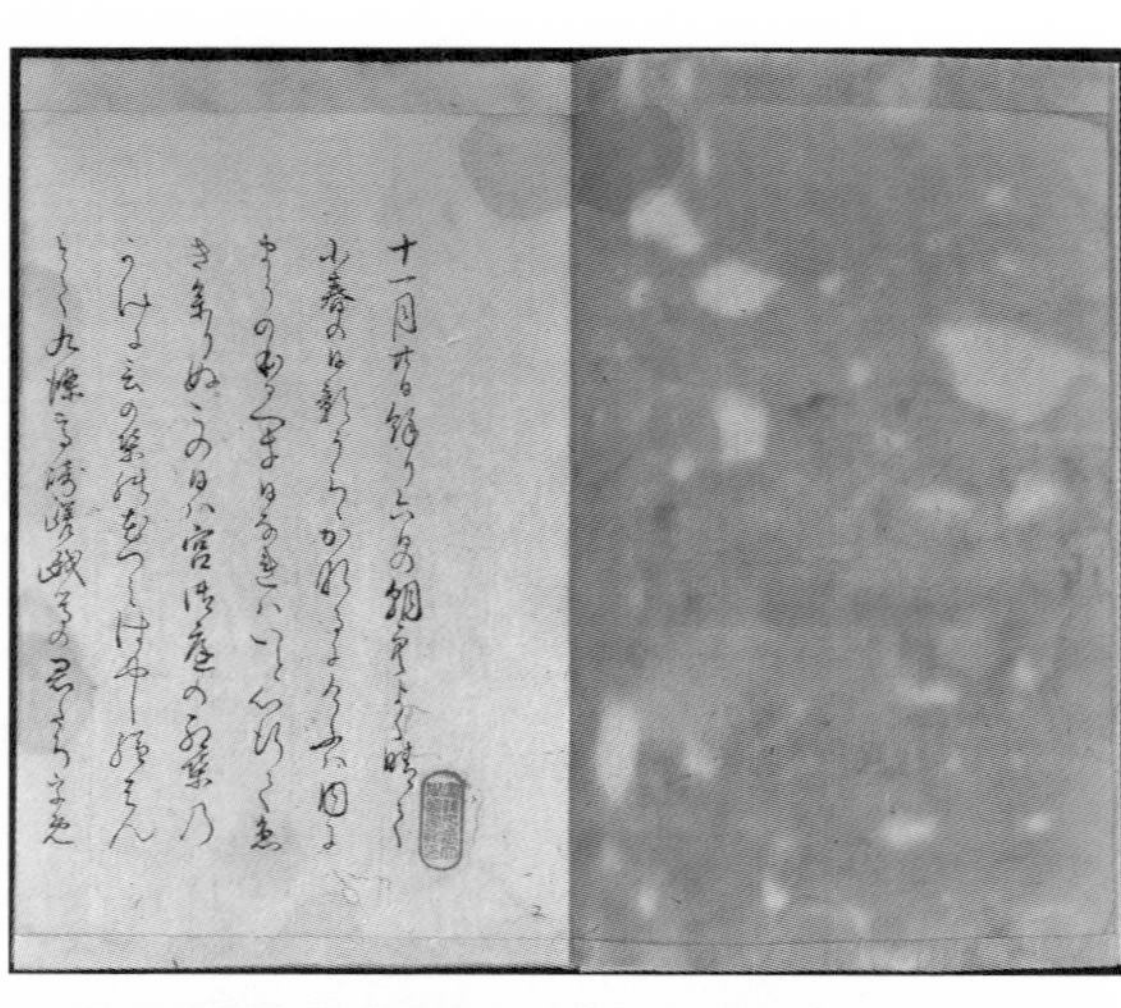

寂しき寓居の上

（明治十年）

寂しき宮居の 上（明治十年）

げに花の時に雨風多く、望の夜は曇りがちなりとこそ聞きしか。光加はる大御代の御盛に障るとしもはあらざめれど、[1]西の海に立つと云ふなる波の音の、雲の上にも響き上るぞわびしき。上を始め奉り、二所の宮さへ在しまさぬほどにて、こゝに止まれる人々の心地云はん方なし。御還りの頃も近づきぬと待ち聞え奉りつゝ、何くれのみまうけなどしてさうぞき渡る折しも、思ひもかけぬ障り出で来て、まことに魂といふもの取られたるやうなり。頃しも二月中(なか)の十日ばかりにて、日毎に風立ち御障子どもの鳴りはためく、常よりもいとすさまじくおぼゆ。夜は処々につけ火と云ふ[2]むくつけきわざするものありて、遠近に打ちならす鐘の響に夢も結びあへず、胸に手を置きて寝しよのと憂ふるも甲斐なし。人気少なき宮の中に、若し事出で来なんには如何にせんと、官人連(つかさびとたち)の深く思ひはかりしにや、さるべき御調度は、御庫に蔵めぬべう伝へらるゝ

[1] 明治十（一八七七）年に起こった西郷隆盛を中心とする鹿児島県士族の反政府暴動、西南戦争（西南の役）をさす。
[2] 恐ろしい。

まゝに、御帰りのみ設けにとて磨き清め、殿の中の処せきまで取り双べなどしつる物どもを、俄にみふなどして持て運び、御庫閉ぢ果つるを見るに物も云はれず、これは此所、それは其所とのみうなづきあふめり。

今はとて閉づるみくらのひゞきにもふたがるものは心なりけり

[3]つぶ〳〵と打ちつぶやきたるが、歌のやうになれるなり。たけき事とては[4]あつ子のおもとゝさし集ひつゝ、はかなき事をかこちあへるのみ。

誰にとひ誰に語らん移り行く月日も知らぬ雲の上にして

遠きさかひの波の響を、とかう思ひみだるゝも、何の甲斐かあらん。事しげき程はさてもありけるを、今はまぎるゝ事もなくて、其方(そなた)の空のみ打ちながめつゝ、月日のいまだと頼むるより外のことなし。ましてはしため等は、あらぬちまたの言草どもを摘み集めつゝ、たゞ泣きに泣き騒ぎて、何くれの物をとりもまとめて、里がり預けさせ給へなどいふ。などかさしもあらん。いかならん誠より出でたる企なりとも、[5]うたて天つ日に弓引きたらん輩(ともがら)の事なりぬるためしやはある。よし又ゆくりなき禍の出で来ぬるとも、身をはづかしの森にだに立たざらんには、くさ〴〵の物は散らば散りもうせなん、処うつしなどして、それはたはかなきさまにはふらかし果てなば、よの物笑ひのみや残らまし。ゆめ思ひとゞまりねかしなど繰り返し聞ゆ。[6]行宮(とつみや)より御消息あり。人人走り集ひて、もし還らせ給ふことやあると繰り返せども、只同じ心に覚束なさのみ打ちなげき書い給へる、[7]昔は物をとも云はれぬべし。

[8]わくらはに風の便はありながらかへる波なきうらみをぞする

月もかへりぬ。冷えかへる夜風は猶いまだ身にしむものから、前栽の梅もやゝふゝみそめ、砌(みぎり)の小草もやうく〳〵けぶり渡りて、草木ばかりは時も違へず春の色をしめして、我は顔なるもあはれなり。常の御座（おまし）はかたの如くしつらひたるものから、稀に渡り給へりし高殿（どの）渡殿（どの）などは、早う閉ぢ果てゝ、光少き宮のうちに、いかでか春のとおぼめかるゝも、いとあぢきなし。西の京より、例の御消息あり。[9]文子のおもとよりも、細やかに訪らひおこせ給ふ。こは何くれ打ち任せ頼み聞こえ参らするあたりなれば、万づ心ぐるしう思う給へるさま、筆のたちどにも定かに知られて、打ち見る〳〵まづほろ〳〵とこぼるゝも、人悪しや。

　鳥の跡見る目に早くさき立ちて涙の磯にかゝる波かな

誰も〳〵、あからさまにとさうぞき立ち給へる衣調度どもの、日を経てやう〳〵萎えそこなはれぬる、[10]ほと〳〵こうじ果てつと伝え給へる。げにさることにこそはと推し量り参らせつ。彼方には、殊に人少な

[3]　ぶつぶつと、
[4]　37頁、注[14]参照。
[5]　不快なことに、
[6]　天皇が旅行先で仮に設ける御所。
[7]　権中納言敦忠「逢ひ見てののちの心にくらぶれば昔はものを思はざりけり」（恋しい人とついに逢瀬を遂げてみると、その後の恋しい気持ちに比べたら、以前の想いなど、無いに等しいほどのものだったのだなあ。『拾遺集』・恋二・710）を引く。
[8]　たまたま。
[9]　桐命婦・三上文子。三上景文（みかみかげふみ）（北面武士で『地下家伝』編者）の六女。明治五（一八七二）年四月、皇后宮女官。一八三五―一九〇九。
[10]　ほとほと困り果てました。

にて、事繁うこそ在すべかめれ。あはれとぶ鳥の翼もがなと、西の空のみ打まもられつゝ、身を心にもとなんわぶめる。雪打ちまじり雨いみじう降りて、今日は常よりもいと早う暮れぬ。女房達例の火桶のもとにさし集ひて、とかくなげきかはす。やう〱更け行くまゝに、すき間の風烈しうなりて、絶えずまたゝく灯の影、まことに心細し。

　　閨の戸のひまもる風はそむけてもなほ消えがての夜半のともし火

　　埋火の灰にかきなす水茎もまつより外をながれざりけり

いつしかとのみかけ奉るも、甲斐なし。昨日の雨、名残なう晴れて、透垣(すいがい)の隈(くま)、木立のひまひまには少し白う残れるものから、御階(みはし)のもとの紅梅半ばほゝ笑みて、風にくしけづる柳の髪もやうやう色増さりぬ。

　　結び置きて出でにし人やかへりけん柳の糸の解けて見ゆるは

あやなき心まどひにこそは。

同じ月の十日余り七日ばかりなりけむ、其の司人(つかさびと)まゐ来て、かの波のさわぎひと日〱と立ちまさりて、味方の兵のいみじう傷蒙りぬるたぐひ、いといたう多くて、それが為にものする[11]綿繖糸(めんざんし)といふもの許多給はらするなり。大后の宮、后の宮にも、みてづから作らせ給ふなれば、いかでこれいそしみ給へとて、白き布をとうでて、分ち与へらる。こゝにも塵ひぢのはしばかりにても、さるみたすけにそふことならんには、いかで嬉しみ畏まざらんとて、皆諸心にはげみて、夜を更しつゝいとなむものから、

　　さま〲に思ひ乱れてかた糸のちすぢに落つるわが涙かな

大宮人もいとま無き頃にて、あからさまに御園に出づることもせで明かし暮すほどに、紅梅もいたく色あ

せて、桜もやゝにほひ初めたりなど、女の童の告ぐるに、慰むやと少し端近う出でて、とばかり打ちながめつゝ、内宴の御遊びに侍りて、民草の上にいでゝとうたひけんも此の頃にかと思ふに、なかなか胸あく心地もせず。

のどかなる日もゆふ霞かゝるとき折りかざしてし花も咲きしを
日の光うす紅の花ざくら誰がため開くゐまひなるらん
梅も散りぬ桜も咲きぬ大君のつき毛の駒よいつか曳くべき

[12]権典侍愛子（ごんのすけなる）の君の、たゞならぬ様になやみ給ふなれば、強ひて前栽にも下り立たせ給へと、医師達の返すがすがも勧め申すに、いでや花の心も移ろはぬ程になどそゝのかし参らせつゝ、諸共に出で立つものから、見れど露だにとのみ打ちなげかれぬ。さは云へど、とりどりに咲きこぼれ、霞の間よりさと打ち匂ひたる、撫子よりけにいかゞ哀ならざらん。

大庭の花より花にあくがれてもとの処にめぐり出でけり

土筆（つくし）に添へて、あつ子のおもとへ参らせたる、

桜には及ぶ色なき言の葉をかきつくしてもおくりつるかな

こは、昨日桜に添へておもとがおこせ給ふるかへしの心なりけり。

[11] 織物用の木綿糸。
[12] 35頁、注[4]参照。

いつしかと待ちし御垣の八重桜咲きて散るまでなりぬるものを

桜の梢やう〳〵寂しうなりて、下かげの花どもの少しけしきばみわたれる夕つかた、月の花やかにさし出でたるも、なか〳〵に心を悼ましむる色とのみこそ。

思ふこと云はぬもつらし山吹のなど口なしに匂ひ初めけん

名残りなう散りしける花の、木の間に少し残れるを見つけて、

何事を思ひ残して蜘蛛のいにはかなくとまる心なるらん

花のため、余りなさけ後るゝわざとや、にくまれぬべき。

[13]大内の山は青葉に埋もれて松のみさをもわかぬ頃かな

木の下闇もいとゞ[14]いぶせうなり増さりて、帰るをすゝむるとかいふ鳥も、鳴きぬべき景色なり。

帰るてふ名のみながれて春の色もとまらずなりぬ花の白波

さは云へど、[15]大后の宮は、いよゝ此の月の末つかたばかりに帰らせ給はんとか承りつれば、其の一節をぞ葎(むぐら)が中の力草にはしける。御前の藤はいとうるはしうて、さし渡せる棚にいみじうはひ広ごりたるが、今年もいとめでたし。

呉竹のよをや心に任すらんまつにも藤はかゝらざりけり

大后の宮は、五月のはじめに西の京を出でさせ給ひて、鳥がなく東のくが地を帰らせ給ひ、さしつぎて、主上(うへ)、后の宮は、押照る難波わたりより、御艦のともづな解きて海路をかへらせ給ふよし、聞えつけたりし程の嬉しさ、何にかは譬ふべからん。御まうけの物ども、御庫より持て運び出す人の声も、許多ならねど、

どよみ渡れる心地して、我劣らじとの〻しりありく。御艦果て給はん日は、十日余り九日ばかりとや。一夜を千代と待ち付け奉る様は、誠に処女子の弥生の節句待ち侘びたらんやうにて、十二十（とをはた）と折りかゞむる指も、あまり七日八日ともなりけるを、如何なる故にかあらん、主上、后の宮も、今しばしとゞまらせ給ひぬべき事をのみ、伝へさせ給へり。人々例の目のみ打ち見合せて、物だに云はれず。又の日ばかりにぞ、や〻額を集めて[16]かこちもし、歎きもして、うき言の葉を摘むめり。さるからに、日頃悩ましかりしいたつきも、嬉しさにまぎれてありけるを、今はとたゆむ心づからにや、いとおどろ〱しうなりて、堪へ忍ばん心地もせず、辛うじて局にはひ入りぬ。かくて五日六日が程は、夢現（ゆめうつゝ）とも思ひわかざりしを、少しよろしうなりて閨の中ははひ出でたれど、猶例のやうにもあらず。

大后の宮には、去ぬる二十日余り二日ばかりに、平らかに還りつかせ給ひぬとや。畏しともかしこきものから、

　　先だつは後る〻さがと知りながらなほ今更にくる〻涙か

主上、后の宮には、少し後れさせ給ふとも、海路よりと聞き奉りしかば、まづ当宮（こなた）よりこそ花やぎぬべう

[13] 皇居、宮中。
[14] うっとうしい。
[15] 23頁、注[4]参照。
[16] 愚痴をこぼしたり。

思ひしはや。子規いと間近う鳴きつゝ渡る夕ぐれに、

ことならば君があたりにかへるにはしかじと告げよやま子規

などのみかこち暮らすも、人悪うめゝしきや。

寂しき高原の下

（明治十年）

寂しき宮居の 下（明治十年）

六日十日余りのほどは、旧(もと)つ暦の[1]節供(せく)なりとや、げに池のほとりの菖蒲いみじう茂り増さりて、ふかぬ軒端にもさとかをり来る。[2]人ならましかば、時うしなへる類(たぐひ)などはしたなうかこちもしぬべきを、心無き草木は、なか〱心ある人に似て、賢人(さかしびと)にも劣らざりけりなど、はかなきことを思ひつらねつゝ、そひ伏したるまゝにまどろみやしけん、障子遣戸(さうじやりど)のはた〱と鳴りひゞくに、驚きさむれば、さしものどかなりつる空の景色変りて、墨かき流したらんやうなる雲に、嵐さへそひて、霰だつ雨のはら〱と枕のもとに降りこぼれ、日おほひの布吹き巻きひるがへす様、まことに白竜などいふものゝ、天かけるらん心地して、[3]いと

[1] 端午の節句。
[2] もしも菖蒲が人であるならば、（暦が変わったために）五月の節句の（活躍の）時を失ってしまったような際には、体裁が悪くて不平を言ったりしそうなのに、心を持たない草木はかえって分別がある人に似て、賢い人にも劣らないのだなあなどと、とりとめもないことを思い続けながら、
[3] なんとも恐ろしい。

すさまじともすさまじ。人々、例の頭(かしら)さし集へて佗ぶ。

むらぎもの心はちゞに砕けゝりなきになしても世をばへなまし

ものを、猶うきことは、身にそふ影とひとつなるぞ佗しき。初夜(そや)ばかりより風いよゝ烈しうなりて、夜もすがらいも寝られず、みなぎり落つる雨そゝぎは、滝つ早瀬のひゞきに似てすさまじ。万づ物のなりはためく音を聞けば、おほとのも今砕けぬべくおぼえて、[4]いとむくつけし。かゝる宮作りの中だに、心細う悲しきに、ましてかりそめなる賤が住家は、如何ばかりにかあらん。

雲の上に物思ひわびて東屋のあまりなるまでたどる心か

さは云へど、[5]うからやから皆さし集ひたらんには、さても慰めつべし。御軍(みいくさ)に従ひなどして遠きさかひに引き別れ、こゝにとゞまりたるうからの類、いかに消えかへるらんなど、人のいたさぞ思ひ知らるゝや。あはれ在しまさましかば、御帳の下にも侍りなましものを、とあるもかゝるもさるべき宿世なりけりと思ひ弱るほど、宮だに残らせ在しまさましかばなどかけ奉りしは、いと〳〵御為思ひ奉る心浅さぞ空怖しきや。如何さまにても起き臥し隔つるよなく、同じ所に渡らせ給はんには、ひまもとむる風も侍らざらまし。臣等が身一つの憂は、何の数にかはあらんなど、人知らず思ひ強むれば、少し雄々しくなりもて行く心地す。辛うじて夜明けぬ。風も暁方より静まりて、やう〳〵我にかへりたるものから、猶胸やすからず、空のみ打ちまもられて、端近うながめ暮す。御前の木どもの枝も打ち撓み、萩薄の若葉も[6]こきたれて、御池の岸に散りうかびたる有様、いと[7]ものむつかし。透垣のほとりに、小さき鳥のもろ羽そこなはれて、悲しげに打ち鳴きつゝ飛び廻るを見つけて、女の童の何心もなう追ひとらへ、ふせ籠にこめてめでもてありくを、古御達(ふるごたち)の哀れがりて、飯粒（いひつぶ）何くれと取りしたゝめて与ふめり。

とり重ね物思へとや日の光うとき雲井に嵐吹くらん

其の頃ほひにかありけん、西の京より御消息あり、はた、主上（うへ）、后宮（みや）の、このとゞまれる人々の事どもを、あはれみおぼしめし給へる余りに、濃き紫の巻きぎぬども給はらせたり。畏さも嬉しさも悲しさもとり集めて、千筋に落つる涙の滝、まことにせきやらん方なし。

ほどもなき袂に余るみ恵のつゆや涙にふりかはるらん

こん月の末つ方ばかりには、いよゝ還らせ給ひぬべきみけしきとなん、みそかに告げ知らせ給へる、いとかしこきものから、幾そ度こと違ひぬる程の心ならひに、覚束なさのみかけ奉るも[8]あながちなりや。とかくする程に、七月二十日余りにも成りにけり。御かへりの事公（おほやけ）ざまに宣（の）らせ給ひて、内々（うちうち）にも御設けしぬべう。官人（つかさびと）のしば〳〵聞え知らせ給へば、人々天にものぼる心地して待ち奉る。同じき三十日には、大御船つゝがなう横浜の港に果てさせ給ひぬとて、御先の女房かへりつきぬるにぞ、やう〳〵こたび真事なりけりと思ひなりぬるまゝに、胸つとふたがりて、何事も思ひ分れず、かへりては悲しう、そゞろに涙のみかき

[4] とても恐ろしい感じがする。
[5] 親族たちが皆家で集まっているとしたらそれでも心慰められるだろう。
[6] たれ下がって。
[7] なんとなく、いやな感じがする。
[8] （臣下の身でありながら）身勝手な気持ちがする。

くらされつゝ、うつゝ無きやうにておぼゝれゐたるよ。

伊くのほ紙

（明治十三年）

伊かほの記（明治十三年）

はし書

そこはかと無く悩み渡りし[1]いたつき、年を経てやう〳〵あつしう成り行くまゝに、宮仕もえ堪ふまじう覚えしかば、強ひて身のいとま給はりて、今は病を養ふ一方にのみ心を用ふるものから、猶ともすれば心地かき乱るゝを、父母（たらちね）のいといたう歎きおぼして、いかで温泉（いでゆ）にもなどの給ふに、医師（くすし）もしか促（そゝの）かせば、来ん夏はと思ひ起しながら、[2]すが〳〵しくもえ出でたちかねしを、今度（こたび）[3]権典侍（ごんのすけ）柳原愛子（なるこ）、同[4]植松務子（とし）の両（ふた）君（かた）、いたはり給ふこと在して、群馬県上野国伊香保の温泉にわたり給ふとて、しば〳〵誘（いざな）ひおこせ給ふこと

[1] 病気。
[2] 気持ちよく温泉に出かけることも出来なくていたところ。
[3] 35頁、注[4]参照。
[4] 夕顔権典侍、植松雅言の長女。一八五一—不明。浮世絵「美人七陽華」、「音楽美人揃」などにも描かれた。

切なり。斯かる折ならではと人々も促かせば、随ひ参らせんと思ひしを、例のいたつきに妨げられて立ち後れつ。両君は六月十九日ばかりに、おのれは七月三日といふ日に都をはなる。

此の旅路は、たゞ[5]母君と共に、従者ひとりばかりを倶したるなれば、心易きものから、さすがに佗しきことも交りて、憂くもつらくも、面白くもをかしくも、さま〴〵なるを、更に書きとゞむべうもおぼえざりしかど、みやびの友どち彼是待ちつけて、[6]いたうゆかしがれば、無下に押しこめたらんもなか〳〵[7]殊更び、[8]ひが〳〵しうもやとて、筆の行くまゝにものしつるを、旅の葛籠の底かい探りて、取り集めて参らせつ。

明治十三年七月末つかた 歌子

七月三日、雨

午前六時家を辞す。[9]黄梅時節家々雨とか、げにいと鬱陶き頃なれど、今日は少し雲間ある心地す。されど、

あまたゝび晴れ曇りして中空に心まどはすけさのむら雲

[10]宮城を左に仰ぎて、神田橋にいづるほど、

頼み来し風の力はおとろへて[11]雨の足とくなりし道かな

向ひ雨に車も進まず、辛うじて板橋駅にたどりつきぬるは、はやう午前八時四十分ばかりなりけり。ころしも早苗とる田子のいとなみ繁き程にて、打ち渡す田面に菅笠傾けつれて、下り立つさまいとあはれなり。

早苗とる田子の袂を小車のうへにもかけて袖ぬらしつゝ

雨暗き田中の森の下露にぬらしそへたる旅のさ衣

さはいへど、都あたりとはやう異りて、小さき山、大なる林など、処々に見えて、青葉の梢も早苗田も、ひとつ緑に打ちけぶれる雨の景色、いと面白し。

そぼぬれて下り立つ鷺のみの毛をもいまだ隠さぬ小田の若苗

雨少しひまある程は、何くれ心を慰むるよしもあれど、かきくらし降るからに、誠に魂も消ゆる心地して、

ふるさとの山だにみえば慰めんあなおぼつかな武蔵野の原

行きくて[12]戸田川の辺りに出づ。従者(ずさ)のいへらく、抑々徳川氏の世を政(まつりご)たれし頃は、番所など云ふ物あり、いと厳かにて、川は渡舟して往復(ゆきかひ)を助け、且つ護られしを、今はさる事の跡もなく成りて、かう心易く橋をさへかけ渡されたるなりとぞ。

[5] 平尾房子(一八三〇―一九〇五)。美濃国岩村藩士・平尾鍒蔵(一八一八―一八九八)の妻。5頁、注[7]参照。
[6] たいそう見たがるので。
[7] もったいぶっているようで。
[8] 風流心がないだろうと思って。
[9] 南宋、趙師秀(一一七〇―一二二〇)の漢詩「約客」を引き、梅雨の季節であることを言った。「黄梅時節家家雨　青草池塘処処蛙　有約不来過夜半　閑敲棋子落灯花」。
[10] 皇居。
[11] 雨脚が強く(速く)なった。
[12] 江戸時代の板橋宿(現在の東京都板橋区)と蕨宿(わらび)(現在の埼玉県蕨市)の間にあった荒川の渡河点で、中山道を往来する人々で賑わった。「戸田の渡し」は有名だったが、明治八(一八七五)年に初代の戸田橋竣工に伴い渡船場は廃止された。

　ゆくものはかくこそありけれ関守の跡もとゞめぬとだの川水

　若薦の末顕はるゝ岸もなしとだの渡りのさみだれのころ

午前十一時半、浦和駅にたどり着く。こゝにて昼飯（ひるげ）食（たう）ぶ。大宮駅を過ぐる程、雨ひた降りに降る。

　降りくらす雨のひかはの神社（かみやしろ）ぬさもとりあへず過ぐる今日かな

道は深田の様にて、車の上にもえたふまじき心地すれば、わびしくも徒歩（かち）より行かんとす。

　縄手道なづむ車のわれからと音をなきぬべき旅の空かな

[13]十町ばかりがほどに、はや足もすくみてせん方無し。道も少し平らかになりたれば、又車に乗りて上尾駅に到る。大路やう〱なだらかに成りて、雨も少しをやみぬ。此のひまにと車を急がせて、鴻巣駅なる中村といふが家に宿る。今日過ぎ来つる道のほどを思ふに、浦和の駅（うまや）には埼玉県庁をさへたてられたれば、学校、病院、のまうけもありて、げに学びの開けたる道は斯もよくと驚かるゝ事多かり。雨だに無くば立ち寄りても見つべかりしを、たゞ宿（やどり）をのみ急ぎに急ぎて、何事もわきまへざりけり。

同四日、半晴

午前五時廿分、鴻巣を立ち出づ。日頃降りしさみだれの雲、やう〱なびき初めて、重なる山の色、濃く薄く見え隠れする景色、いはん方なし。

　雲のうちに見ゆるみどりや霖雨（ながあめ）のはるなの山の高ねなるらん

縄手道は猶泥深くて、車の行く事いとおそし。

　雨雲の晴るゝをみれば朝風の吹上の里のなはてなりけり

空はいよ〲晴れわたりて、いと心地よし。熊谷堤を通るほど、こゝよりは新田、足利の里も程なしと聞くに、元弘のむかし、我が祖の王事に勤労し給ひけんことさへ、まづ打ち偲ばれてゆかしうもあはれにも、思ひつゞくること多し。

みなもとは同じ流れをいさら川などたえ〲に行き別れけん

青柳のめにこそ今朝はかゝりけれみくさ隠れの水のながれも

荒川の枝流なるべし、清き汀処々にあり。

さるは昨日に引きかへて、今日はいたう暑き日なればなり。

午前九時、熊谷駅に着きぬ。此のあたりは道も平らかにて、家居なども清らなり。且、所の人養蚕(こがひ)の業に心を入れて、いとなみ励む故にや、来しかたの里にくらぶれば、衣服など無下にきたなげなるは稀なり。十一時五十三分、深谷駅に車はてゝ昼飯まゐる。[14]普済寺村なる[15]岡部忠澄の墓も此のあたりと聞けど、えとぶらはで行手をのみ急ぐ程に、山いよ〲近く成りて、いとゞ遠ざかる都の空、さすがにあはれなり。わが高楼(との)より見し遠山も、今日はまのあたりにて、

[13] 約一km。

[14] 現在の埼玉県大里郡岡部町普済寺。普済寺は、寺伝によると建久二(一一九一)年に岡部六弥太(六野太)忠澄が栄朝を招請して創建、忠澄の法号を寺名にしたとされる。

[15] 通称、六弥太。はじめ源頼朝、のち源義経につかえた、平安後期―鎌倉時代の武将。寿永三(一一八四)年、一ノ谷の戦いで平忠度(ただのり)を討った(?―一一九七)。

ふじがねの裾野の山につらなりて秩父のみねぞ高く見えける

勅使川原（てしがはら）のわたり水清く、岸平らかなり。此の河は、神流川（かんる）とも甘楽川（かんら）ともいふとかや、汀に下り立ちてさゞれ拾ふほど、時もやゝ移りぬべし。

草枕旅路のうさを慰むるさゞれは玉のあたひなりけり

川を越ゆれば、やがて武蔵上野の国境なり。遠く洋館の雲にそびえて、石炭の煙打ちなびくは、何わざする家ならんと見めぐらすに、屑糸紡績所といふ札たてたり。富岡なる製糸場も、此所よりは五里余りなりとぞ。今宵は新町（しんまち）にと志しゝかば、河原に時を移しつるを、此の駅はいぬる年の火に、さるべき家も大方焼けて、少しむね〳〵しきは遊女（あそび）の居る楼のみなりといへば、宿るべき心地もせず。まだ日は高し、いざ[16]倉賀野（くらがの）までと従者の促（そゝの）かすに、いざとて車走らすれば、はやう烏川のわたりなり。

板橋のすき間あやふき烏川とまり後れて急ぐ旅人

やがて駅にたどりつきて、堀江といふ旅館につきしは、午後七時過る頃なりけんかし。夜中ばかりより雨又降り出でたり。明日の山路を思ふに、いと心細し。

同五日、雨

午前五時廿分、倉賀野駅をはなれて松原にかゝる。雨はひまなく降りそゝげど、車のめぐること、思ひしよりは安げなり。佐野の舟橋もほど遠からずと聞くに、よしや物語めきたる故事（ふるごと）なりとは聞くものから、はやく人口に膾炙せし、[17]佐野常世が跡も尋ねまほしけれど、みづからこそあれ、ひまなき雨に母君のいたう困じ給へるさまなるに、従者はた行先をのみ急ぐもことわりなれば、徒らに行き過ぐ。

午前八時、高崎駅に達す。駅のこなたより雨降りまさりて、篠つく如し。斯くてはいかゞとて、とある茶店に憩ひて、従者に食物食べさす。

白雲のまよふ山路はいかならん軒端づたひも霧深くして

街を出でゝ柏木にかゝるほど、雨いよ〳〵烈し。

空の色も梢もわかぬ雨の中に緑をのこす小田の若苗

柏木[18]のこなたにて、池田謙斎[19]ぬしに行きあひたり。先かたみ[20]に恙なきを悦ぶ。こゝよりは道も弥々さかしければ、駕籠にてこそ登り給ふべけれ、彼のふたかたも、いたう待ち佗び給へば、いかに慶び給はんなどの給ふ。君がけふの雨にふりはへ出で立ち給へるは、のがれがたき公事の在す故なりとか。とかくして柏木に着きぬ。教のまゝにしてこそと思へど、いかにせん、母君もおのれも、駕籠に乗れば必ず気のぼる性

[16] 群馬県高崎市の地名。江戸時代は、中山道の宿場で陸交通の要衝。旧倉賀野町。

[17] 謡曲「鉢木（はちのき）」の主人公の武士。上野（こうずけ）（群馬県）佐野の人。最明寺入道北条時頼が僧となって諸国行脚の帰途、佐野で雪道に迷って常世の家に一夜の宿を借りたとき、秘蔵の鉢植の木を焚いてもてなし、鎌倉に事あるときは一番に馳せ参ずることを語り、後日時頼が兵を招集した際に一番に到着して本領を安堵され、所領を与えられたという。

[18] 現在の群馬県多野郡万場町柏木。

[19] 幕末―明治時代の医師で、日本の近代医学の礎を築いた人物。日本初の医学博士、東京大学医学部初代綜理。後、宮中顧問官。一八四一―一九一八。

[20] 先ずお互いに。

なれば、とても斯くても山駕籠にはえ堪へがたかめり。さらば車に人をまして、押しもし曳きもして助け登せよとて、こゝに少し打ち休らひて雨と共にふり出づ。

辛うじてのぼる程、雨は只滝つせをそゝぎかくるやうにて、車もよどみがちなり。このあたりよりは、利根川を右に見て、榛名山を左にのぞむよしなれど、雲のためにかき消たれて、そこともわかれず。

山水の心もくみて行くべきをあなあやにくの今日の雨かな

[21]むらぎもの心の駒にむち入れて雨のあしには後れしもせじ

などをゝしげに言へど、たゞ猛きことゝては、今幾里ばかりとぞと、問ふより外のこと無し。峰林、水沢などいふ所に憩ひて、やうく伊香保の町なる[22]木暮八郎がりたどり着きしは、午後四時四十八分ばかりなりけん。この家は去年の夏、皇太后宮の仮の御宿と成りし処なれば、家作もむねむねしく、さらに山里めきたるさま無し。嬉しきものから、身のいたつきさへ起りて、我彼の心地もせず、引かるゝ儘に楼に登れば、かねて両君の、我が為にと設けさせ置かせ給ひし室あり。調度などもみな清らにて、主ぶりいとねもごろなり。待ちわび給ふと承れば、やがて濡れたる衣ぬぎ更へなどして、強ひて御かたがり参る。珍らしき所にて珍らしき対面なれば、かたみに摘み出づる言の葉もいかでかは少なからん。愛子の君は、殊に此の日頃あつしし給ひしを、昨日今日ばかり枕もたげ給ひしとなん。かゝる対面に病も忘れたるやうなりなど打ち語らひ給ひて、起きあがり在するに、立つしほも無き心地すれど、身もいたう労れぬれば、明日を契りて辞して出づ。

さて、故郷人もいかに覚束ながりたらんとて、文書いつけて、従者に消息などつたふ。座敷はかたぐの在するかこひのうちにて、遣戸の隔ても余り遠からねば、心細かるべき山里も、なかなか賑はしう、旅寝のこゝ地もせず。

同六日、半晴

けふは従者を都へ還すとて、何くれのことづてなどす。とかくして、午前八時ばかりに出だしやりつ。打ちむかふ山は、昨日の雨余波（なごり）なく晴れて、むら〳〵残れる雲のたゝずまひも面白しなどは世のつねなり。

　横雲の上に一むらたつ雲は山の出でゆの煙なりけり

　木隠れに雪も残りてせみのはの衣手寒し夏の山里

務子君の[23]山繭作る処見んとて、誘ひ給ひしかど、昨日の労（つかれ）にえ思ひたちかねつ。愛子君も猶心地常ならずとて留り給へるが、いとつれ〴〵に在すめれば、そなたに渡りて御物語りなどする程に、さしものどかなりつる空、俄に雲起りて、雨あわたゞしう降り出づ。輿もていきねなどのゝしり騒ぐ声す。務子の君の帰り在する頃は、空さりげ無く晴れて、少し打ちなびきたる雲間に、夕日のさし残りたる影、秋の夕の心地して、あはれに心づくしなり。火ともし頃に、わが方へ帰りぬ。

同七日、小雨

今日は旅路の労もやゝつくろはれたれば、物の本など取り出づ。昼つ方より御方に渡りて、尋ねとひ給へ

[21] 心にかかる枕詞。

[22] 温泉源地及温泉所有者で、大屋（旅館業者）の一人。

[23] 山繭糸（山繭蝶からとった繭の糸）を混ぜて織った織物。

る書の心など、片端づゝ少し答へ参らする程に、くだ物などさし出でさせ給ひなどす。何まれ歌の題をと請ひ給ふまゝに、たゞ打ちつけの気色を見出でゝ参らす。おのれもよまゝほしけれど、[24]例のみだり心地に、くれまどひて帰りふしぬ。

同八日、半晴

暁方にとく夢も覚めぬれば、昨日の題取う出て、

山亭雨

山賤がとき洗ひ衣今日もまたほしあへぬ間に雨かゝりきぬ

夕杜宇

大かたは雨に成り行く此の頃の夕を待ちてなくほとゝぎす

昨夜(よべ)は盗人の上の楼をうかゞひたりとて、人々起き騒ぎなどして物おそろしかりしかば、え打ち解けても寝ざりしけにや、心地も例ならねば、終日(ひねもす)垂れ籠めてのみありしを、夕つけて少し爽やぎにたれば、御かたにわたりぬ。待ちつけてみせたまふ。

山亭雨　　愛子の君

茂りあふ青葉の山の下いほは雲の行き来にむら雨ぞふる

実景よくも写し出で給へるかな。己れのは引きも破(や)りつべき心地す。かねて都へ言ひやり給ひし書籍(ふみ)、今日着きたりとて取(と)うで給ふ。其の深き意義(こゝろ)を解きあきらめ参らすることは、いかでかは為しえん。たゞ打ちおぼゆるまゝを、おぼ〳〵しう打ち出でたるもかたはらいたしや。臥戸にいりて昨夜のあらぶるわざ思ひ出づ

るも、胸騒ぐ心地す。

雲のゐる山の奥にも白波の立ちよるひまはある世なりけり

九日、半晴

終日御かたに在りて、暮れそむる山の景色を諸共に見出しつゝ、いよ簾（す）少し巻かせたるほど、雨のなごり涼しう風打ち吹きて、薄霧の絶間にみゆる火影は、賤がやのあくた火にかと思ふに、山の半（なかば）ばかりの木の間よりかけて、谷間めく処にぞ多かる。なにぞと問ふに、こはこのあたりの里人の、昼は養蚕（こがひ）の業にいとま無ければ、暮れて後、山畑をかへすとて篝焚くなりとぞ。げにかかる民草の下葉だに、都近きは斯くしもあらざめるをと思ふに、

かゝりたき畑うつみれば梅雨（さみだれ）に下り立つ田子の袖は物かは

十日、雨

けふは山路卯花、遠村煙といふ事をよまんとす。されど、例の心地悪しければやみぬ。

けふも心地常ならねば、終日たれ籠めたり。昨日の題取うでゝ、

山路卯花

つゞら折なづみし駒の跡ならんさく卯の花の雪のむらぎえ

遠村煙

[24] いつものように気分が悪く、体調が悪くなって。

雨晴るゝ遠山里のゆふけぶり今日は雲にもまぎれざりけり

浮雲のかへる山路に星みえてかぞふるばかりたつ煙かな

まひる過ぐる頃より胸いみじうせきあげて、息も絶ゆるやうなるに、いとゞ故里の空恋しう、涙も落ちぬべき心地せしかど、夜に入りてやゝおこたりて、打ちまどろむばかりには成りぬ。寝ざめて後、御かたに参らせたる、

玉だれのへだてばかりに夕霧の晴れぬうらみをかくる今日かな

さみだるゝ旅寝の窓のつれ〴〵を今日ばかりこそ思ひしりぬれ　務子の君

御かへし、

旅枕同じ宿りをさみだれのかゝりけりとも知らで過ぎけり

同十一日、小雨

[25]いたつきも大方おこたりにたれば、[26]くしけづり湯浴みなどして御かたに参れば、昨日のとだえを心もとながり給ひて、何くれ語らひ給へるほどに、昨日よみたりとて出し給ふ。

山路卯花　愛子の君

上野のいかほの山路越えくれば夏草交りうつぎ咲くなり

朝づく日影はさすがに寒からぬ山路を埋む卯の花の雪　務子の君

雨も晴れにたれば、うしろの山の薬師堂にものせんとて、御かた〴〵に随ひて登る。御堂はいぬる年焼け

て、あやしげなる仮の小屋なれど、打ちわたす山々の姿やう〳〵顕れ初めて、夕ゐる雲のたゝずまひ、えもいはずをかし。

　　みるめかるかたならずとや白雲の物聞(ものぎゝ)山を立ちかくすらん

右手(めて)の木の間をみおろせば、谷川の音いと物すごう響きて、湯本に出づる道かすかに見ゆ。こゝより屏風岩、二つ嶽を望む。

　　玉ぼこの道はひとつをふたつ嶽いかにたどりて分け登るべき

帰らんことは飽かず口惜しけれど、まことに暮れはつる空の景色に心あわたゞしうて、えよくも思ひつゞけざりけり。

十二日、半晴

雨だに降らずば、向山(むかう)といふ所に遊ばんと、かねて契り置きたれど、雲あやにくに立ち重なりて、立ち出でんそらもなければ、昨日の題とり出づ。

　　　蓮花始開

　　賤が刈る汀のまこもひま見えて一本さけり池のはちすば

　　　山中滝

[25] 病気もだいたい良くなったので。

[26] 櫛で髪をとかし、湯にはいったりして。

枝垂れて岩がねおほふ山松の梢を越ゆる滝つ白波

とかくする程に風吹き出でゝ、さしも深く立ち重なりつる雲、なごり無く晴れ渡る空いと心地よし。さらばとてさうぞき立つ。道の程はたゞはひ渡るばかりなれど、こゞしき山路の登り降りに、衣も汗に打ちひたりて、[27]つき〴〵しからぬよそへなれど、泥にいきづく鮒に似たり。登りはつれば、昨日みし二つ嶽、屏風岩、物聞山など目のめへなり。谷のあなたを見やれば、男子山、子持山など連なりて、茂り合ふ青葉の蔭、昼なほをぐらし。

なく蟬の声もしぐれてならしばの木蔭露けき谷の下道

亭には、[28]関雪江大人の六勝の五言絶句書きたるを額とし、[29]近藤芳樹翁の歌の軸かけなどして、至り深き主の心しらひをかし。岩川のいたう濁りたるは、人々の浴みせし温泉(いでゆ)の末なればなりとぞ。

奥山の滝つ早瀬も世のちりの交るばかりに開けつるかな

くだ物参りなどして、帰さの程も、思ひつゞけたることのありしやうなりしかど、九曲折(つゞらをり)の苦しさに皆忘れにけるなめり。

十三日、半晴

今日も、例の御かたにてかたらひ暮す。

十四日、半晴

日たけて起きて湯あみなどする程に、楼主短冊やうのもの何くれもて来て歌こふ。さてよめる、

此やどを千代ともいはじ岩が根のいで湯の涸れん時をしらねば

いかほ山朽ちぬ岩根に残りけりかひなくかれし竹の一むら

こは楼主の祖木暮某は、武田信玄ぬしの重臣なりしに、宗族の滅びし後、[30]そがうから相引きゐて、此の山に移り住みぬるなりとぞ。わが遠つ祖新田ぬしの末なる[31]平尾伯耆といふ人、同じ頃武田氏に仕へしことども、家の旧記に伝へたれば、昔のゆかりたゞならぬ心地して、すゞろに斯う打ちうめき出でつ。其の他旧詠二つ三つ取りぐして遣りつ。主また軸などにすべきものをとて、大きやかなる紙もて来、[32]いとわびし。

伊香保山峯のいでゆにくらぶれば箱根も未だ麓なりけり

今日は両君の、水沢の滝見に出で立ち給ふとて誘ひ給ひしかど、道の程も近からずと聞くに、心地も例ならねばとまりぬ。帰り在して、山のたゝずまひ、滝つせの姿、言葉にはえこそ尽し難けれ、見せ参らせば如何にかひあらましなどのたまふ。物がたり暮して、わが方に帰りて後参らせたる、

言の葉も及ばぬ峯の滝つ瀬は音にのみこそ聞くべかりけれ

[27] 似合わない例えだけれど。
[28] 関雪江は、常陸土浦藩士。代々書家としてつかえ、詩もよくした。江戸で家塾雪香楼をひらいた、一八二七—一八七七。
[29] 江戸後期—明治時代の国学者で歌人。天保十一（一八四〇）年長門萩藩士の近藤家をついで私塾をひらき、藩校明倫館でも教えた。維新後、宮内省文学御用掛、一八〇一—一八八〇。
[30] 祖の一族を連れて。
[31] 信州平尾城主、平尾伯耆吉信。
[32] たいへん困った。

十五日、雨

終日物書き暮して、身もいたう労れぬれば、とく枕につきぬ。

十六日、半晴

今日も御かたにくらして、夕つけて還るに、此の日頃炊事（かしぎ）の業何くれのこと任するはした女、さる方より請はれたりとて[33]たにざくもて来て、切（せち）に請ふまゝに、旧詠書いつけてやりつ。今日のは、

樹蔭納涼

若ごもの折れ臥す見れば川柳の下涼みせぬ人やなからん

十七日、晴

午後十一時過ぐる頃、都より従者（ずさ）まゐ来て、故里の消息伝ふ。今日は終日歌請ふ人絶えず。[34]篠田仙果といふ人、こゝに家を作るとて、そがほぎごとを請はる。

伊香保山いでゆの花の弥栄（いやさか）に開けそふらんやどをしぞ思ふ

また高崎なる医師田井某の請によりて、医といふことを、

人のみか国の病もすくふてふくすしの道ぞたふとかりける

人々許多集ひ来て請ひしかど、うるさければ其の名も聞かず成りぬ。事果てゝ湯本にものす。道の程危げなる山路にて、困（こう）じつれば、歌めくものも出で来ず。只ありつるまゝを、

出づる湯のそのみなもとをとめ来ればあつさをそふる蟬の諸声

怪しうみゝ馴れたるやうにもあれど、かゝる折のなればゆるさるべくや。宿に帰りて後も、猶物書く事多く

て、明日立ち出でんそこらの用意も、皆人に任せつ。此の日頃、彼の御両君(おんふたところ)より、何くれと御心そへさせ給ひ、くさ〴〵の物賜ひ、楼主も処につけたる物調じなどして、訪らふ事いと懇ろなりしかば、旅寝のつれ〴〵も覚えざりけり。

十八日、晴

今日はかへさの門出なれば、心も行きて、目もいと早うさめぬ。さはいへど、今はと袂を分つ程、人々の余波惜しまるゝいと心苦し。

草枕かりのやどりの朝露もおき出づる袖に打ちこぼれつゝ

伊香保の町を離れしは、午前七時四十分ばかりなり。いぬる日はをやみ無かりし雨に、物のあやめもわかざりしかど、今日は隔つる雲もなくて、心もはるけやる道なり。此の度は道を前橋にとりて、左方におもむく。行き〳〵て、御陰の松の辺(ほとり)に出づ。こは去年の夏、皇太后宮の、この出湯に行啓ありし時、こかげに憩はせ給ひて、御気色いとうるはしかりしを、[35]揖取(かどり)群馬県令のいたう畏みて、木のめぐりに垣を結はせ、皇

[33] 短冊(たんざく)。

[34] 明治時代の戯作者(げさくしゃ)。本名篠田久治郎、別号は笠亭仙果（二代）。『絵入鹿児島戦記』など西南の役を取扱った実録ものを得意とした。

[35] 楫取素彦(かとりもとひこ)は、群馬県新設時の初代群馬県令（在任期間一八七六―一八八四）長門萩(ながとはぎ)藩士。江戸で安積艮斎(あさかごんさい)、佐藤一斎（美濃国岩村藩出身の儒学者）に師事。吉田松陰の次妹の寿（久子）と結婚し、寿に先立たれた後、明治十六（一八八三）年久坂玄瑞の未亡人であった末妹の文（美和子）と再婚。一八二九―一九一二。

太后宮の大夫[36]万里小路博房君に請ひて、

　芝中の松のやどりに千代かけて残るは君のみかげなりけり

といふ歌を碑の表にして、其の由来を裏にゑらせたるなり。畏けれど、おのれも其の辺に憩ひて、

　久かたの月のみかげの跡とめていこへば涼し松の下風

道のほとりに、濃く薄く咲き乱れたる千種の花、いと美はし。明日ならましかば、折りもてゆかましをなどいふめり。

　呉竹のひとよばかりの旅ならば都の[37]つとに折りていなましを

山を下りて渋川駅に着きしは、午前九時四十二分なり。縄手道をめぐり尽して、はんだの船橋を渡り、前橋駅にて昼食ものするほど、暑さ言はん方無し。連なる山をみかへりて、

　打ち向ふ峯の白雲小車のうしろにめぐる九曲折かな

[38]此の街道は、ゆきゝの人も余り多からぬやうなれば、さしもあらじと思ひつるに、[39]玉村駅は名にも恥ぢず、玉ぼこの道いと清うかき払ひて、家造もよし〳〵しく、女どもの、そこらの楼に[40]うまいしたる姿なども、無下にきたなげならず。

　うたゝ寝の夢の枕に傾きし妹がかざしの玉村のさと

我落ちにきとや、憎まれぬべき。

　こゝより新町に出でゝ、本庄駅なる[41]諸井某が旅屋に到りつきぬるは、午後六時三十分なり。道すがら橋打ち渡り、立ち休らひなどせし処多かりしかど、うるさくてえも書きとゞめずなりぬ。

十九日、晴

午前五時三十分、本庄を出でゝかへりみすれば、

雲分けて昨日わが来し伊香保路の山は見えずも成りにけるかな

新町よりあなたは、いぬる日過(よぎ)りし道にて、珍らかなることも無し。彼は雨に悩み、是は暑さに苦しむが異なるのみなり。縄手道はいとゞ熱き灰かき立つるやうにて、いと堪へ難ければ、しばく車をとゞめて、少しあゆまんとすれど足も出でず。

かげもなき田中の道を行く袖に嬉しくうつる露草の花

午前十時五分、熊谷駅に達す。[42]熊谷蓮生の墓も此あたりと聞けば、帰さには必ずとぶらはんと思ひしかど、心地悪しくてえ尋ねず成りぬ。たどりくて吹上の駅に着きしは、午の頃ほひなり。こゝにて昼食食(た)べんと

[36] 万里小路博房(までのこうじひろふさ)は、江戸時代後期から明治時代にかけての公卿。維新後（一八六九年）は、初代宮内卿や皇太后宮大夫(だいぶ)などをつとめた。一八二四—一八八四。

[37] みやげ、贈り物。

[38] 日光例幣使街道。

[39] 現在の群馬県佐波郡玉村町。中山道倉賀野宿（現高崎市）より分岐する日光例幣使街道の最初の宿駅。同街道が東西に、佐渡奉行街道が南北に通る交通の要地。

[40] ぐっすり寝ているようすなども。

[41] 諸井家は、代々鳥見役を務めた旧家で、実業家、外交官、書道家春畔、音楽家など多くの名士を輩出している。近代諸井家は北・南・北の三家があり、ここは宿屋諸井と言われた北諸井家。

て、みさかなは何よけんなどとふ。老女出で来て、畑つ物の外は鮑のみなりと答ふるも、をりにあひていとをかし。とかくして車に乗る。心地もかき乱るやうなり。

鴻巣駅なる[43]須賀神社の祭日とて、人許多立ち集ひたり。おのれも詣でまほしけれど、大御名のすが〳〵しからぬ心地に、むなしく行き過ぐるも畏しや。午後四時三十分、桶川駅なる栗原が家にやどりぬ。打橋わたしたるあなたの座敷に宿れる一むれは、如何なる人達にかあらん、言葉いとふつゝかに、声高にさへづる、いと耳がしまし。さはれ、説教、学校の益あることなど、くど〳〵と説き立つるを聞けば、だみたる声もみやびかなる糸竹の音よりは、なか〳〵身にしみて、嬉しくおぼゆるもあながちなりや。それのみならず、やり戸のあなたに[44]史記うちよみて、折々其の奥義など講ずる声ぞ聞ゆる。まだ若竹のよごもれる程と思はるゝに、ゆかしくて物のひまよりのぞけば、此の家の子なるべし、年齢（よはひ）なほ十余り四つ五つばかりと見ゆる男のわらはの、さま〴〵の書取りちらして更に他念なげなり。彼を見、是を思へば、玉敷の都人かへりてはうら恥かしう、面て赤む心地す。

二十日、半晴

午前五時四十分、桶川駅を立ち出づ。今日も曇りなき日の光、いと堪へがたし。[45]氷川神社には必ずと志して、大宮駅のこなたより道を曲げてたどりつく程に、今まで焼くやうなりし日影俄にかきくらして、ほろ〳〵とこぼれ来る雨いと涼し。

うまや路の塵にけがれし衣手を洗ふも嬉し夕立の雨

森の木立物深う、枝をかはせる松杉の緑神さびて、池の玉藻のひまにひれふる魚も、恵の浪をかづきて処得がほなり。御社を改め作るべき材どもを、もてはこぶ声す。

事そぎしかりの宮居にかみつよの姿をしのぶ森のしめなは

雨はまことに我が為にみそぎせしやうにて、森をはなるゝ頃は、はやう雲ちりて、再び照日の光まばゆし。喘ぎ〳〵て午後一時ばかりに、板橋駅に着きぬ。こゝに暫時いこひて、昼食ものし、衣の塵打ち払ひなどして、車にうつる程、空又少し曇りて吹く風やゝ涼し。心も車も、いといたう進みて、帰りつきぬるは午後四時ばかりなりけり。

[42] 鎌倉初期の武将。武蔵国熊谷の人。はじめ平知盛に仕えたが、のち源頼朝に仕え、一ノ谷の戦いで平敦盛を討った話は有名。建久三（一一九二）年所領争いに敗れ、自ら法然の門に入り、法名を蓮生とした。

[43] 現在の埼玉県北本市高尾にある。

[44] 中国、前漢の歴史家司馬遷の著。上古の黄帝から前漢の武帝に至るおよそ二千数百年にわたる通史で、歴代王朝の編年史である本紀十二巻、年表十巻、部門別の文化史である書八巻、列国史である世家三十巻と、個人の伝記集である列伝七十巻との計百三十巻からなっている。前九十一（武帝の征和二）年ころに完成。日本では、天皇が侍読に『史記』を進講させた記録が各時代の史料に散見される。

[45] 現在の桶川市上日出谷南にある。

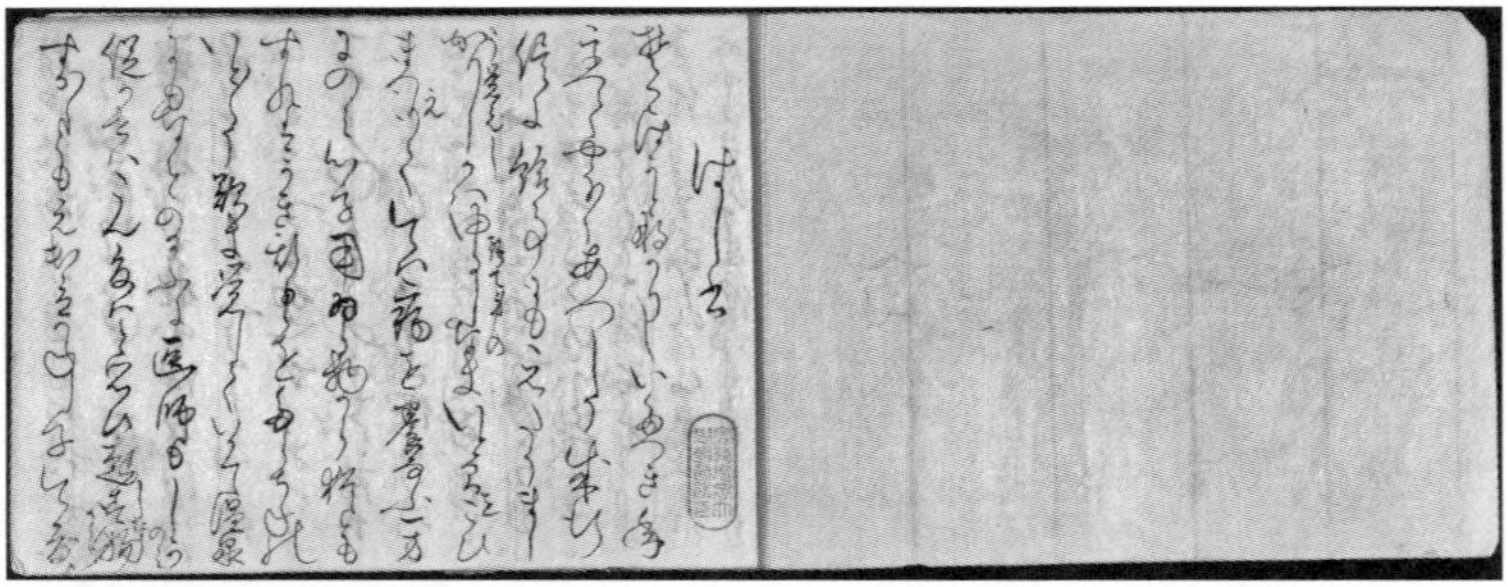

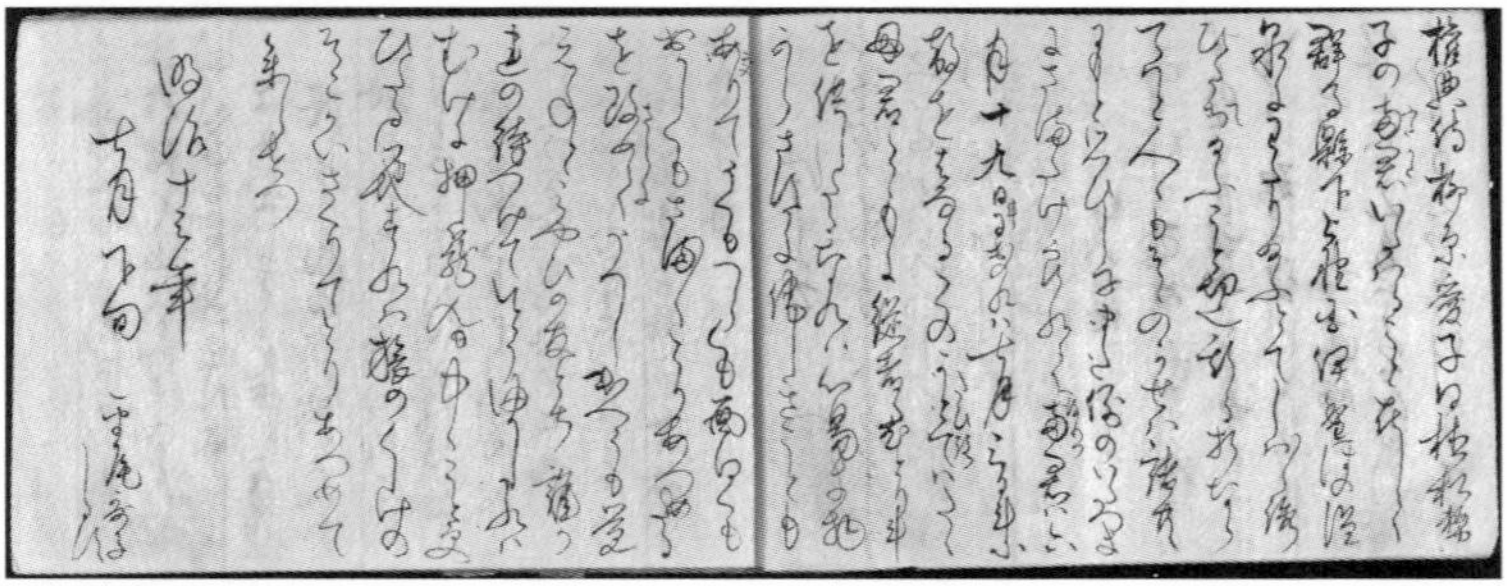

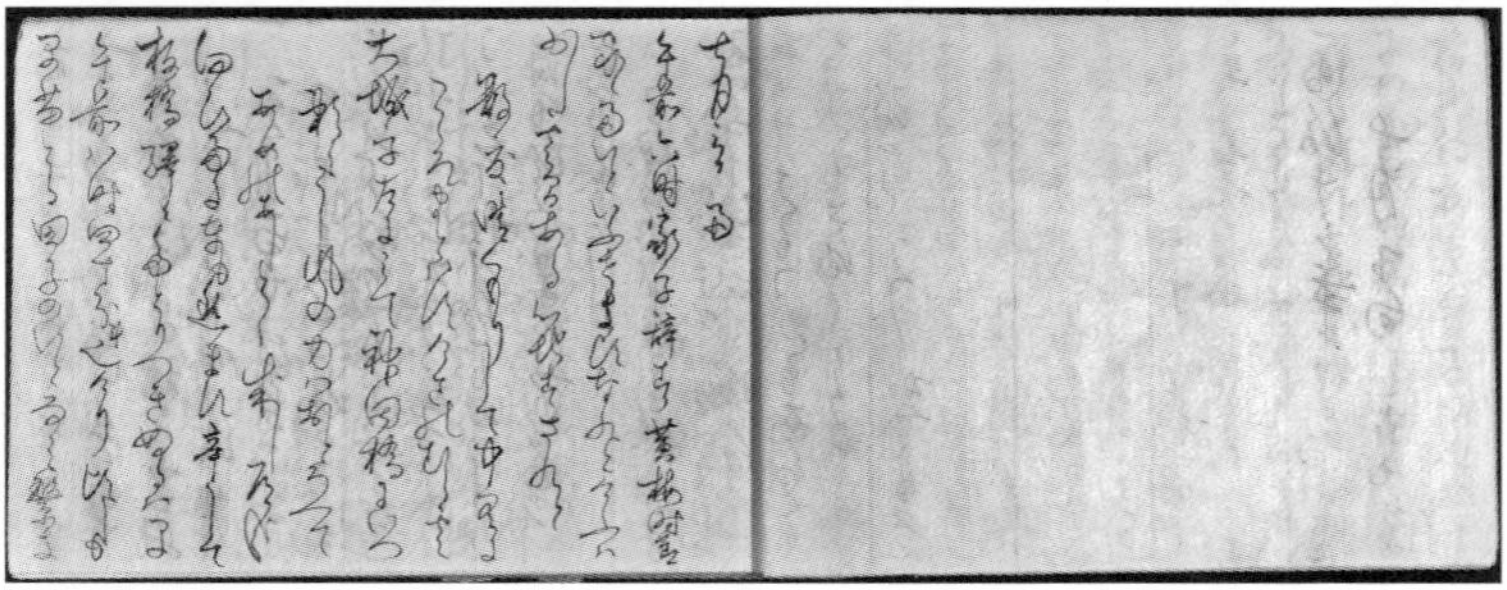

四十四日之記

（明治二十一年）

四十四日の記（明治二十一年）

上の巻

打ち渡す四方の梢を被ひし花の雲は、いつしか消えて、青葉の緑すが〳〵しく、晴れたる空の色につゞけるもいと心地よく覚ゆる頃ほひ、去年より気管支炎といふ病に煩ひて、臥床にのみ籠らひ居りしも、やう〳〵おこたりざまになりて、後宮（うち）にもまうで、[1]学校にも昇るばかりには成りぬ。されどなほ気候の寒冷を覚ゆる毎には、打ちしきり咳き入りて、たへ難う覚ゆ。されば速（と）く転地療養せではと、医師（くすし）は切に促（そゝの）かすめれど、半年を越ゆる迄籠らひ居たりしを、[2]今また御暇請はん事もいとかしこしと思ひわび、思ひまどひつ。まづ[3]土方（ひぢかた）宮内大臣のみもとに、しばし病を訪らはれつるかしこまりも申さんとてまうでゝ、ことの序に

[1] 明治十八（一八八五）年開設した華族女学校。開校時、下田歌子は幹事および教授に任ぜられた。
[2] 再び休むことは恐れ多いことと悲しく思われ、どうしてよいかわからずうろたえている。

かう〳〵と洩らし聞えつれば、そはいとよき事なり、病がちにては何事かはならん、且は各地の女学校などをも視ば、かたへは公の御ためにもこそならめ。速かに思ひたち候へとある。いと嬉しくて、直ちに[4]皇后の宮にもそのよし啓せんとて参りたれば、[5]権典侍（ごんのすけ）柳原愛子（なる）の君、

旅衣たち別るゝはうけれどもことばの花のいとぞ待たるゝ

[6]権掌侍（ごんのないし）あつ子の君

草深き夏野の原も君が行く道一筋はうもれざるらん

[7]同道子の君

君が行く県々（あがた〳〵）の少女子は学びの窓をあけて待つらん

教草ふみ分けがてら旅衣たつ袖いかに涼しかるらん

との給ふ。いと嬉しけれど、おもはゆくて、すゞろに汗あゆる心地すれば、かへしもせで急ぎ罷出（まかで）ぬ。

五月廿三日、名古屋丸といふ汽船にて、[8]四日市迄と志して出でたつ。よべは営むべき法会あり、今日もまだきより墓まうでなどしてと思ふに、心あわたゞし。午後四時の出帆なれば、正午十二時の汽車にておきてたり。殊にむつまじき限りの生徒だち、せめては新橋迄も送らんと云はれしかど、学校の時間なればと強ひてとゞめて、[9]塾の中に残り止りたる二人三人のみを許して、車に上らんとする程に、あわたゞしう、暫時々々と呼びつゝ、此方ざまに走り来る人あり。誰ぞやとみれば、校の中学の生徒だちなり。何事ぞと問へば、今日は幸に某の師の欠席ありて、今なん罷出ぬ、いかで願かなへて、御送りの数に入れ給へとあるに、余りこと〴〵しくやと思へど、志もだし難くて、さらばとて車二十ばかり引きつゞけて、[10]停車場に至り着

きぬ。こゝにて袂を分たんとするに、まげて横浜迄といふ。そが中には、[11]こゝよりはえこそ帰らじなどいひて泣くもあり。困じ果てゝ、やうく言ひさとしなどする程、時も移りぬ。午後一時三十分の汽車にぞ辛うじて乗りつる。[12]よし子と[13]弟とは、従者一人二人ゐて、なほ船迄とて来つ。諸共に出で立つは、[14]母君と従者となりけり。

[3] 土方久元。土佐高知藩士。中岡慎太郎らと薩長同盟の成立に尽力した。明治二十（一八八七）年第一次伊藤内閣の農商務相、同年宮内大臣、翌年枢密顧問官を兼任。日記に『回天実紀』、のち『明治天皇紀』編集にあたった。一八三三—一九一八。

[4] 15頁、注[1]参照。

[5] 35頁、注[4]参照。

[6] 37頁、注[14]参照。

[7] 小池道子は初め有栖川宮家に仕え、後皇后宮に出仕。歌集『柳の露』、日記『みちのつと』。一八四五—一九二九。

[8] 明治三（一八七〇）年、三重県四日市〜東京間にはじめて汽船による貨客定期輸送が開始された。

[9] 寄宿制の桃夭塾（桃夭女塾）。華族女学校の最初の入学者一四三名のうち、約六〇名が下田歌子が自宅に開設した桃夭学校（華族女学校開設にともない廃止）の生徒であり、親元を離れて就学する学生のために設けた。

[10] 新橋駅。19頁、注[17]参照。

[11] どうしてもここから帰らない。

[12] 華族女学校嘱託教師、堀江義子。丸亀藩御目付役堀江治部斉の娘。下田歌子と共に渡欧し、帰国後、明治天皇の第九皇女泰宮聡子内親王（東久邇宮稔彦王妃）の御用掛。一八六二—一九四二。

[13] 平尾鍗蔵。一八六〇—一九二三。

[14] 5頁、注[7]参照。

此日は朝より雨いたく降りて、肌寒く、寒暖計は五十六七度の間に在りて、綿入衣取り重ねても、なほ風身にしむ程なり。おのれが病には、殊に心すべき気候なれば、例の頭さへ痛きに、船の中思ひやるも心細し。さて人々に別れて乗り移る程、[15]雨ひたぶりに降る。此の雨に風の添はましかば、浪の荒びもいかゞあらんなど、人の云ふを聞くに、馴れぬ心地には云ひ知らず、何しに斯かる日には出で来しぞと思へど、言に出でんはさすがにて、母君を何くれと慰め参らせつ。母君はことに船を忌み給へば、いと心苦し。況いて家にとゞまり給へる[16]父君は、斯かる空の景色を眺めて、いかに我が上を思すらんと思ふに、返すぐ心苦し。午後八時ばかりに、辛うじて船は出でたり。波に映ずる泊り船の火影も、やうぐ幽かになりて、見えずなる程、あはれならずしもあらず。

午前一時過ぐる頃、遠州灘を過ぐ。雨は思ひしよりも静かになりて、船の揺ぎ次第々々に穏(おだ)しく成りぬ。されど母君は、なほ胸苦し頭重しとて、夜一夜呻き給へば、従者絶えずみとり参らす。おのれは幸に[17]船ごゝちもなけれど、只身一つの病を護るをたけき事にして、打ち臥したり。午前四時過ぐる頃、夜も明け候ひぬ、少し甲板に出でて見給はずやと、従者のすゝむるまゝに上れば、昨夜の雨、余波無く晴れて、果も無き海の上に、むらぐと立ち別れ行く雲の間(ひま)より、旭ほのかにさし出でたり。遥かの沖に煙の一筋なびくは何にかと問へば、汽船なりといふ。我が友得たる心地して、嬉しと思ふもをかし。

[18]おまへ崎を過ぎて、十時ばかりには、[19]亀島と云ふを廻れば内海なりと云へど、打ちまどろみたるにやあらん、何事も知らず。十一時ばかりに目覚めて、窓よりみれば、陸地も遠からず成りて、大小の島嶼波間に出没せり。こゝは何処と問へば、三河の[20]いらこ崎のあたりなりといふ。帆あげたる船多く見えて、人げ

近くなりぬと思ふに、心強し。母君も心地少し直りぬとて、起き返り給へり。始め見えたりし陸地は、すべて小さき屏風立てたらんやうに、同じやうなる断崖（きりぎし）の、海面に聳え立ち、其の奥には高き低き山の、遠く近く見えたりしが、船の進み行くまゝに、島のさま、山の景色、さまぐ〵に変り行くなど、いとく〵面白し。従者どもの、海面の景色珍らかに、船の中は少しは暇ありて見え給ひしかば、よき御歌もこそなどいふに、

万代の亀島かげも短夜の夢のたゞちに過ぎぬとぞ聞く

とのみ答へつ。

午後二時十分、四日市に着きぬ。先づ海岸より陸を望めば、煉瓦石造の家所々に見えて、煙突の雲に聳えたる、すべて鄙びたらず。かれは何ぞと問へば、煉瓦製造所と米搗場となりとぞいふ。小船に乗り移りて、浜田屋といふに憩ふ。こゝは桑名に近くて、時雨蛤（しぐれはまぐり）の名産ありといへば、ここ迄来つる印にとて、命じて買ひ持て行く。程もなくて、また[21]宮通ひの小蒸汽船出づといへば、とばかり憩ひもあへず立ち出でゝ、再

[15] 雨がやみまなく降る。

[16] 平尾銖蔵（じゅうぞう）。東條琴臺（一七九五―一八七八）と貞の子、一八六〇―一九二三。美濃国岩村藩（現在の岐阜県恵那市岩村町）藩士。明治三（一八七〇）年神祇官宣教使史生（じんぎかん）に就任するため、同年妻子を残して上京。11頁、注[43]参照。

[17] 船酔い。

[18] 静岡県南端、駿河湾を隔てて石廊崎（いろうざき）と対する岬。

[19] 静岡県沼津市の離島。現在の神島。

[20] 愛知県渥美半島先端の岬。

び船に乗り移る。母君は例の船気再び起れりとて、いと悩ましくし給へば、甲板の上なる船長が部屋を借りて、そこに移し参らす。おのれは殊にいたつきの名残なほすが〱しからぬ程なれば、如何ならんと思ひつるに、思ひの外にて、咳などもとみに少なう成りぬ。同五時過ぐる頃、宮のわたりに着きぬ。こゝよりは遠浅にて、引汐なれば、此の船は入らずとて、また小船に移りて入江を漕ぎのぼる程、夕日花やかにさして、昨日の雨の跡もなく、青席（あをむしろ）敷きたらんやうにのどかなる水の面、見るにいと心地よし。両岸に生ひ茂りたるは蘆にやあらん、小笹にやあらん、ほどの少し隔たりたれば、よくわかれずながら、東京のは、青葉といふも、皆黒み渡れるか、さらぬは少し茶褐色に枯ればみたるのみぞみえし、海一つ渡りて見るに、草木の色はなべて緑うるはしく、土の色は白くて、ありしに似ずめでたし。此のあたりより見ゆる、小山、岡やうの所は、大方頂まで畑に打たれて、色づき渡る麦の、穂むけの風に打ちなびきたるが見ゆ。去年の夏、福島県下に遊びしが、かの辺は、なほ荒漠たる原野多くて、田にも畑にも打たば容易（たやす）く成りぬべき処々も、さながら打ち捨てたるが許多ありき。思へば、げに本邦は西南より開けて、東北はなほ遍（あまね）からぬにこそ。今よりやう〱に開け行くらん奥えぞの果の栄えん迄を思へば、なほいと遥なる世なりかし。船はつれば昔知りたる人々、こゝに出で迎へたり。そが案内（しるべ）に連れて、伊勢屋といふに暫時憩ひて、それより腕車にて、名古屋の[22]秋琴楼といふに着きぬ。かねて待ち設けたるよしにて、万づ物足らひて旅宿の心地もせず。この地には、幼かりし程に遊びたる儘にて、指折り数ふれば、既に二十年が昔なりけり。その頃は、女の風俗もみな世にいふ上方風にて、髪はたゞ高く、髷小くて、幼き心地、目馴れぬ目にもをかしと思ひつるが、今はすべて東京風になりぬ。只少女の前髪に赤き鹿の子絞掛けたると、白粉の厚らかなるとのみぞ、少しやう異りて覚えし。頭痛く覚ゆれば、今宵は万づの事もせで、速(と)く臥床にまどひ入りぬ。

翌二十五日には、[23]黒川中将、[24]山県書記官のもとに、平かに着きぬるよし言ひやる。山県主(ぬし)、直ちに訪はれたり。[25]大久保師範学校長、学校巡視の日限を問はんとて訪らひ来ぬ。今日は船の労(つかれ)もあれば、明日と契る。旧識の人、聞き伝へ言ひ合せ訪らひ来て、こゝに聞えたる少女の舞見せんとて、[26]午の時ばかりより、少し離れたる広間に請じ導かれぬ。程なく、歌妓三人四人出で来て、[27]三絃奏で出づる程に、年の頃十一二ばかりより、十七八ばかりとも覚ゆる少女ども、打ち連れて舞ふ。髪の飾り衣装の着ざまも、すべて花やかに美々しく、東京とはやうかはりて[28]目もあやなり。この舞は狂言舞とて、能狂言に舞のてを交へたるなり

[21] 熱田（神宮）行き。

[22] 当時の名古屋を代表する旅館。伊藤博文、板垣退助らは、来名した折にはこの旅館を常宿とした。明治十六（一八八三）年、自由党と立憲改進党の抗争「秋琴楼事件」で有名。

[23] 黒川通軌(くろかわみちのり)。伊予小松藩士。明治十八（一八八五）年陸軍中将。一八四三―一九〇三。

[24] 山縣(やまがた)（山県）伊三郎(いさぶろう)。長州藩士。叔父山縣有朋の養子（姉・壽子の子）。明治十六（一八八三）年、太政官に入り、愛媛県書記官、内務書記官を歴任する。一八五八―一九二七。

[25] 大窪実は、愛知県尋常師範学校第三代学校長（明治十九年八月、愛知県師範学校が改称）。明治十九（一八八六）年十二月就任。

[26] 現在の昼十二時前後二時間ころ。

[27] 三味線。

[28] 眼にもまぶしいくらいに美しい。

とぞ。露乱れたる筋も無く、うるはしだちて、手ぶり足踏み、すべて正しく愛(めで)たし。我らが為にと、殊更に心してこそは命じたるならめと、人々の心しらひの浅からぬを思ふに、いと嬉し。されど、此の舞の語(ことば)の[29]こち〲しく、[30]男子にてだにいかにぞや覚ゆるを、さながら移したるは、少しつきなき心地す。これに今少し[31]たをやぎたる所をつけて、女らしく優なるけをそへば、東京あたりにて行はるゝ舞踊(をどり)には、立ち優りぬべきをなど、心の中に思ふ。黒川中将在して、明日はのどかになど、細やかに聞え置きて帰らる。

今宵は旧暦の四月十五日なるに、一天雲なく、皎々たる明月の光清く朗かにて、打ちそよぐ風も肌心地よければ、[32]香盧楼といふ処より田面を見渡さんには、こよなう興ありぬべしと、古きゆかりの人々が勧むるまゝに、母君と、従者どもゝみなゐて行く。げに遥々と色づき渡る麦田の黄ばめる中に、苗代田の打ちまじりて、二三寸ばかり生ひのびたる若苗の、薄緑なるなど、えもいはずをかし。帰さは[33]大洲(おほす)の観世音に詣でゝ、なほ近わたりをすゞろありきせんと人々はいふめれど、おのれはいたつきの余波なほはか〲しからで、身も労れぬる心地すれば、またこそとて帰りふしぬ。

次の日は、己れがこゝに来ぬるよしを新聞紙にて知りぬとて、訪らひ来る人多し。八時過ぐる頃、昨日契りし案内人(あないびと)来つれば、打ち連れて[34]愛知女学校に至る。今日は土曜日なれば、授業もはか〲しきはなしとて、英語科、裁縫科及び挿花ども見て、仮初に設けたりといふ幼稚園にて、幼児の唱歌など聞きて、中庭に出づれば、こゝには衣、布など洗ふ少女あり。専ら実用に適せんとての心しらひなりとぞ。割烹なども教ふといへり。されど当校は、創業なほ日浅くて、なべての設備整はず、校も酒楼なりし屋を、俄かにあてたるにて、今は私立の姿なれど、公よりも力をそへ、行く〱は県立にもと思ふなりなど、人々語る。げに今より一両年の星霜を経ば、隆盛になりもて行くべくおぼゆ。此の県には、女子の束髪したるだにさらに見ざりしが、こゝなるはみな束髪にて、洋装したるも交れり。

師範学校内なる[35]附属小学校には、女子も交りたればとて、伴はるゝ儘に行きてみれば、校は去年新築したるよしにて、東京のに異るけじめ多からず、大方うるはしう整ひたり。男方のも見よと、切に云はれしかど、[36]さし過ぐしてはいかゞなど思ふも、例の後れたる心なるべし。されど、かたへはなほ悩しうさへあれば、辞して帰りぬるなり。すべて此のあたりの女子は、[37]なよやかに優なる所多くて、うるはしだち、さわやかなるさまなるは乏しく見ゆるに、学校にては、さも覚えず。されどふと見たるばかりにては、その区別は、善しとも悪しとも思ひ定め難し。

[29] 武骨で優美さがない。
[30] 男子でさえどうだろうかと感じられる言葉を、そのまま女子に歌わせたことは、少し残念な気持ちがした。
[31] しとやかで美しい。
[32] 不詳。
[33] 現在の名古屋市中区大須にある真福寺の通称。
[34] 明治二十（一八八七）年十月一日、当時の名古屋区栄町（現在の名古屋市中区栄）偕楽亭跡に岡田篤治を校主として開校した私立愛知女学校。
[35] 明治二十二（一八八八）年四月開校。生徒は、高等科一一一名、尋常科一五二名。
[36] でしゃばってもいかがかなど思うのも。
[37] なよなよとして優美なところが多いが、端麗で颯爽としている様子は少なく見えるが。

[38]伊沢編集局長も、こゝに投宿せられたりとて訪はれつ。都にては親しくもあらざりしかど、異郷なればや、さすがに嬉しき心地するもをかし。訪らひ来る人々多かりしかど、病の為いかゞと危まれて、身を心にも任せで、大方は対面もせで枕につきぬ。午後四時ばかりよりは、かねて黒川中将のもとより招かれたりしかど、なほ悩しくば辞しまゐらせんと思ひしが、やう〳〵心地もすがやかになりぬ。

みむすめたちは、此の年月我が家にて生(おふ)し立てゝ、いとあはれと思ひ渡る中にしあれば、父母の君たちも、他人(ことひと)のやうにはおぼえず。心安き方に打ちゆるしてなど思ふ程に、夫人おはしていざと促さる。さらばとて、母君と共に出で立つ。至りつく所は、前津の[39]松桜軒といふ楼なり。例の舞ども見る程、こゝの景色を題にてとて中将の切に請はるゝ、もだし難くて、たゞ打ち見渡したるまゝを、

　　船はてし昔のきしに今も猶よするは麦の穂波なりけり

と書きて参らす。こゝらは、古への[40]あゆち潟(がた)なりとぞ。今は大方田畑となりて、人家まばらに立てり。かの桑田変じて海となるといへるには反対(うらうへ)なるも、物変り星移り行く世のたゝずまひこそ、なほあはれなれ。今よりまた、年月にそへて改まり行くらん後のあらましを思へば、また[41]紅白人種の住居ども見んことも、今只今ならんかしなど、人知らず思ひつゞけらる。病後の体には夜風なほ寒く覚ゆれば、更けぬ程にと、強ひていとま請ひて帰りぬ。

またの日は、かねて名古屋の古城に登らんと契りつれば、朝の程より、[42]黒川夫人、馬車にて迎へにとて在せり。例の人々と行きて見るに、徳川氏東都に数百の諸侯を集へて、天下に号令せし程、其の親藩、乃ち三家と称せし尾張侯が居城なれば、其の結構ことに愛(めで)たし。されど、もとは加藤清正が築きたるを、更にな

ほ改め変へ、造り添へなどしたるなりといふは実にや。襖、障子、壁、天井などもみな無地金、さらぬも金砂子などして、それに[43]探幽、[44]元信、[45]光興などをはじめて、其の頃世に聞えたりし画師達の、筆の限りかきなしたる、花鳥、山水、人物どもの絵、[46]左甚五郎が刻める欞子の花鳥、目もあやに愛たし。同じ様なる所、幾間ともなく廻りて、織田信長が館を[47]清州より引きたりといふ、黒木御殿といふに入れば、ありしにはやう異りて、金色のきらびやかなる所もなく、柱、鴨居やうの木どもゝ、みな黒み渡りて見劣りのせら

[38] 文部省編輯局長伊沢修二。信濃国高遠藩士。明治八(一八七五)年アメリカに留学。同十二(一八七九)年東京師範校長。のち文部省に入り、「小学唱歌」の編集や教科書検定制度の確立につくす。東京音楽学校初代校長、東京盲唖学校長を兼任した。一八五一―一九一七。

[39] もとは、横井半太夫(千五百石)の下屋敷だったが、明治維新後売却された。

[40] 年魚市潟。もとは、名古屋市の熱田付近から西北に入り江をなしてくいこんでいた浅い海で歌枕の地。現在は名古屋市熱田区・南区の一部となって、陸地。

[41] 西洋人に対する呼称。

[42] 筆代(飯尾瞿堂三女)、一八四七―一九〇八。

[43] 江戸初期の画家で、幕府御用絵師。江戸狩野派繁栄の基礎を築いた。一六〇二―一六七四。

[44] 室町後期の画家。次代の桃山障壁画における狩野派の画風と活躍の基礎を築いた。一四七六―一五五九。

[45] 土佐光起。江戸前期の画家。承応三(一六五四)年室町末期以来とだえていた宮廷の絵所預となり、江戸時代の土佐様式をつくりあげた。一六一七―一六九一。

[46] 江戸初期の宮大工・彫刻師。寺社の造営・宮彫にすぐれた。生没年未詳。

[47] 弘治元(一五五五)年―永禄一〇(一五六七)年、織田信長の居城。現在の愛知県西春日井郡清洲町にあった平城。

るべきを、某とかや名手のゑがける、山水の画やうの質朴なるさまなど、其の昔のさま偲ばれて、中々にあはれに心とまりぬ。其の他、壁などの画の所々剥がれたるをば、白壁に塗りかへたる、何故ぞと問へば、維新の頃、始めて[48]鎮台をこゝに置かれたる時、古びたるは殊更に取り除きて、斯うはしなしたるなりとぞ言ふ。[49]今思へば、可惜らしく麁暴くれたる事とのみ爪はぢきせらるゝ心地すれど、公武相背きて、修羅の巷に血を流したりし程の情況思ひ知られて、げにさもやありけんとぞおぼゆる。

天主の五層楼を登れば、名古屋地方より始めて、近国の連峰遥かに打ち渡されて、霞たな引く並松のひまよりほの見ゆる海の面は、波も見えずいとのどかなり。[50]からめての方は、極めて外に近くて、浅き堀一つさし渡せば街道なり。ふるびたる農家の軒も程遠からず、[51]大手の方の、厳めしく奥深きに似ず、など斯くはしなしたるならんと[52]あざみ笑ひつゝ、とばかり打ち語らふ。こゝに案内せしは、もとの名古屋藩士なり。それに付きて、いぶかしき事ども問へば、あの松の並木の遠方迄旧城内にて、其所は広き庭園なりしかば、東街道五十三次の駅路のかたをも移され、彼処の田面はもとの蓮池なりきなど、[53]つばらに指し示さる。これにて思へば、[54]始めあざみつるは、誠にをこなりけり。僅かに二十年ばかりの星霜を経たるだに、斯くの如し。況んや世々の歴史を繙き、地図を披きて、昔を今に引き見たりとも、いかにぞや打ち傾かるゝ節のみ多くて、さかしげに考へ得たりと思ふ事も、まことは実に違へる事ぞ多かるべき。

人々は階の昇降も容易げにすなれど、我は例の悩しさに、打ち休み〳〵、辛うじて昇りもし、降りもしつ。鎮台の調馬見て在せと人々いふめれど、そは辞ひて、[55]勝間田知事の、昨日不在の程に訪はれたりし答礼ばかりをだに言はまほしければ、急ぎ帰途につきたれど、頭重く目も眩くやうにて苦しければ、訪らひ来たる人にも会はで、打ち臥しぬ。

此の県下に、近頃[56]女子英和学校といふを新設して、米国の婦人某氏が専ら授業するを、暫時が程だに見て在せと勧めらるゝ儘に、心せかるれど、無下に拒み難くて、またの朝立ちよりて、英語の唱歌一つ二つ聞きて、辞して立つ。

今日は、朝より雨降り出づれば、今一日と人々はいへど、強ひて岐阜迄と思ひ起して、[57]広井村の停車場より汽車にて出で立つ。こゝ迄見送り給はる人多かりき。清州、[58]一の宮、木曽川を過ぐる程、麦の穂も菜

[48] 明治維新当初の地方行政官庁。
[49] 今思うと、もったいなく、ただただ乱暴なことをしたなと非難したい気持ちがするけれど、
[50] 城の裏門の方は。
[51] 城の正面、表門の方の。
[52] 冷笑しつつ
[53] 詳しく
[54] はじめ冷笑していたのは、（状況がわかっておらず）本当に愚かなことだった。
[55] 勝間田稔。元周防山口藩士で、第五代愛知県知事（一八八五年一月—一八八九年一二月。一八八六年県令から知事に呼称変更）。戊辰戦争の際は、越後新発田本営の軍監。維新後、山口県大属などをへて内務権大書記官となり、のち愛知、愛媛、宮城、新潟の県知事を歴任。
[56] 宣教師ミセス・ランドルフ（Anne E.Randolph）がR・E・マカルピン博士の協力を得て開校した私立金城女学校。
[57] 現在の名古屋市中村区下広井。
[58] 現在の愛知県一宮市。尾張国一宮である真清田神社の鳥居前町として栄えた。

種も一つに黄ばみ渡りたる、まことに沃野千里ともいふべき地なり。げに元亀天正の頃、織田氏こゝより起りて、遂に天下の諸豪を威服せしは、其の智其の勇の然らしむる所とはいへ、かたへは地の利を得て天下の咽喉を押へ、物足り食給したるにもよれるならんなど、人知れず思ひ続けて、懐旧の情もたゞならず。

汽車の中にて、つく〴〵と見聞きしつる事どもを思ふに、名古屋は往昔(むかし)、徳川将軍の時めきたりし程も、小江戸と称せられしばかりなれば、市街のさま、商賈の営も、大方東京に似たる所あり。取り立てゝ勝れたりとおぼゆる物も無けれど、さりとて無下に劣りざまなるも見えず。鎮台の兵営、師範校、中学校、病院等より始めて、博物館、公園地の設も、みな東京の小なるものゝ如く、其の住民も大方才気ありて、応答挙止も鄙びたらぬものから、活発勇進の気象はやゝ乏しきが如し。されど師範学校の生徒は、其の姿態他に異りて、勇壮の気満ちたるやうに見えしは、全く教育の然らしむる所なるべし。兎まれ有望なるこの県人(あがたびと)、終にはその短所をも補ひ得て、大に進展する時もあるべし。男子に比べては、女子の方は遥に立ち後れてぞ見えし。こも今の知事の、いたくこゝに意をそゝがると云へば、早晩、好結果を得る時あるべし。

市街のさま、裏面は知らず、本町より城に入るほどは、道路の幅も広らかにて、家屋の構造も見悪(にく)からず。そが中に、東京よりも立ちこえたらんとおぼゆる迄、広く清らに見えしは氷店なりき。我がこゝに着きぬる程は、俄に暑さ加はりて、斯う様の店の、やう〳〵時めく頃なりき。

鉄路を横ぎりたる木曽川、水清く真砂白くて、下りもたゝまくほしき心地す。一時間にして岐阜駅に着けば、[59]小崎知事がもとより人出して、車装ひて迎へられたり。[60]今小町津国屋といふに宿る。知事がみむすめたちを預りなどしつゝあれば、うち〳〵の睦み他人(ことびと)のやうにはあらず。こゝには、旧里の人多くありて、珍らかなる対面に、涙催す事も多し。なほ夜をかけて訪らひくる人多かれど、例の心地あしければ、おのれはとく臥床に入りぬ。

次の日も、なほ寝たる程より驚かす人多かりしも、大方は対面せず。九時ばかり案内の人来つ。[61]師範学校の附属小学校には、女子もまじればとて伴はる。こゝは、他県よりもいち早く女学校の設ありしよしなりしが、県会の議によりて廃せられたりと聞く、いとほし。今は、女子部と分ちたるだになしとぞ。そこより[62]岐阜学校に行く。すべて高等尋常の小学なり。愛知なりしに比ぶれば、家屋の構造より始めて器具及び生徒の衣服も、大方[63]麁野なれど、教師が指揮に連れて一斉に立礼したる、又物読み書くわざの無下に拙なからぬもあめるは、ひとへに此の大御代の恵の普きしるしにこそと、畏くおぼゆると共に、又其の教師の労苦思ひやらる。されど歴史科に建国の精神を説くこと疎にして、猶字義をのみ細やかに説き、修身科に猶格言、

[59] 小崎利準（おざきりじゅん、とも）、伊勢亀山藩士、明治期は内務官僚。官選岐阜県第三代知事、在任期間一九年三か月（一八七三年一二月―一八九三年三月）、錦鶏間祇候（功労のあった華族や官吏を優遇するため、明治二十三（一八九〇）年に設けられた資格。職制や俸給等はない名誉職）、一八三八―一九二三。

[60] 現在の岐阜県岐阜市今小町にあった当時岐阜を代表する旅館。明治十四（一八八一）年に創刊した岐阜日日新聞社の北隣にあった。

[61] 明治八（一八七五）年二月開校（師範研習学校を改称）。

[62] 明治十九（一八八六）年、岐阜学校（明治十一・一八七八年、金華学校と伊奈波学校が合併）が岐阜尋常小学校に改称、併設して岐阜高等小学校が開校。

[63] 洗練されていないこと、粗野。

伝記の筆記にのみ時を費すこと多きなど、遺憾なる事少なからず。さはれ、都にてすらなほ如何にぞやおぼゆる事のあれば、こゝに完きを求むるは理り無き事なりかし。女生徒は、男子の十が一なり、名古屋にてだに、十が二ばかりには過ぎざりしかば、況て理りにこそと思ふに、これらの女子の位置を高めて、欧米と其の隆を競はん日は、なほいと遥かなるべし。如何してかは、過不及なき淑女賢婦を作り出すべからんなど、ひとり心の中に思ふ。

女子は、大むね[64]束髪に袴着たり。此の束髪は、都下にては、幼きは[65]ふり分髪(わけがみ)のごと打ち垂れたる、或は二つ三つに編みて下ぐる事にて、若しさらぬも、編みたる末をあげて、紐してくゝる事なるが、こゝのは、齢六つ七つばかりなるも、みな大人のやうに束ねたれば、ふと似合(つき)無くぞ見えし。女教師などの親しきもあらば、教へましと思ひしかど、さる人もあらず、よしありとも、かゝる末の末の事どもは兎ても角てもよし、云はでもありなんとて、さて罷(や)みつ。

帰さは、[66]稲葉の神社に詣づ。此所は、桜楓の古木立ち込みて、岩つたふ滝つ瀬、こちたき程ならで、さら〱とほとばしり落つる音涼しく、連峯すべて新録鬱蓊と茂り合ひたり。春秋の花紅葉如何に面白からんとぞ覚ゆる。社の左の方に、さゝやかなる亭あり。こゝには、[67]香川景恒大人(かがはかげつねうし)が此の風景を愛でゝ庵つくらせて、手づから花寮とかきたる額、あげられたりといふ。今なほ存せり。岐阜の市街、目の下に見ゆ。市街より少しはなれて、真砂白く見ゆるは、ながらの下流にて、[68]伊吹山も遥かに雲間に聳えたり。[69]三浦千春翁はかねて知る人なれば、案内にとて訪らひ来つ、歌がたりなどす。今暫時ゆるらかにこゝに遊び給へと云はるゝ、嬉しきに、知事も今日明日がほどは、[70]もだしがたき公事のいとまなき程なれば、今三日四日がほどはと切にとゞめられたりしかど、さす方もなほ遠きに、いとまの日数も限あれば、帰さには必ずと契りて、明日は出で立たんとす。別れ惜む人々に、

立ち帰り来てを結ばん稲葉山岩が根つたふ滝の白糸

母君は、けふは頭重ければ、昼の程少しまどろまんとて、宿にとまり給へり。日少し傾く程より、案内に連れて[71]岐阜公園に至る。こゝには、皇大神宮を斎き祭れり。[72]此の裏なる事務所にて、いぬる年集会のありし折、板垣伯は傷けられきとぞ。山の麓を少し切り開きて、桜楓など新たに植ゑたり。今はなか〳〵にこと更びてをかしき所も見えねど、今四五年過ぎば、春秋のながめ面白かるべしとぞ覚ゆる。山少し登れば、所々

[64] 束髪（そくはつ）。明治以降、女性の間に流行した髪をたばねて結ぶ西洋風の髪形。

[65] 髪を左右に分けて垂らし、肩のあたりの長さに切りそろえたもの。

[66] 現在の岐阜県岐阜市の伊奈波神社。

[67] 幕末の歌人。香川景樹の子で父の創始した桂園派をつぐ公卿（くぎょう）徳大寺家につかえ、書にもすぐれた。一八二三―一八六六。

[68] 滋賀県の米原市にあり、岐阜との県境をなす山。伊吹山地の主峰。

[69] 幕末・明治時代の国学者。尾張名古屋藩士。植松茂岳（しげおか）、八田知紀（はったとものり）にまなぶ。維新後は、岐阜県の厚見郡長などをつとめ、明治二十二（一八八九）年東京に移った。号は萩園、著作に『萩園遺稿』など。一八二八―一九〇三。

[70] 黙し難き公務、外せない公務。

[71] 岐阜城のある金華山の麓に位置する都市公園。明治十五（一八八二）年太政官布告により開設。

[72] 自由党党首板垣退助が、全国遊説中の明治十五（一八八二）年四月六日、当時この場所にあった神道中教院で暴漢に襲われた岐阜事件。

下りたてるもあり、[73]三絃ひきて、聞き馴れぬ歌うたひたるなど、所がらさる方にをかし。に亭などしつらひたり。こゝの歌ひ女にやあらん、なまめかしきさましたるが、手ひき連れて、泉のもとに

もちの花散りて流るゝ谷川に袂ひたして立つはたが子ぞ

ながら川の辺（ほとり）、[74]双碧楼といふに登りて、夕飯食（たう）ぶ。今宵は名におへる鵜飼見んと思へば、暮るる待つほど、久しき心地す。辛うじて夕日遠山の峯に隠れぬ。伊吹が嶽は遠く西に連なり、金華山は近く東に聳えたり。此の山の名は、古き歴史の上にては聞かぬ名なりと思ふに、いぶかしければ、所の物識人（ものしりびと）にとへば、こも古はみな稲葉山といひしを、何時の世にか、此の川の辺なるを斯くは呼びなして、稲葉神社のある方にのみに、昔の名は残したりといふ。げにさもあるべし。遥々と清き白砂敷き渡したるやうなる川原に、白妙の布さらしてほしたる、薄雪のふりたるやうにて、いとをかし。

やう〳〵暗う成り行く程、火の光波に映じて、汀のさゞれもきら〳〵とかゞやきて見ゆ。そよ、鵜船の篝ならんと言へば、かれは船の底やくなりなどいふ。暮れ果てたれど、なほ火影も見えず。如何に〳〵と問へば、こゝには上中下と、夜毎に瀬をかへて狩ることに候へば、今宵は上の瀬を狩りて、やう〳〵に此の橋のもと迄さし下すなり、さればぞ、時移り候といふ。待ちわびてなほ促すに、さらば船にとて、人々川原に下り立つ。船は屋形して、こゝの物産にて聞えたる岐阜提灯といふものをかけ連ねたり。その屋根には、籠の形画ける提灯一つさゝげたり。何のためぞと問ふに、これをともしたる船には、鵜船を近くさし寄せて見するなりといふ。山の麓をめぐりて川上にさし上る程、片岸に蛍多く飛び違ふ。

ながら川鵜船のかゞりさゝぬ間の暗を照らしてとぶ蛍かな

夕づゝの影さやかなる川岸のみくさが中にかじか鳴くなり

都あたりには聞きも知らぬ声なれば、珍らかに面白く覚えて、鵜船待ちこふる心もしばし失せて、聞きほれたり。山の端少しあかりたるは、[75]月しろなりと人の言へば、

山のはに月もにほひぬながら川鵜船のかゞりはやもさゝなん

上つ瀬の山蔭あかうなりて、火影ほのかに見え初めたり。やうく近づく程にみれば、七艘の船、或は[76]魚鱗に、或は[77]鶴翼に、整然列をなして、瀬のかはる毎に、後れもし先立ちもして、篝さしそへ、船ばたたゝきて、鵜を励ましつゝ、さばしる鮎を捕へしむるさま、恰も船戦の隊伍を整へ、敵にむかふに似たり。げに古き詩（からうた）どもに、鵜飼を戦陣に比（よそ）へたるが見ゆる、理りとぞ覚えし。鵜つかひの、黒き頭巾めきたるをかづき、同じやうなる色の胸あてして、腰簑着たる、すべて、古代の絵巻物などに見たるやうなり。鵜の鮎呑みたるを、はやく見分きて、つぎくに引き寄せて吐かするなど、いとまなげなるを、手縄のさばきもつるゝ事なく、十二羽より十四五羽許り迄、一人して遣ひたる、伝へ聞きつるよりも奇なり。此の縄は、檜の鉋屑をよりたるにて、水にひたしても強けれど、よりを逆にもどせば早く切るゝ故に、もし過ちて鵜の喉の綱しまり

[73] 105頁注[27]参照。
[74] 長良川畔上福光（ふくみつ）村、金華山に対する場所にあった旅館。
[75] 月の出ようとするとき、東の空が白んで明るく見える様子。
[76] 陣形の一つで、ここは船を魚のうろこの形のように、中央を突出させ、人の字形にしたもの。
[77] 陣立ての一つで、ここは船を鶴がつばさを張った形に配置し、鮎を包囲しようとするもの。

たる時は、直に切りはなつべき為に用ふとぞ。さま〴〵珍らかに面白し。されど罪深きわざとて、昔の人はあはれなるさまに歌にもよみたる、さる事と覚えて、すゞろに涙ぐまるゝも心弱しや。

橋のもとに漕ぎ寄する程、篝も燃えさして、今はと帰り行くに、鵜の、船べりに次々にとまりて打ち憩ひ、翼のばへたるもあはれなり。これが順次違へば、怒りて鳴き躁ぎ、また主をよく見知りて、命ずるまに〳〵すなりとて、まことにさるわざして見す。此の鳥の、ことに大きなるは、捕へしより十八年を経たるなりといふ。鶴の齢に劣らす、めでたき鳥なりかし、わが船ももとの岸に漕ぎかへる。

　　かゞり火の消えての後ぞのぼりける月は鵜飼もまだ見ざるらん

既に夜中過ぎぬべし、いたづきの余波いと怖し、とく〳〵と母君の宣(のたま)ふ。さる事とは思へど、

　　今しばし木の間離るゝ影待ちていなばの山の月に別れん

月やう〳〵高くのぼれば、金波銀波白砂に映じて、景色えもいはず、立ち離れうき高楼ながら、親のいさめも理りに忝けなきに、誠に夜風も身にしみておぼゆれば、をしむ〳〵帰りぬ。

次の朝、小崎知事訪ひ来まして、昨日は大臣を一日待ち暮したるに存せず、今日二番の汽車にて、再び大垣迄ゆかんとす、いざ諸共にといはるゝに、さらばと急ぎ装ぎたちて、[78]加納の停車場に至り着く。別れに臨みて三浦翁、

　　立ちかへり来んとは聞けどいなば山待つ程いかに久しからまし

かへし、とかう思ひめぐらさんいとまも無ければ、

　　峰に生(おふ)るまつとし聞かぬ程だにもこの山かげは立ちうかりしを

言ひさして車に乗りぬ。ながら川の下つ瀬、揖斐川などを過ぎて、大垣に着く。大臣の在しまさん時刻、さだかにならんには、迎へ参らせてと思へど、なほ明らかにも知り難きに、時移さんも却りてをこならんと思ひて、こゝにて知事にわかる。[79]小原郡長、出で迎へられたり。家はほど近ければ、たゞ束の間ばかりをと言はるゝ、無下に否ともいひあへでともなはれつ。我が塾にとゞまりたる娘の恙なきさまも、細かに聞かまほしきなるべし。こゝに昼飯果てゝ、[80]養老にと腕車にて出でたつ。里程三里強なりとぞ。このあたりも、田面の麦みな黄ばみて、所々に蓮花草の、席敷きたらんやうに咲きたる、いとめでたし。[81]景樹大人は、これをすみれなりといはれき、いかゞあらん。とにもかくにも、花席とはげにこれをも言ひつべし。山路にかゝる。こゝよりは十五町の登りなり。卯つぎ、野ばら、一つ色に咲きみだれて、そよ吹く風の、時々さと打ち薫りたる、いと心地よし。白き礫多くみえて、水の流れたるやうなる跡あり。車夫にとへば、夏の頃長雨など降りつゞく時は、山水一度にそゝぎて、こゝも滝つ瀬の如、漲り落つるなりといふ。[82]千歳楼に着けば、

[78] 現在の岐阜市南部。207頁、注[251]参照。
[79] 小原適。大垣藩士、上田能重の長男で、父の実兄・藩老小原鉄心の婿養子。一八四二—一九一〇。
[80] 現在の岐阜県養老郡。
[81] 香川景樹は、江戸時代後期の歌人、号は桂園。父は鳥取藩士荒井小三次。賀茂真淵らが復古思想により万葉調を唱えたのに対し、実物実景を情にまかせて調べを整えれば歌になると説き、古今調を重んじた。歌集『桂園一枝』ほか。一七六八—一八四三。
[82] 千歳楼は、岐阜県養老郡養老町養老公園にある旅館。

かねて通知ありたりとて、あるじ何くれの設(まうけ)して待ち居り。此のあたり、桜の古木、楓の若木など多し。楼に登れば、恵那山遥かに見ゆ。霞まぬ日は、名古屋の天主も見ゆとぞ。高き山の麓に噴火山めきて見ゆるは、小牧山なりと聞くに、徳川家康が、織田の遺孤を助けて、秀吉の胆をしも挫きけん昔思ひ出づるに、さま〴〵思ふ事少なからず。暮れぬ程にとて滝のほとりに行く。こは元正天皇の御宇、[83]美濃の孝子が親の為に掬(むす)びつる泉、美酒(うまざけ)になりたりと伝ふるは、誰も〳〵知る事にて、今は養老酒といふ物さへ醸(かも)してひさぎ、此の国の名産の一つとはなりにき。

母君、今より卅余年のむかし、汝(なれ)を乳母に抱かせて、来りつる所ぞなど宣ふ。夢にだに覚えぬ事なれど、目の前にありし事の様に覚えて、あはれ浅からず。今も猶健かにて、みともして来つる、いと嬉しきものから、父君は、齢も古稀を越え給へば、長き旅路思ひたち給はんやうも無くて、一人残しとゞめ参らせたれば、これのみいと飽かず口惜しくぞ思ゆる。楓の若葉、茂りあひたる木の間より、滝の漲り落つる景色えもいはず。[84]此の丈は十丈五尺ありといふ、げにさもやあらん。

瑞(みづ)枝さす岸のかへるで緑していよ〳〵白したきの白糸

落滝つ早瀬の水は岩にふれ砕けてこそは玉と見えけれ

[85]粟苺といふものゝ黄ばみたるを、人々争ひて取りて食ふもをかし。下り来る程、京都へ遣したる従者帰りきたり。明日は東京へ帰し遣るべしとて、文ども書きてことづく。夜に入れば、松のひまより打ち渡さるゝ田づらに、火多く見えたり。昼の程は人家など余り多くも見えざりしを、何にかあらんと問へば、田に飛び登る小魚を捕ふるなりといふ。木によりて魚を求むとは、難き事の例にいひけんを、田に漁(すなどり)すと聞くも、珍

らかなる事なりかし。

此田面につゞける下池といふ所には、冬の頃は水鳥多く集る故に、其の頃はこれを捕りて営業とする者もありなど、さまぐ\のこと多く聞きつるが、大方は忘れつ。楼は、此の県の公け立ちたる事の集会所などにあてん為にとて造りたるよしにて、室の中いと広らかなり。[86]有栖川一品宮、[87]三条内府の書かせ給へる額、さては[88]高崎式部次官及び[89]松平慶永（よしなが）侯の歌ども軸にしたり。おのれにも、いかで一言をと切に請はるれば、立ち出でんとする朝、

[83] 源丞内（げんじょうない）が湧き出る泉を見つけ、酒であったので老父を養い喜ばせることができたという伝説。元正天皇が行幸して命名し、年号を養老と改めたという。
[84] 高さ約三十二メートル。
[85] 木苺の別称、実の形が栗に似ているための名。
[86] 有栖川宮九代親王である有栖川宮熾仁親王（ありすがわのみやたるひとしんのう）。幕末に攘夷論を主張。王政復古とともに総裁職に就任。戊辰戦争で東征大総督。のち、参謀総長などを歴任。一八三五―一八九五。揮毫の「千歳楼」横額が二階大広間に現存。
[87] 三条実美（さんじょうさねとみ）は、幕末の尊王攘夷・討幕派の中心的人物で、明治維新後は元勲の一人として右大臣、太政大臣、内大臣、貴族院議員などを歴任。内閣発足以後の内閣総理大臣も兼任した。一八三七―一八九一。揮毫の「千歳楼」横額が注[86]と同じ二階大広間に現存。
[88] 高崎正風。51頁、注[2]参照。
[89] 幕末の福井藩主、号は春嶽。政治総裁職として幕政改革、大政奉還にあたった。新政府の議定、内国事務総督、民部卿・大蔵卿を歴任。一八二八―一八九〇。

老の波寄るとも見えぬ滝つせに千歳の影ぞまづ浮びける

などや書いつけゝん。急ぎ出づる程なれば、さだかには覚えず。

こゝより関が原にと思ひしかど、道路の修繕中なりと言へば、え往かで、再び大垣に出づ。誰人かとく告げたりけん、小原ぬし夫妻、早う出で迎へて玉屋といふにいざなひて、昼飯の用意などせられたり。食べはつれば、[90]大垣の天主にと誘はる。余りに高からば、え行かじ、名古屋のに懲りつといへば、いな、さる類ひにはあらず、登り給はゞ北方村も見ゆべしと言はるゝに、懐しくて登る。此の[91]北方村といふは、むかし[92]父君が、奉行の任おひて在したりし所なり。さる職はおひ給ひぬべきにはあらぬを、民情不穏の事あるにより、強ひて[93]藩主の頼み給ふに、もだし難くてこゝに移り住み給ひ、四とせ許りを経て、旧城下に帰り給はんとせしに、民どもいといたう慕ひまゐらせて、今暫しとゞめんと躁ぎつるが、さだめよりも下ざまの職に在しゝ事なれば、自らの心にも飽かずや思しけん、辛うじて辞して帰り給ひしよし、後に聞きつるが、その頃おのれは、猶当歳の頃なりしを伴はれ来て、立ち走る許り住みつるあたりなり。八町畷といふ所にて、草摘み遊びつると、大垣の市にて、[94]ふりつゞみ請ひたるに、母の購ひて給はりし事の嬉しさは、夢のやうに覚えたれば、すゞろに昔恋しさに、わが傅きにめしける少女も、老女になりてなど聞くに、尋ねても逢はまほしきを、なほこゝよりは奥の山家にと聞くに、心もとなくて、さるべき事どもあつらへ置きてさてやみつ。

停車場にて、小原ぬし及び小崎ぬしより送らせられたる人たちに別れて、車に上る。[95]赤坂の虚空蔵山右に見ゆ。こゝは汝が幼き程に伴ひ来て、遊びたる所ぞと母君の示し給ふ。あはれに覚えて、隠るゝ迄かへりみしつ。[96]垂井を過ぐる程、[97]官幣大社南宮の御山左に見ゆ。このあたり、柿、桑の木立多し。養蚕は、此の国ぞ最も早う開けにたるとは、古き文にも見えつるが、げにさもありけん。桑は地味にあへりといへば、なほよく勉め励みて、生糸の質弥が上にも善くなりて、その輸出額もなほ多くなりなん事をぞ望まるゝ。美濃の干柿も、早く世に聞えたる産物にて、清の[98]乾隆帝の即位のをりにも、珍味のうちに数まへられたる事、彼の国の史にも見えつ。今少し培養法に改良を加へて、種子なども少なくなりたらんには、なほ愛たかるべし。関が原のあたりより、伊吹山遥かに見えたり。此の山の半ばかりより、畑の如見えたるは、もぐさを取る所なりとぞ。此の辺の小山のあなたは、[99]青墓、[100]野上の旧駅なりと聞くに、まだ見し事もなき所々なれど、

[90] 岐阜県大垣市にあった平城の天守。第二次大戦後、天守閣を復原。巨鹿城。青柳城。
[91] 現在の大垣市北方町・三津屋町。享保二十（一七三五）年岩村藩に美濃・駿河両国で一万石の加増があり、濃中部・西部の十九村は北方村陣屋にて西美濃代官が支配した。岩村藩は家中法度のなかの文政十二（一八二九）年の「書付」で、西美濃を通行する家中の者は当村の陣屋に立寄ることを定めている。9頁、注[28]参照。
[92] 103頁、注[16]参照。
[93] 松平乗賢。一六九三―一七四六。9頁、注[28]参照。
[94] 雅楽の舞楽で舞人が用いる楽器の形に似せて小さく作ったおもちゃ。でんでんだいこの類。
[95] 岐阜県大垣市の地名。中山道の美江寺・垂井間の宿場として栄えた。
[96] 岐阜県南西部の不破郡の町。中山道の宿場で美濃路との分岐点。明治二十二（一八八九）年町制施行。
[97] 美濃一宮の南宮大社。
[98] 中国、清朝第六代の皇帝（在位一七三五〜九五）。

史上にての知友の心地すれば、立ちも寄らまほしきを、汽車なればかひなし。小山に小松多く立ちごみたる、緑の色殊にめでたくみゆ。

長浜に車はてゝ、こゝに暫時憩ふ程に、汽船岸近くよせたり。いざとて乗り移る。今日は空よく晴れて、湖上は名におへるさゞ浪さへ見えず、四方の山々薄緑に打ち霞みたり。伊吹山を後にして汀離れ行く程、右の方には、竹生島遥かに波に浮べり。ゆそ村を左に見てなほ行けば、彦根の古城、山の頂にあらはれ初めて、竹島も見えぬ。彦根のわたりに船しばしとゞむれば、こゝにて出る者あり、入る人あり。沖の島に近づけば、人家多く立ちごみたり。人にとへば、人口三四百もあるべしといふ。[101]三上山を望みて、遠くやばせ、瀬田を打ち渡すほど景色いとよし。[102]比良の根には、雪も残らぬを、鈴鹿あたりの山は、所々さば土といふ物見えたるが、打ち霞めるけにや、薄雪の降りたるに見えまがふ。[103]堅田の浮御堂も見ゆ。[104]唐崎の松は程遠くて、わづかにそれぞとさし示されて知るばかりなり。[105]近くさし寄せまほしけれど、心にも任せねば、ふりはへてこそとて、よそに見て過ぐ。水中に、蘆垣のやうなる物したるは、えかと呼びて、魚を捕ふる料なりといふ。琵琶湖は古くより物にも記し、画にもかゝれて、名高き所なれば、地図を繙きて、とく心にとゞめたる所がらにしあれば、大方は想像にゑがきなして、さもやと思ひつるが、それにも越えていとめでたしともめでたし。

大津に船はてつれば、また腕車にかへて、夕つけて京都木屋町なる、[106]大津屋に着きぬ。家は加茂川の岸にて東山を望めれど、暗ければよくもわかれず。景色めでたからずしもあらず。されど音に聞き渡りつる川は水いたう涸れて、草所々に生茂りたれば、田舎にて見し野川の心地して、思ひしに違ふ心地のみせらるれば、あゝと言ひたるのみ、とばかり打ち眺めたるを、人々つきじろひ笑ふもをかし。

　音高く聞き渡けりかち人のはぎも濡らさぬ加茂の川水

と打ちつぶやく。今日過ぎ来つる道のさまを思ふに、市街は道路いみじう狭く、軒もいたう低きやうにて、暮れあへぬ程より門さし籠めたる店多かり。さらぬも灯火の光をぐらくて、大方しめやかに田舎びたる心地せしかば、立ち出でゝ見ん空もなくて臥床に急ぎ入りぬ。

つとめて、東山のとく見まほしくて、雨戸一枚二枚手づから繰り開けて、端近う見れば、此所の庭はわづかに一間許りが広さにて、四段許りが低さの階を下るれば、やがて川なり。昨夜は水影も見えざりしかど、

[99] 岐阜県大垣市の地名。古くは東山道の宿駅、遊女が多かったことで有名。
[100] 岐阜県不破郡関ヶ原町付近の地名、東山道交通の要衝。ここも遊女で名高い。
[101] 賀県南部野洲市の山で歌枕の地。標高四三二メートル。俵藤太の大百足退治の伝説が残る。近江富士。
[102] 滋賀県大津市の琵琶湖の西岸にそって南北に連なる比良山地中の高峰群。「比良暮雪」は近江八景（琵琶湖沿岸の景勝地）の一つ。歌枕。
[103] 琵琶湖の西岸滋賀県大津市本堅田町の臨済宗寺院。境内から湖水に向かって設けられた橋の先端に建つ小堂は「堅田の浮御（見）堂」としてとくに有名。この付近の「堅田の落雁」は近江八景の一つ。
[104] 滋賀県大津市唐崎唐崎神社境内の霊松。「唐崎の夜雨」は近江八景の一つ。
[105] 近く舟をさし寄せたいけれど、自分の意思でどうなるものでもないので、わざわざ行くまでもないということで、遠くに見て過ぎた。
[106] 現在の京都市中京区木屋町にあった。

今朝はさしもあらず。二瀬三瀬に所々わかれて流れたり。下りたゝば脛許りもや浸さるらん。底のさゞれ清う見えて、透けるやうなる水の色流石に最とうるはし。東山も目の前に聳えたり。これが名を一つ〳〵に問へば、少し距たりて左の方に見ゆる二つの峰は、大比叡、小比叡にてすなはち叡山なり。次は如意が嶽なるを、俗にこれを大の字山と云ふは、毎年七月十六日、薪を大の字の形に積みて、火つくるによりてなりとぞ。次は粟田山なり。此の頂上に一むら高く茂りたる木立は、[107]将軍塚の一つなりといふ。次は音羽山にて、世に清水山とも呼ぶなり。それより遠(をち)のは稲荷山にて、此のひまに阿弥陀が峰もほの見えたり。東山には古刹のなほ多く残りたれば、横雲の絶間より、あるは遠く、あるは近く、塔宇の高低出没せるさま、画にかきたらんやうなり。峰の若葉のうへに朝日花やかにさし出でゝ、夜霧のやう〳〵消え行くなどえもいはず。向ひの岸の柳、緑深く生ひ茂りて、吹くとしもなき風にそよ〳〵と打ちなびきたる、東京ならんにはかく晴れたる日は、風荒(あら)ましうて心あわたゞしかるべきを、さもあらねば、いとど打ち向ふ心ものどかになりぬ。此の柳は春の末、絮(わた)の飛ぶさま、雪の降るに似て、道に積りたるをかき集むれば、[108]布子にも取り入れつべく見ゆとぞ。こはその昔、支那地方より移されたるにて、こと所(どころ)にはなしなど聞けど、時少し後れたれば見ずなりぬる口惜し。これぞかの白氏が長恨歌にうたへる[109]太液芙蓉未央柳なる柳樹ならんかし。昨日は何しにつぶやきけんと独ごつを、こゝのあるじ聞きつけて、今たゞ今、名所旧跡を尋ね給ひてこそ、など誇りかにいふ。いと憎けれど、げにさぞあらんとおぼゆ。

川にむれて遊ぶは何鳥にかと見れば、家鴨なり。鴨川に鴨のまねするあひるかなといひけん、何某の後言(しりうごと)さへ思ひ出でゝ、をかしと見る程に、日も高う成りぬ。朝飯果つる程、案内人来たれば、打ち連れて[110]府下の高等女学校にゆく。校はもと九条殿の別邸なりしを、やう〳〵に作り改め、建て添へなどもせしよしなり。生徒の現数四百余名なり。洋装したるはまれにて、大方は常の衣服に袴着たるなり。授業法、其の他もありしに比ぶべくもあらず。まして生徒の挙止、自ら閑雅(みやびやか)なる、さすがに旧都の遺風ならんと見えて最とゆかしく覚えしも、かたへは鄙びたる目うつしの珍らかなるにもぞあらん。こゝのまだ[111]女工場といひし程に、ものしたりといふ花鳥人物さま〴〵の織物、縫物の類ひ、目もあやなり。げに本邦の美術を外邦にも持(も)て囃(はや)すといふ、さる事と覚えて、我れさへ面ておこす心地ぞする。母は今日はやすまんとて宿にとまり給ひしかど、

[107] 京都市東山区粟田口、華頂山の頂上にある塚。延暦一三（七九四）年桓武天皇が王城守護のために八尺の土偶に鉄の鎧、兜を着せ、鉄の弓矢を持たせて埋めたと伝えられる塚。

[108] 木綿の綿入れ。

[109] 太液の池に咲くはすの花と未央宮の柳。ここでは後者の未央柳(びょうやなぎ)の木だと言っている。白居易(はくきょい)の詩「長恨歌(ちょうごんか)」の「帰来池苑皆依レ旧、太液芙蓉未央柳、芙蓉如レ面柳如レ眉」は有名。『源氏物語』第一帖「桐壺」は「大液芙蓉、未央柳も、げに、かよひたりしかたちを、唐めいたる粧ひは」と引く。

[110] 京都府高等女学校。現在の京都府立鴨沂(おうき)高等学校で、明治五（一八七二）年京都に日本最初の公立女学校として創立された「新英学校及女紅場」が前身。九条家河原邸（河原殿）に開設された。

[111] 明治初期、女子に裁縫、機織、袋物、押絵などの手芸を教え、あわせて読・書・算の初歩や礼法を教えた簡易な教育機関。これらの手芸を「女紅」とも称したので、「女紅場」といわれた。学校制度が未整備であった頃に、関西を中心に一定の普及をみた。女紅場のなかには、明治五（一八七二）年設立された京都府立女紅場のように（注[110]）、イギリス人女教師による英語とともに女紅を教えるなど、中等教育機関に相当するものもあった。

これ見せ奉らまほしければ、人走らせて迎へ参らせつ。帰さに、[112]師範学校の女子部も見たれど、こは改正後日なほ浅きよしにて、始めのには劣れり。

昼過ぐる頃より祇園の祠に詣づ。ふるき友の、人の妻になりて此のあたりに住める訪ひて、打ち連れて行く。祠の辺りなる[113]中村屋といふ楼に登りて、夕飯たうぶ。此の家は栂尾（とがのを）といふ酒楼と共に、昔二軒茶屋とて、祇園豆腐調じたる所なりとぞ。楼は近く東山に向ひ、遠く西山を望みて、景色最とよきに、室内の装飾も愛たくて、昔覚ゆる事ども多し。留守の程に訪らひ来つる人々、多かりしよしなれどえあはず。

次のあした、[114]小川昌子刀自訪ひ来て、今日は[115]北垣知事の夫人[116]盲唖院に在して、[117]婦人慈善会の月並の会せらるなるが、それ果てば例の女学校にて生徒が調じたる西洋料理供せんとなり。いたづきの余波如何（いかに）と、心苦しうは思ふものから、束の間だにもと切（せち）に人々もいふなり、いかゞあらんと言はる。方々の志の浅からぬに、いなとも言ひかねつ。かたへは、そのあらんやうも見まほしければ、こと受けしつ。まづ盲唖院にゆけば、そが生徒がつくれる種々の物つらねたる所に導かる。なみならぬ身にて、斯くもし出でつるよと思ふに、涙もとゞまらず。我が弟子にも見せまほしければ、三四種[118]あがなひて持て帰らんとす。人々と語らふほどたゞ一言二言と思ひつれど、知らずしらず詞多くなりにけん、声少し枯れたるやうなれば、無礼げ（なめげ）なれどその演説をも聴きさして辞して帰る。夕つ方に至りて、心地もよろしうなりにたれば、再び女学校に行く。夫人は速く来て待ち在しぬ。人々に誘はれてまうけの席につけば、女生徒一様の洋装して、食物（おもの）次々に持て来。すべて物よく整ひたり。昌子刀自は、此の校に勤仕せらるなり。今宵は[119]柴山益子刀自、[120]貞信の尼などをゐて訪らはんといはれつれば、おのれは人より先きに罷出（まかで）つ。時移さで契りし人々在せり。道の事ども語らふ程、更くるも知らで、なほ互ひに言はまほしき事も多かれど、労れぬらんとて皆急ぎ立たれぬ。

またの日は、旧の内裏に参らんことを、かねて[121]宇田主殿権頭にきこえ置きたれば、つとめて起きつれど、

[112] 明治九年（一八七六）年創立の京都府師範学校が起源。明治十九（一八八六）年一月京都府女学校師範科を移管、京都府師範学校女子部とした。

[113] 八坂神社の表参道に二軒の茶屋が向かい合い「二軒茶屋」と呼び慕われていた。特に名物の田楽（祇園）豆腐は名高く、調理の模様は都の名物とされた。二軒茶屋の一つ「柏屋」の流れを継ぎ、明治初期に「中村楼」に改名した。

[114] 加賀藩士小川幸三の妻。石川女子師範をへて明治十（一八七七）年青森女子師範の教頭。二十六（一八九三）年から品川弥二郎の推薦により宮内省の御用掛を十一年間つとめ、昌子内親王、房子内親王の教育を担当した。初名は昌子であったが、常宮と同名のため直子に改めた。著作に『新編女子記事文』ほか。八四〇―一九一九。

[115] 北垣国道は第三代京都府知事（一八八一―一八三二）。在任中に琵琶湖疏水工事を完成させた。その後、男爵を受け、錦鶏間祗候（113頁、注[59]）。慶應四（一八六八）年戊辰戦争に際し、山陰道鎮撫使の西園寺公望に供奉、八月に北越戦争に参戦。一八三六―一九一六。妻のタネは、子爵河田春雄の養叔母。

[116] 京都盲唖院は、明治十一（一八七八）年、最初の盲唖学校として設立された（古河太四郎らによる）。

[117] 知事北垣国道の尽力により明治二十（一八八七）年三月に御池通寺町西側で発足したとされる。明治三十六（一九〇三）年一〇月、旧慈愛女学校を継承して貧家の子女に無月謝で教授した。

[118] 買い求めて。

[119] 芝山益子は、華族。民部大輔・芝山敬豊の正室（芝山国典の娘、坊城俊明の養女）。

[120] 三輪貞信尼は歌人。祇園の歌妓であったが、和歌や書をこのみ香川景樹に師事した。歌集に『蓬が露』。一八〇九―一九〇二。

[121] 宇田栗園は、幕末の勤王家・医師・漢詩人・歌人。一八二七―一九〇一。

[122]大谷光尊法主を始め、知りたる人の訪らはるゝに、語らふ事多くて、時を移したれば、昼過る頃に出でたつ。先づ二条の城、今は離宮なる所に詣づ。打ち見上るより、襖、障子どもを始め何も〱みな黄金の色に光り満ちたるに、名高き画師ども、さま〲筆の限り書き尽したりと見ゆるがいと多し。大広間といふあたりよりは、彼の探幽（たんにう）がゑがけるなるが、大方は松の大木に各種の動物どもを取り合せたるなり。御寝所といふあたりは、其の師の[123]興以（こうい）といふが筆の山水なり。いと〱めでたし。そが中に殊に優れたりと世にいひ伝ふるは、探幽が物せし雲竹に雀と、松に鷲の図と、さては直信が画ける鷺のかたとなりとぞいふ。其の他彫刻やうのものより始めて、何も〱めでたかりしかど、概していはゞ、名古屋城の巨大なるなり。こゝは東の丸にて、本丸は天明の大火に焼けたりといふ。いと惜しき事なり。

それよりこゝの大広間に於いて、[124]徳川慶喜公が、大政返上の意志を発表せられ、大評定の会議行はれたる所なりと聞く。今昔の感にたへずかし。御所に参る。即ち京都離宮なり。まづ[125]清涼殿にのぼる。こゝには天井と云ふ物はなくて、白く麗はしき木をもて作りたる屋の裏の見ゆるも珍らかに、昔覚ゆるつまなるに、[126]御帳台、[127]櫛形の窓など、それぞこれぞと示さる。たゞならず思ふ事のみ胸に満つ心地す。[128]荒海の御障子、[129]昆明池の御障子などもめでたく畏し。御階（みはし）のほとりの呉竹若竹の陰を過ぎて[130]紫宸殿に上れば、こゝも御帳台の獅子、狗犬、御座の御椅子も、ありしながらならんと見えて、あはれに忝けなく覚ゆるに、御前の桜、橘、若葉の色涼しげに茂りあひて、橘は今ぞ盛りなる。宮殿は度々の炎上により、しば〲作り改めさせられしなれば、近き頃の構造にはあなれど、大方いにしへのかたながらなりと聞くに、所も同じ都なれば、見ぬ世の事も目の前に浮ぶ心地して、此の樹下にてぞ、源平の両公達は雌雄をや争ひけん。此の階を上りかねて、[131]源三位が、[132]大内山の山守はと打ち歎きけんなど思ふに、[133]今の都の仮宮も、君住めばこゝも雲井といひけん様に、同じ如なれど、かくも心は動かざりしはやなど、さまぐ\思ひめぐらせば、移り変る世のたゝ

[122] 大谷光沢（広如）の五男。明治四（一九七一）年浄土真宗本願寺派二十一世。一八五〇―一九〇三。

[123] 狩野興以は、狩野光信の弟子。光信の弟孝信の子探幽、尚信、安信の教育にあたり、狩野派内に重要な地歩をしめる。?―一六三六。

[124] 常陸水戸藩主徳川斉昭の七男。母は徳川吉子（貞芳院）。一橋家をつぎ、将軍後見職として徳川家茂を補佐。その死後慶応二（一八六六）年将軍となり幕政の改革をはかるが、同三（一八六七）年大政を奉還し将軍職を辞任。

[125] 天皇の日常の居所。

[126] 貴人の座所や寝所として屋内に置かれた調度のこと。

[127] 清涼殿殿上の間にある櫛形の窓。母屋などから殿上の間を覗くことができる。

[128] 荒海障子。弘廂の北端に立てられた布張りの障子（襖）。高さ九尺、表には墨で荒海の中島に手長人、足長人のいる図、裏に宇治の網代で氷魚を漁る図が描いてある。

[129] 昆明池障子とは、内裏清涼殿東側の弘廂に置いていた衝立障子。

[130] 内裏の南部分にある第一の御殿で、即位・朝賀・節会などの諸種の儀式や公事を行った。中央の階の左右に左近の桜、右近の橘がある。殿内中央に高御座と御帳台があり、その後方に賢聖障子が立つ。南殿。

[131] 平安後期の武将、源頼政。源三位入道。白河法皇・後白河天皇に仕え、保元・平治の乱に功をあげた。一一〇四―一一八〇。

[132] 「人知れぬおほうち山のやまもりはこがくれてのみ月を見るかな」（人に知れない大内山の山守り―禁裏守護番―である私は、木に隠れた状態でのみ月を見ることです。物陰からひっそりと帝を拝見するのみです。『千載集』・巻第十六・雑歌上・978）

[133] 今の都（東京）の仮御所も、天皇が住めば、ここも宮中と言われたのと同じようだけれど、これほどに（頼政のように）心が動かないものなのかなどと、さまざまに思いを巡らすと、移り変わる世の習いとはいいながら、

ずまひとは言ひながら、[134]我が輩のかくてこゝに参上る事も、たゞ夢の様にて、畏くぞおぼゆるや。御襖子に聖賢のかた画かせられたるを、[135]赤染衛門が、同じくば御国の傑れ人をかゝせ給はましかばと云ひけん、げにさる事と覚えて、すゞろに其の人さへ忍ばれぬ。小御所、御学問所、常御所、御三間など、次々にまゐりて、今は罷出なんとするに、何となくたゆたはれて、余波いと多かり。こと所にてはかゝる事もなかりしをと、我ながら怪しき迄覚ゆるや。[136]なほ懐旧の情の切なると、今より移り行くらん世の末にはまさ無き心の人もや出で来んなど、思ふ心のたゞならぬなるべし。

　立ち帰り言ば捧げん橘の花はむかしの香に匂ひきと

　大宮の花橘のかげに来てひとり血になくほとゝぎすかな

余りなるひとり言なれど、こは言にも云ひ出で難き心のうちの思ひを、はかなき草木に言ひかけたるなり。[137]桂園の翁聞かれたらんには、言ひがひなしとやさげしまれぬべし。それより[138]仙洞御所の御園に詣でゝ、なほ[139]修学寺にもと思ひしかど、雨はたゞ降りに降るに、いたう疲れたれば、そこより立ち帰りつ。

大方今日参りつる所々を思へば、二条の城は広大荘厳にして、将門の威武推知すべく、旧の御所は事そぎ清素にして、皇室の衰頽を畏み歎かるかし。思へば最もあはれに忝けなくて、悲憤の想ひやる方なし。されどなほ宮のさまの、神々しく尊く覚えしや、かたへは思ひなしにやあらん。ありし御襖障子の画の中に、鷹狩のかた書ける所に、臈たけたる女の袿衣袴して馬に乗りたるがありき。清少納言が枕の草子に、一条天皇の皇后宮が行啓の供奉に、采女が騎馬にて仕うまつりしよしぞ書かれたる。古へは珍らかにもあらざりしなり。

午後五時許りよりは、円山なる[140]正阿弥といふ所にて、学校の女教師達待ち居らるゝよし、かねて告げられつ。心易きさまに打ち解けてなど懇ろに聞えられつれば、病にも障らじとて行く。すべて此のあたりにむねとある茶亭酒楼を、何の阿弥、くれの阿弥と呼ぶは、嘗てはみな叡山の寺院中なりしを、やう〳〵寺運の衰へ行く儘に始めのは其の末寺の僧たちが、生計（すぎはひ）の助けにと、ひそかに精進食（さうじもの）調じてひさぎけるが、それさへかたも無くなりて、今は誠の商人の物になれるなりと言ふ。げにさもあらんかし。此の楼よりは京中の六七分は見ゆと聞きしが、雲あやにくに立ち迷ひて遠きはわかれず。近き森のかげより次第に黒み渡りて、靄いよ〳〵深うなるに、家々の灯火仄かに打ちにほひたる、海上に漁火の出没するに似たり。夜に入りては、雨いとゞ烈しう降りしきるに、更けなば不便ならんとて、強ひて人々に別れを告げてまどひ出でぬ。

[134] 私たちがこのように（京の内裏に）参内するのも、ただ夢の中の出来事のようで、畏れ多く思われるのだ。
[135] 生没年不詳。平安中期の女流歌人で、中古三十六歌仙の一人。家集に『赤染衛門集』。
[136] なお昔を懐かしむ思いが切実なのと、今より移り変わってゆく世の末には、良くない心の人も出て来るだろうなどと、思う心は（我ながら）ただごとではなかっただろう。
[137] 歌人、香川景樹（かがわかげき）。号は桂園。賀茂真淵の万葉調尊重に対し、古今調を重視。家集『桂園一枝（いっし）』ほか。一七六八―一八四三。
[138] 仙洞御所は退位した天皇（上皇）のための御所。京都御所に隣接する。仙洞御所・大宮御所は、嘉永六（一八五四）年に火災で主要な建物が焼失した。
[139] 京都市左京区北東部、比叡山南西側のふもとにあった寺。現在、その跡に修学院離宮（しゅがくいんりきゅう）がある。すがくいん。
[140] 現在の円山公園内に明治十九（一八八六）年以前、安養寺の塔頭の六阿弥坊があり「円山の六坊」と呼ばれた。勝興庵正阿弥、多蔵庵春阿弥、延寿庵連阿弥、花洛庵重阿弥、多福庵也阿弥、長寿院左阿弥の六坊があり、塔頭は後に遊覧酒宴の宿となり、僧坊は貸し席、料亭に変わった。

次の日は例の人々とともに、[141]桂の離宮に詣づ。宮は三百余年がむかしの建築にて、殊に事そぎ、簡素なる御屋造りなれど、豊太閤が、[142]小堀遠江守に命せて造らせられたると聞けば、その意匠の世に優れたるいふも愚かなり。其の頃は画工も彫刻も、世に秀でたるが多かりしかばにや、なべて世に似ず愛たし。[143]後藤祐乗が彫れる御杉戸の引手の四季の花いけの形、御襖障子の引手に月といふ字を、[144]鳥山若狭守が書けるを某が彫りなしたる、最と愛たし。こゝはことに世に聞えたる名園なれば、喬き木の雲に聳えたる、大なる岩の淵に臨める、泉水築山の形もすべてめでたく物ふりて、人造の心地せず。造化の神の心して作りなされたるかとのみぞおぼゆる。所々にむしたる苔さへ、さまぐ〵珍らかなるさまなり。御池のくまぐ〵に離れたる亭どもぞ多く見ゆる。そが中に観世音を安置したりといふ園林堂といへるには、[145]後水尾天皇の宸翰にて、この三字かゝせ給へる額かゝげ給へり。

其の他、笑意、堂花の二軒、松琴亭、月波楼など、何もく〵みなめでたし。此の[146]笑意軒の御壁の腰張には、初めて外邦よりわたりたりといふ[147]びらうどを張らせ給へるが、所々破れ損はれたる、其の世の事忍ばるゝくさはひなり。御杉戸には、朝鮮の役に持て帰りしを豊太閤が奉られたりと言ひ伝ふる、鉄の[148]箭形を御引手にしなしたるなど、みな神さびて見ゆ。松琴亭の御茶室は、小堀遠州が工夫の八ツ窓の間とて、[149]蘇鉄山の御茶屋、ます形の手洗鉢、卍の御茶屋、流れの手洗、[150]蛍谷のゆゑよし等、なほさまぐ〵珍らかにをかしきが許多ありと、案内人に語り聞かされたれど、惜しく大方は忘れつ。世に珍らしき造ざまなり。当時用ひたりといふかぶり笠あり。大きさ今の日傘にも類すべく、竹の皮を其の儘広く張りて、裏には竹を骨にして八条通したり。疎そかなるが却りてをかしくぞ見えし。此の外に忘れの窓と世に云ひ伝ふるがありしを、何処なりけん、後に思へどおぼ〳〵しくて、我も忘れの名おひぬべし。御泉水に茎をぬきて咲き匂ひたる赤色の[151]川骨の花も、世に似ず珍らかにおぼゆ。此所彼所となほたゝずみ歩く程に、むら雨降り出でゝ袖もしとゞになりぬ。辛うじて宮に帰りのぼる。預り人のいはく、御園は月の頃ぞ殊に愛たき。あはれ知る人々に見せ奉らば、如何をかしとのたまふらんを、午後四時を限りて御門を閉ぢ果つる事なれば詮なくこそ、など問はず

[141] 京都市西京区桂御園にある離宮。正親町天皇の嫡孫八条宮家（桂宮家）の別邸として元和六（一六二〇）年頃創建。明治十六（一八八三）年以後、宮内庁所管。

[142] 小堀遠州。江戸初期の武家、茶人。遠州流茶道の開祖。一五七九―一六四七。

[143] 室町後期の装剣金工家。美濃の人。足利義政に仕え、入道して祐乗と号した。精巧で格調高い作風により、子孫代々将軍家の御用を勤めた。一四四〇―一五一二。

[144] 江戸前期の歌人。名は輔忠・触、初め東福門院に仕え、のち女三宮顕子内親王の家司となり若狭守に任じられた。

[145] 後水尾天皇は、第一〇八代天皇（在位一六一一―一六二九）。後陽成天皇の第三皇子。修学院離宮を造営。持仏堂「園林堂」の扁額は、後水尾上皇の宸筆。一五九六―一六八〇。

[146] 笑意軒は、桂離宮の四つの茶屋の一つ。

[147] 天鵞絨。一名ベルベットという。添毛織物の一つ。

[148] 鉄製で矢じりの形をしたもの。

[149] 蘇鉄山。薩摩島津家より献上されたと伝えられる蘇鉄の群植。

[150] 桂離宮の土橋の下流。

[151] 河骨はスイレン科の多年草。小川や池沼に生え、夏、花柄を水上に出し、黄色の花びら状の萼をもつ花を一個つける。かわほね。

ず語りす。げにさる事と思ふに最と飽かず口惜しければ、

　　久方の桂の宮の御門もり月夜はさゝで打ちも寝なゝん

といふも、何のかひあらん。

それより嵐山にものせんとて畦道たどり行く程、左手に見ゆるは松の尾山なり。梅津川の橋を渡れば、梅津の製紙場むね〳〵しく見えて、黒き煙空を霞めたり。[152]梅の宮にまうでゝ、しばし休らひつ。渡月橋は渡らで、岸づたひに山にさしむかへる楼に至り着きぬ。こは[153]三軒屋と呼びて、誠に田舎びたる家なりしを、近く二層三層の楼に造り改めたる、中々事ざましなりなど人の言ひつるを聞きしが、瓦葺きの軒きらびやかにもあらで、げに俗気を帯びたり。今少しせんやうもあらんかしとぞ覚ゆる。されど名におへる山は新樹の緑麗はしく、今日は雨さへ降りてしたゝるばかり見ゆるに、空は余波なう晴れて、日影のきら〳〵とさし渡りたる、瑠璃の玉を連ねたらんやうなり。汀の杜鵑花今盛りなりと見えて、岩のはざま〳〵に、火打ち出でたらんやうに咲きこぼれたり。川上はいたく降りたるにやあらん、水かさ増さりぬといふ。

　　嵐山かげ迄見ても行くべきを惜しくも水の濁りたるかな

此の川は北丹羽より出でゝ嵐山の麓を過ぎり、梅津、桂の里の東を流れて淀川に入るなり。此の山の名は、中古より今の如呼びなしたるが、上古は亀の尾山といひしなりとぞ。

名にしおふ[154]野の宮の跡懐かしくて、人々の今は見るべきものも無きをとゞむるをも聞かで、川より右に少し離れたる藪原の中を辿り行く程、ともすれば蜘蛛の巣ふと顔にかゝるもいぶせし。辛うじて到り着きて見れば、げに聞きしにも増さりて、を暗き竹村隠れに、低く小さき黒木の鳥居二三基よろぼひたてり。それ

さへ大方は朽ちて見る影も無し。昔を忍ばんくさはひもほと〱無きこそいと佗しけれ。帰りて後、その道に携はれるさる知人(しるべ)のもとに、あれ繕はせ給へ、いかでと切に言ひやりたれど如何(いかゞ)ありけん、覚束無し。昼飯果てゝ水上に舟さしのぼる。此の日頃過ぎ来つる山川の景色を、愛たしと思ひつるは物にもあらず。左右に顧る頭も、いとたゆき迄覚ゆ。紺青の色したる巌のうへに、枝さし垂るゝ松の姿ども、すべて此の世の外のものとのみ見ゆ。されど雨故にや、川風のすゞろ寒く覚ゆるぞ病つくろふ身にはいと心苦しき。

　大井川千鳥が淵に来て見れば夏も身にしむ風すさぶなり

折しも子規(ほとゝぎす)の、さやかなる声に打ち鳴きて、右の尾より左の尾に鳴き渡る。最と珍らかに嬉し。所がら作り出でたらんやうなり。都の友と聞かましかばと思ふのみぞ最とあかぬ事なりける。

　大井川水尾(みを)さかのぼる船の中に初音落ちくる子規かな

なほ水上にもと思ひにしかど、母君例の船気さしぬとて、悩ましげに見え給へば、急ぎ下る程、なほかへり見のみせらる。斯くて再び車に乗りて[155]嵯峨の釈迦堂に詣で、[156]宇多野をこえて、[157]広沢の池の辺りを過

[152] 京都市西部の梅津の地に鎮座する、四姓（源平藤橘）の一つの橘氏の氏神として知られる神社。
[153] 掛茶屋の雪・月・花の三楼は「三軒家」と呼ばれた。
[154] 京都市右京区嵯峨野々宮町の伊勢斎王の野宮の旧地。野宮は、斎王に卜定された未婚の内親王が伊勢の斎宮に移る前に一年間潔斎のためにこもる所。『源氏物語』第十帖「賢木」で、光源氏は野宮に六条御息所を訪ねる。
[155] 清凉寺(せいりょうじ)は、京都市右京区にある浄土宗の寺院。嵯峨釈迦堂(さがしゃかどう)の名でも知られる。
[156] 現在の京都市右京区北東部を指したかつての地域名。宇太野(うたの)とも。

ぎつゝ[158]御室に参る。[159]天龍寺には、維新前かの[160]蛤御門事件より少し前つ方、比処に長州藩士の屯せりなど聞く。感慨浅からず。此所は去年の夏焼けたりとて板がこひしたり。最と口惜しき事なりかし。過ぎ来つる田の畔の藪原の辺りは、昔の嵯峨野にて[161]小督が墓もその中にありといへど、後に聞きつればかひなし。こゝを出でゝ[162]等持院に至れば、[163]衣笠山目の前に見ゆ。足利歴代の像を拝してこそと人はいへど、我祖新田のうからが、いたく苦しめられ給ひつらん、そのかみを思へば、快からで更に胸ふたがる心地すれば、さし覗きたる儘に急ぎ出でぬ。[164]北野の天満宮に詣でゝ、大前にぬかづく程、身にしみて思ふ事さまぐ〳〵多かれば、おぼえず涙さへ出で来つるを、人も見んと念じて退きて、すゞろ歩きするに、千里の飛梅、一夜の松など云ひはやしけん、いと覚束なきふる事なれど、[165]玉垣したる梅も松も、同じみどりに生ひ茂りたると見るに、さばかり世にも流布しけん神徳のいやちこなりしを思ふに、臣の鏡と仰がれ給ふも理りに、いとかしこくぞ覚ゆる。

[166]彼所には、孝子の跡をとひ、此所には忠臣の御魂を仰ぐにも、たゞ言ひがひなき身の程をのみぞ、悔しく思ひ知る。

帰さには[167]京極の市街の賑はへる見よと、人々にそゝのかされて行きて見る。げに戯場、物真似、寄席の類ひ軒を並べて、いとかしがまし。また万づの商品も、家毎に店張りて所せきまで見ゆれば、土産買はんとて従者のたち入りたるを、伴なる人慌しく制して、よく心してものし給へ、案内知らぬ人と見れば、法外なる利を得んとて、高価に強ひ売るぞかしといふ。かく言ふは此所に年久しく住みたる人なり。此の辺りには外邦人の遊ぶも少なからぬを、如何思ふらん。かゝる弊風は速く改良せまほしき事にこそ。

次の日は朝まだきより、例の友にしるべ請ひて、[168]田中村なるふる人尋ねんとて行く。こは昔我が宮仕へに出で立ちける頃親しかりしなり。齢も傾きて幽かなるさまにてと聞く、いみじうあはれにて、ふりはへ訪らひつ。と許り語らひて畦道を廻り出でつゝ行く程、左の方の田の中に古松二本立つる所を玉垣したるは、[169]二条天皇の御陵なりといへば、遥かに拝みて、東山の銀閣寺にいたる。こは足利義政が驕奢に耽りたる頃、

[157] 京都市右京区にある池。古来、観月・観桜の名所、歌枕。周囲約一km。
[158] 京都市右京区にある仁和寺の異名。
[159] 京都市右京区にある臨済宗天龍寺派の大本山。後醍醐天皇の菩提を弔うため、足利尊氏が亀山殿の地に創建。
[160] 元治元（一八六四）年長州藩が京都に出兵し、会津・薩摩などの藩兵と蛤御門付近で戦って敗れた事件。
[161] 小督の局は、中納言藤原成範の娘。高倉天皇に愛されたために建礼門院の父平清盛に追放された。生没年未詳。『平家物語』に登場する（高倉院の命を受けた源仲国が嵯峨野で琴の音に導かれて小督の局を捜しあてる）ほか、能の『小督』でも知られる。
[162] 京都市北区にある臨済宗天龍寺派の寺。開山は夢窓疎石。足利家歴代の廟所。
[163] 京都市街の北西部にある山。笠を伏せたような山容で、歌枕。衣掛山。
[164] 京都市上京区に鎮座。太宰府天満宮とともに全国天満宮の宗祠。
[165] 神社の社殿や境内の周囲にめぐらす垣。
[166] あちらでは孝子の跡を訪ね、ここでは忠臣の魂に触れるにつけても、取るに足らない自分の身のありようが悔しく思い知られる。
[167] 平安京の東京極大路、西京極大路の略称。現在の「寺町通り」がその一部。
[168] 現在の京都市左京区田中。

作りたる所なりと聞けど、最(い)と狭くおろそかなるに、当時の人の住居思ひやらる。思へば、かゝる開明の御代に生れて、草枕結ぶとわびけん旅寝に、綾の衾を被き、椎の葉に盛るといひけん客舎に珍味を食ふ。まことにかしこく忝けなき事なりかし。さはいへど、庭園は数百年の星霜を経つれば、物さびて見所多し。たゞ向月堂、銀砂淵などいふもの、白き砂を丸く高く、或は長く斜めになど盛りなしたる、風致なくて、今少し為んやうもあらましとぞ覚えし。[170]月松山(つきまつやま)の麓にてといひけん峯は、やがて軒端に聳えて、緑の色深う見えたる、げに影の匂はん程をかしかるべし。これにむかへる四畳半の茶屋は、[171]数寄屋の始めなりとぞ。

彼の[172]石川丈山翁の、老の波そふ影も恥かしとて、かき籠られたる[173]詩僊堂といふは、こゝより遠からずと聞けば、なつかしくて立ちよる。小さき衡門(かぶきもん)に、石川某といへる名札をかけたれば、庵主の尼に事のよし問ふに、なほ翁の子孫在すなりと答ふる、最とあはれなり。尼、種々(さまぐ)の遺物ども取り出でゝ見す。[174]霊元上皇の賜はりしと伝ふる七絃琴は、特にいみじき遺物にして、翁が栄誉の余光を今猶こゝに仰ぐも畏し。さゝやかなる三階の、其の構造はおろそかなれど、住みけん人の心高さを推し量れば、始め許多見て来し大厦高楼の、目もあやなりしよりも心止りて尊く覚ゆ。げに天爵は人爵よりもかしこかりけり。此の楼より山上なる翁の墓碑も遥かに見ゆ。堂を下りて[175]修学寺の離宮に参る。院はもと[176]佐伯公行の建つる所にして、叡山の末寺たりしが、徳川家綱将軍、[177]後水尾天皇の勅を奉じて離宮とせりと伝ふ。こゝには上中下の三つの殿宇あり。中の殿の御化粧の間と云ふは、徳川家光将軍が奉られたるなりといふ。なべて愛(めで)たきも、みな葵(あふひ)の紋をつけたり。[178]其の僭上(せんじやう)思ふべし。御棚の襖障子(ふすま)の絵に、[179]友染(いうぜん)和尚がゑがける模様あり。是より友染といふ染物は出来たりとぞ。御杉戸に[180]応挙がものせる鯉二尾、生けるやうにてあり。これが夜な〳〵滝の水のみに出づとて、網は後にかき添へたるなりといふ。最とあるまじき事なれど、彼が当時の名声想ひ知らる。[181]浴龍池、[182]窮隨軒の辺りに老鶯のなくを聞きて、

　声さびて鳴く鶯もあはれなり青葉老いたる森の木がくれ

[169] 平安後期の天皇（在位一一五八～六五）。後白河天皇の第一皇子。一一四三―一一六五。
[170] 月待山は東山三十六峰の第十峰、標高一九四メートル、別名銀閣寺山。足利義政は「わが庵は月待山のふもとにてかたむく月のかげをしぞ思ふ」と詠んでいる。
[171] 小庵や小室に茶席・勝手・水屋などを備えたもの、茶室。
[172] 安土桃山時代から江戸時代初期の武士で文人。一五八三―一六七二。
[173] 京都市左京区一乗寺の詩仙堂は、徳川将軍家の家臣石川丈山が寛永十八（一六四一）年に隠居のため造営した山荘。現在は曹洞宗大本山永平寺の末寺。
[174] 第百十二代天皇（在位一六六三～八七）。第一〇八代後水尾天皇第十八皇子。一六五四―一七三二。
[175] 京都市左京区の修学院（しゅうがくいんとも）。江戸初期につくられた離宮。
[176] 佐伯公行は、平安時代中期の貴族。生没年不詳。
[177] 135頁、注[145]参照。
[178] その（徳川家の）出過ぎた、驕り高ぶりが窺われるだろう。
[179] 友禅染を完成したとされる江戸時代の絵法師。生没年不詳。
[180] 江戸時代中期―後期の画家。円山派の創始者。一七三三―一七九五。
[181] 浴龍池は上御茶屋（上離宮）の人工池。中央の中島（窮邃亭）のほか、北側の三保島、南側の万松塢の二つの島がある。
[182] 窮邃亭は、現在唯一創建当時のものとされている、宝形造こけら葺の茶亭。

上の殿の、[183]隣雲亭といふ所より御池を打ち渡すに、[184]千歳橋、[185]松の島など云ふ所々、目の下に見えて、景色いとよし。下の御茶屋[186]寿月観には後水尾天皇の勅額ありしが、今は取り納めまつれりとぞ。此の御園は、今迄まうでし所々とやう異りて、打ち開け広らかにて、心も晴けやる心地す。

それより[187]山ばなの平八と呼べるが楼に登りて、昼飯(げ)たうぶ。高野川、家の前を流れて、大樹の陰を暗く、日中も袖寒きまで覚ゆ。今日は[188]宇田ぬしの、我が為に歌の席開きて待たるなれば、伴なる人々に引き別れて、[189]岡崎にとて行く。かねて我がいたづきを心もとながりて、心易き方の人をのみ、十人許り集へて、くつろかなる円居(まどゐ)に、主の心しらひの至り深さ、思ひ知られていと嬉し。

[190]兼題、暁子規といふことを、

明けぬ間に起出でゝなくか子規旅の日数やなれもすくなき

当座、閑居水声といふことを、

玉だれの小簾の外山の滝つせの音も枕におつる宿かな

日一日(ひひとひ)廻(めぐ)りありきて、身も疲れぬれば、とかう思ひめぐらさんやうもなくて、たゞ打ち思ふばかりをぞかいつけたる。

[191]貞信尼

聞くやがて飛びたちぬべく嬉しきは雲井になれしあしたづの声

といへる、かへし、

言のはの道の友づる立ち帰り同じ沢べにいつか遊ばん

[192]桂園翁の旧宅も、程遠からずと聞くに、最となつかしけれど、さすがに長き日影も暮れ渡りて、雨をりく打ちそゝげば、心にも任せで急ぎ罷出ぬ。

その次の日は心地例ならで籠らひ居りしが、近わたりの樹だちの陰に遊ばゞ、却りてすがやかにならんをなど、母君の勧め給ふ儘に、さばとて、[193]南禅寺に詣でゝ、それより[194]知恩院迄とて出で立つ。前住、[195]行誠上人は、道のうへにて親しく交らひつるなれば、此の地に参らば先づ訪はんと契りつるを、過ぐる月に

[183] 上御茶屋（上離宮）の一番高い場所にある池を眺望するための簡素な建物。
[184] 中島と浴龍池の万松塢の間に架かる屋形橋。
[185] 万松塢。
[186] 寿月観（じゅげつかん）は、後水尾院行幸時の御座所となった建物。
[187] 天正年間、安土桃山時代創業若狭街道（現、川端通り）の街道茶屋として創業した料亭・料理旅館。
[188] 129頁。注[121]参照。
[189] 京都市南東部、三条通以北、東大路通以東一帯の地。
[190] 歌会などで題をあらかじめ出しておいて作るもの。
[191] 129頁、注[120]参照。
[192] 香川景樹。133頁、注[137]参照。
[193] 京都市左京区にある臨済宗南禅寺派の大本山。
[194] 京都市東山区にある浄土宗の総本山。
[195] 福田行誠（ぎょうかい）は、幕末から明治時代に活躍した浄土宗の僧、仏教学者、歌人。「明治第一の高僧」と称された。一八〇九（一八〇六とも）―一八八八・四・二五。

[196]遷化せられたりと聞く、最と口惜し。せめては、み墓をだにと思へど、例の乱り心地掻きくらされて、歩み難う覚ゆれば、御堂にも登らで急ぎ帰る程、[197]軒の裏にさしたる傘は見きやと、人の問ふに、

　おくつきの塵も払はで出でしかば三笠の山はさしも知られず

とて、まどひ帰りぬ。

今日は人にもあはで打ち臥しつゝ、此の日頃見聞しつるところ〴〵のさまを思ふに、桓武天皇非常の英断を以て、大和よりこゝに都を移し給ひしより此方(こなた)、千有余年の久しき、万代不易の帝都とて、万民仰ぎ集へりしかば、文物とみに開けて、大方の物も足れりけん。其の地形、四方山嶽にして、僅かに南方の少し開けたるは、摂津に境せるなり。されど水清く土肥えて、中央の地平坦なれば、大車もやるべく駟馬(しめ)も鞭つべし。今の都に比ぶれば、狭小なりといふべけれども、猶天然王城の地とはいふべき所ならんか。皇居の余りに海浜に近からんよりは、かゝるぞ国の守り堅牢なるべき。然はあれども、其の人気多くは進取の気象乏しく、退きて守るといはんよりも、寧ろ活気乏しく、退きざまにぞ傾きたらんかし。其の言語は優にやさしきも、凛呼として雄々しき所少なし。性柔弱にして、誠少なしとは、此の地の人すら、少し心あるは打ち歎きてぞ云ひし。されど如何(いかゞ)あらん。

往にし元弘、建武の頃、一度中興の偉業なりて、皇政に復りしも、幾程もなくて政権武家の掌握に帰し、維新の前後、全国の志士大方こゝに集まりて、大義を唱へ、名分を論(あげつろ)ひ、いたく士気を鼓舞したりしかど、土着の人には、さばかり令聞の高きは多からざりしといふも、蓋しさる故もやあらん。総じて都雅優美の風をなし、稍もすれば文弱に流れて、終に勇壮活発の気の消却せしなるべし。されば明治の御代の始め、早

く都を東都に移させ給ひしも、種々(さまぐ)深遠なる　聖旨のあらせ給ひしなるべし。たゞ此の山川の風物の為には、旧の都と荒れ果てなん事こそ、可惜(あたら)しくあはれなれ。さはいへど今たゞ今、鉄道などの通じたらんには、東西の風俗混同して、其の差異少なくぞなりぬべき。今だに女の風なども、大方東京に類して、髪の結ひざまも昔のまゝなるは十が二三ばかりなり。たゞ其の髪に油の多くつきたると、帯の結び目のさまと、衣装に赤き紫などやうの華やかなる色をむねと用ひられたる許りや、少しやう異りて見えぬべき。但し、此所の人の、節倹にして余裕あり、ふと打ち見たるさまの質素なるは、最とよき事なり。我らが如きは、ことに将来の戒めとして、習はまほしき事なりかし。

またの日は、[198]大谷法主、伏見なる[199]三夜(さんや)の別荘に待たると聞くに、心地もよろしう成りにたれば、いざとて、[200]さうぞき立つ程、迎への人さへ来たれば、それが案内につれて、道の序に名所旧跡ども尋ねて行か

[196] 高僧などが死ぬこと。入滅。

[197] 忘れ傘は、御影堂正面の軒裏に現存。左甚五郎（江戸時代初期に活躍したとされる伝説的な彫刻職人）が魔除けのために置いていった、また知恩院第三十二世の雄誉霊巌上人が御影堂を建立の際、白狐が自分の棲居がなくなるので霊巌上人に新しい棲居をつくってほしいと依頼し、それが出来たお礼にこの傘を置いて知恩院を守ることを約束したとも伝わる。

[198] 131頁、注[122]参照。

[199] 京都市伏見区桃山町にあったかつての西本願寺門主の別荘。第二十一代門主の大谷光尊が明治九（一八七六）年に建築（旧館）したが、老朽化のため解体された。光尊の次女、九条武子は「三夜荘父がいましし春の日は花もわが身も幸(さち)多かりし」（『金鈴(きんれい)』）と詠んでいる。

[200] 着飾ったときに。

んとす。まづ、[201]方広寺の大仏に詣づ。仏は肩のあたり許り迄のみ造られたる儘なるが、堂の内暗うて、よくも拝まれず。

こゝを出づれば、やがて[202]豊国神社なり。御前の唐門(からもん)と云ふは、桃山殿のを移したるなりとぞ。そこよりまた少し行けば三十三間堂にて、五百羅漢を安置したる、一つも損はれず立ち並みたり。伽藍は、ことに古びて見ゆ。こは[203]後白河天皇の建立の儘なりといへど、まことは豊太閤の時に再建せるなりといふ。板敷も朽ちたる所多くて、柱などもいたくそゝけたるに、徳川氏の世には、通し矢とて、諸藩の武士ども、弓勢(ゆんぜい)をこゝにためしたりといふ跡も、さだかに残りて、柱巻きたる黒金に、矢の根のかた許多残りたるが、今は其の辺りにさゝやかなる仮屋して、なりはひの為めにやあらん、的かけて弓置きするゑたるも、移り替る世のたゝずまひ思ふに、いとあはれなり。

それより[204]東福寺に至る。こゝには、六七百年前のまゝの伽藍、[205]応仁の乱にも逃れて、残りたりしが、近く焼け失せたりと聞く。いと可惜(あたら)しき事なりかし。谷間の楓若葉さして、右なる[206]臥雲橋(ぐわうんけう)、左なる[207]偃月橋(えんげつけう)も、そことわかねど、中なる[208]通天橋(つうてんけう)渡る程、涼しき風徐(おもむ)ろに吹きのぼりて、蟬の羽衣ひるがへすに、道の程の暑さも忘られて、まことに空にも通ふ心地せらる。暫時(しばし)立ち休らひて、此所彼処案内人に問ふに、此所の楓樹は、葉のきだ、三きだなるが多かりしが、今は漸々稀れになりて、谷のかげに二三株許り残り候なりなど語る。秋の錦如何に愛たからんを、身を心にも任せねば、ふりはへて見に来ん事も難きぞ、いと口惜しき。

[209]月輪(つきのわ)の御廟(べう)も、左手の山路少しのぼれば、やがてそこなりと聞けど、衣服も塵ひぢにまみれつ、身もい

たく疲れたれば、なか〱に畏くおぼえて、こゝより遥かに拝みて、[210]稲荷山にのぼる。

車のうちにて、

　浮雲にしばし隠れし月の輪のそのよの影を誰かしのばぬ

杉のかざしなど聞き渡りつるに、その梢は稀れにて、たゞ松のみぞ多く立ち栄えたる。[211]あをかりしよりと[212]和泉式部が詠みしは、なほ左の方の遥かなる木立の、奥の坂路なるべしといふ。総べて此の地には神社、仏閣いと多くて、維新の頃は、殊更にこぼちたるなどさへありしよしなれど、近頃は、公けより保存金をさ

[201] 京都市東山区にある天台宗の寺。天正十七（一五八九）年豊臣秀吉が奈良東大寺大仏を模して創建。大仏殿とも。
[202] 京都市東山区にある神社。祭神は豊臣秀吉。慶長四（一五九九）年創建され豊国大明神の神号を宣下された豊国廟を、明治十三（一八八〇）年現在地に遷座・再興したもの。
[203] 第七十七代天皇（在位一一五五―五八年）。鳥羽天皇の第四皇子。久寿二年即位し、三年で譲位したが、その後平清盛による幽閉期間を挟み、三十余年にわたって院政を行う。一一二七―一一九二。
[204] 京都市東山区にある臨済宗東福寺派の本山。
[205] 室町時代、応仁元（一四六七）年から文明九（一四七七）年まで十一年間続いた、京都を中心とする内乱。
[206] 臥雲橋は、東福寺三名橋（偃月橋・通天橋とあわせていう）の一つ。東福寺から塔頭・龍吟庵と即宗院に通じる渓谷・洗玉澗に架けられている三橋の中で最も下流に架かっている木造橋廊。
[207] 三ノ橋川の上流に架かる、単層切妻造の桟瓦葺の木造橋廊。
[208] 洗玉澗に架けられた仏殿（本堂）と開山堂を結ぶ木造橋廊。
[209] 京都市東山区今熊野泉山町にあり、泉涌寺後背の東山連峰月輪山の山裾を開いて陵域としたもの。月輪陵・後月輪陵。
[210] 京都市伏見区にある東山三十六峰の南端の山で歌枕の地。ふもとの西側に伏見稲荷大社がある。

へ其の程々に賜はらせ給ひたれば、廃れ果てたるもあらずながら、こはことに広前なども清らに掻き払ひて、[213]三つの郷社のむね〳〵しき、聊かもかけ損はれたる所も見えず。朱の玉垣、明らかに見ゆるは、宮司が心しらひも添へるなるべし。参り果てゝ罷出んとする程、[214]近藤宮司出で来て、暫時休らひてと懇ろに言はれしかど、行く手を急ぐよし言ひて別れつ。

[211] 「時雨する稲荷の山のもみじ葉は青かりしより思ひそめてき」（時雨の降る稲荷山の紅葉をまだ青かったころから心にかけ始めていたのと同じように襖（袷、また襲の類。）をお借りになった時からあなたを恋しく思いはじめたことでした。『古今著聞集』・巻第五・和歌第六・201）。

[212] 平安中期の女流歌人。中古三十六歌仙の一人。『拾遺和歌集』以下、勅撰和歌集に二四六首が入集。家集『和泉式部正集』『和泉式部続集』ほかが伝存。

[213] 下ノ社・中ノ社・上ノ社。

[214] 近藤芳介は、幕末—明治時代の国学者・神職で歌人。明治十二（一八七九）年、第三代伏見稲荷大社宮司。山口藩の佐甲家出身で足代弘訓に師事。京都から七卿落ちに同行。一八二二—一八九八。

[1]藤の森の神社もよそながら拝みて、[2]三夜荘に着きぬ。こゝは旧の[3]桃山殿のかたはらの岡にて、疎ましげなる藪原なりしを、法主の、近く切り拓かせて、寮とせられたるなりとぞ。まづ東南の方に打ち向へば、遥々と広く、席田打ち渡されて、[4]大椋の入江の浪、松の森に映じ、宇治河の末流は、板敷のもと迄流れよる心地するに、さし下す柴舟の小さくて、舟子の顔もわかれぬを見れば、なほ少し間遠きなるべく、葛城、生駒の峯も、目に近く聳えて、梯して渡るべく覚ゆるに、木だちのありとしもわかれぬや、まだ幾ばくの距離あるなるべし。八幡、山崎の方より入り来る舟の帆影、やうやうさだかになりて、日影少し斜めになる程、薄霧の打ち靡きたる、左手の山の、遠く連なりたるは、醍醐、笠取、さては木幡、三室戸なり。[5]木幡の山

[1] 京都市伏見区深草鳥居崎町に鎮座。
[2] 145頁、注[199]参照。
[3] 京都市伏見区桃山町一帯に所在した伏見城。
[4] 巨椋池は、山城国（京都府）にあった池。現在京都市伏見区・宇治市・久世郡にまたがる干拓地として残る。当時京都府で最大の面積を持つ淡水湖。
[5] 「山科の木幡の山を馬はあれど徒歩より我が来し汝を思ひかねて（山科の木幡の山を馬を用意する間ももどかしいので、歩いて私はやって来た。あなたを思う気持ちに堪えかねて『万葉集』・巻第十一・寄物陳思・2429／2425。）

に馬はあれどと、言ひけんを思へば、昔は、この山越して宇治へも通ひけん。今は平坦なる田面の道を行くなりけり。此の大椋の入江も、今はをぐらの池、あるは長池など呼びて、もとの名、知る人も稀なり。この池には、鯉、鮒、鰻やうの魚、許多あれば、此のわたりの人は多く捕魚を生業として、京都、滋賀などの府県にもひさぎたりしが、一昨年の洪水より、其の数いたく減じたりぞ。また、こゝに生ふる蓮の葉は、大きさ傘許りなるがありて、花も殊にうるはしく、根も多く堀られたりしが、それも最といたう衰へたりといふ。いと惜しき事なり。種々の饗応に、思はず時を移す程に、法主一枚の図画を出して、こは[6]桃山殿の縮図なりとて示さる。先、豊太閤が城郭、殿舎より始めて、諸侯の第宅、遊園など迄細やかに写されたる、当時のありさま目の前に見る心地して、珍らかにをかし。

立たまく惜しき席なれど、宇治のわたりまで、今日の中にと思へば、余波最と多かれど、別れを告げて立ち出づるに、なほ心のとまらば、帰さにも立ちよれなど言はるゝ、嬉しけれど、限りある日数なれば、如何あらん。こゝを出でゝ、[7]黄檗山万福寺に詣でて、やがて宇治河の辺りなる[8]菊屋といふに宿る。こゝへも、大谷ぬしより、予ねて人おこせて、設けせられたるよしなれば、万づ事足らひたり。楼に登れば、河は目の下に流れて、橋は左の方に望まる。右に少しよりたる方に、宇治山、旭山も近く見ゆ。橋の小島が崎も、こゝより少し上にて、近辺りなりと聞くに、[9]浮舟のはかなき跡も、なほ空言なる心地せられぬに、況て、此の橋の板を引き、こゝらの岸に矢ぶすま作り、[10]駒打ち入れて先きを争ひけん、幾古戦場の余波たどり見るに、さま〴〵思ふ事多し。雪解の水に、渡る瀬もわかずと、いひし昔は、如何ありけん。今は中州の砂白くて、浅らに見ゆる所多かるに、橋も仮橋にて、切りたつにも難くもあらじとぞ覚ゆる。されど、これは遠からず昔の形のに架け替へらるべしとぞ。

夕つけて平等院に詣づ。入口の右側に玉垣して、碑を建てたり。これぞ世にいふ[11]扇の芝なり。惜しむべし、其の旧跡を保存せんとして、却りて芝、竹などを掘りかへしゝよしにて、殊更に盛りたる白砂の中に、芝草の纔かに青み残れるが見ゆ。右の方なるは、釣殿なり。今は前面に高き堤を築きたれば、河も見えず。昔は、こゝより釣り垂れたりと言へば、其の水際の遠くなり、水も浅くなりけんことしも思ひ知らる。池のむかひには、宇治製茶紀念之碑と、[12]二品朝彦親王の御筆染め給へるを、刻みたるがあり。其の石も大きに、石階

[6] 豊公伏見城ノ図。

[7] 京都府宇治市にある黄檗宗の大本山の寺院。開山隠元隆琦、開基は、四代将軍徳川家綱。

[8] 宇治川左岸にあった料亭旅館菊谷萬碧楼。明治天皇の宿となる行在所があった。

[9] 『源氏物語』の女主人公の一人。宇治の八の宮の娘。薫大将、匂宮の二人との愛に苦しみ、宇治川に入水するが、横川の僧都に助けられて尼となる。また、第五十一帖の巻名。

[10] 寿永三（一一八四）年木曽義仲と源義経が宇治川で相対したとき、義経方の佐々木高綱・梶原景季が、源頼朝から与えられた名馬生唼・磨墨で先陣を争った故事。

[11] 宇治市の平等院の中の釣鐘観音堂のそばの芝生。治承四（一一八〇）年以仁王の令旨を奉じ、平家打倒の挙兵をした源頼政終焉の場所といわれる。頼政は以仁王とともに南都・興福寺へ向かう途中、平知盛らに追撃され「埋もれ木の花咲くこともなかりしに身のなる果てぞ悲しかりける（私の一生は埋木のように花が咲くこともなく、栄華を誇ることもなかったのにこうして最期を迎えるとは悲しいことだ。）」と辞世の一首を残し自刃したと伝わる。131頁、注[131]参照。

[12] 伏見宮邦家親王の第四王子で仁孝天皇の養子、朝彦親王。公武合体運動を推進した。久邇宮家の初代で、維新後は伊勢神宮の祭主をつとめた。一八二四―一八九一。

も高くて、彫刻どもゝ最と愛たし。右手の方に、河に向ひたるが、乃ち鳳凰堂なり。屋上の左右のつまには、銅にやあらん、各一羽の鳳凰を挙げて、堂の形も、此の鳥の羽翼を張れるに擬せりと云ふ。堂の右に少し引き籠りたる所は、彼の[13]源三位が墓所なり。当寺は、[14]河原左大臣融公の旧跡にて、後冷泉天皇の朝に至り、[15]宇治関白頼通公、新たに伽藍を建立ありしにより、平等院と号けられたるよしなるが、それより此方、一千年に近き今日に至る迄、[16]此の堂と[17]釣殿とは、依然として存し居るなりとぞ。扉の画なども、下つ方は大方消えたるに、何者のしわざにや、落書して塗りけがしたり。最と惜しとは世の常にて、憎しとも憎し。上の方はさすがに、五彩の色も所々残りたり。宝物とてあるは、頼政が鎧兜、旗、旗竿の類ひより始めて、乗鞍に至るまで、大方具足して保存せらる。其の他古書画、古器物のたぐひ、さまぐ見るべきも多かりしかど、暮れ果つる空の景色に急がされて、宿に立ちかへりぬ。

宇治橋のこなたの、市中に在る小さき祠は[18]橋姫の神なりとぞ。其の裏の方にある少し大きなるは、[19]県の神社にて、此の月の五日には、県祭とて、氏子ども神輿振り騒ぎて、ことに賑はしきが、今年はわきて、大阪あたりより出で来たる人多くて、こゝらの酒楼、旅店は意外の利潤ありきなど、案内人ぞ語れる。

夕飯めせとて、きたなげならぬ女どもの、つぎくに持て来るを見れば、鮎、鮒、河海老、さては、蓴菜、早松茸やうの、所につけたる物調じて、葡萄酒、麦酒など迄取り具したるを、人々愛で興ずるもをかし。己れは、例のいみじき下戸なれば、酒ごとは伴なる人に任せて、ひとり欄干に倚りて居り。此度は女がちの旅なれば、男どもゝ酒打ち飲む事もせざりき。今日はとて許したれば、こよなう心ゆくさまして、こゝのあるじぶりを只管ほめつゝ、離れたる隅の間に持て行きて、笑ひさゞめく。[20]かたはら痛さはさるものにて、いとほしくさへぞあるや。

今宵は、月も無くて空の色さへわかず掻き曇りたるに、蛍の、三つ四つ二つなど打ち光りて、水の面、岸の辺りなどに飛びちがひたる、最とをかし。こゝらには、蛍合戦とて、多く打ち群れて乱れ合ふが、終には玉の如、丸く固まりて、打ちあひつゝ砕けて落つる、いとすさまじと聞くはまことかと、あるじに問へば、昔は、このあたりにてもさる事ありきと申せど、今は此の川上の奥ならではあらず。そこには、なほあるこ

[13] 源頼政は射芸の達人として名があり、和歌においても当時の第一流の歌人で、家集に『源三位頼政集』が伝わるほか、多数の和歌が残る。『平家物語』にも登場する。131頁、注[131]参照。

[14] 平安前期の歌人。嵯峨天皇の皇子。承和五(八三八)年臣籍に下り、貞観十四(八七二)年左大臣、在職二十四年。風流を好み、鴨川のほとり東六条に四町四方を占める大邸宅河原院(かわらのいん)を営んだことから、河原左大臣とよばれた。勅撰集所載は『古今集』以下四首。八二二―八九五。

[15] 平安時代中期から後期にかけての公卿、歌人。摂政太政大臣藤原道長の長男。父の死後は後朱雀天皇、後冷泉天皇の治世にて、関白を五十年務め、父道長と共に藤原氏の全盛時代を築いた。その栄華の象徴が、頼通が造営した平等院鳳凰堂。九九二―一〇七四。

[16] 鳳凰堂は、天喜元(一〇五三)年に建立された阿弥陀堂。

[17] 鎌倉初期本堂跡地に観音堂を建立し、釣殿観音堂などと呼ばれた。

[18] 京都府宇治市宇治橋を守る神。橋姫神社の祭神とされる女神。

[19] 平等院の南西に鎮座する神社。祭神は木花開耶姫命。六月五日の県祭は、暗闇の中で執り行われる為、別名「暗夜の奇祭」として有名。

[20] きまり悪さはいうまでもないが、(これまで飲酒を許していなかったのが)気の毒でさえあったことだ。

とにて、好事(かうず)の人は今も見に行く事にて候ふ。さうじて、こゝのはいと大きにて、含める燐素またことに多しと云ふ。人々、さらばとて、捕へて見んと走り騒ぐ程に、あるじ籠に入れたるを持て来て、一度にさと放ちたれば、屏風のくまぐ〳〵まで明うなりぬ。[21]されど扇さしかくして打ちそばめなどせん、上臈も在せぬぞ、いとさうぐ〳〵しきや。げに其の光り世の常のに異なり。これを灯明(あかし)にて文読みけん、唐土(もろこし)のも斯くぞありけんなどいふもあり。蚊帳垂れて寝たるに、蛍の外に遁れ得で、なほ此所彼所にとまりたるが、さやかに火ともしたる、最とあはれなり。

次の朝は、速(と)く出でゝ奈良へと思へば、急ぎさうぞき立つ。誰人にか聞きけん、あるじ、書画帳とうでて、たゞ一言をと、切に請ひてやまねば、心慌たゞしけれど、

朝日山まだ夜を残すさみだれの雲に籠りてなく子規

[22]まことに、打ちしきり鳴く、所がら最とつきぐ〳〵し。

雨をやみなく降るに、今日許りよりや、陰暦の五月ならんといへば、雲間待ち出でん程、いと遥かなるべしと思ふぞ、いと佗びしき。車も、こゝらのはいみじう穢なげなれば、え堪へ給はじなど、従者のいふに、

小車のほろのやれめのいぶせきに袂かさなん宇治の橋姫

神もあはれとや、受け引き給ひけん。空の色、やうく〳〵見え初めて、明う成りぬ。さらばとて、出で立つ。車も聞きしには似ず、いと清らなり。主の心したるにやあらん。とかくする程に、此の頃製したる新茶、または茶の木にて造れる人形、簪やうのもの、さまぐ〳〵もて来て、めせめせと勧めしかど、茶の外には、目とまるべきもあらざりき。此のあたりには、尋ぬべき所々も多からんを、心のどかにもえあらねば、いたづら

に行き過ぎて、[23]木津川の橋を渡れば、立ちよるべき茶店もあり。そこにしばし休らふ。此の川の此の辺りは、古の和泉川にて、[24]かせ山も遠く見ゆ。[25]みかの原も、此の川上に在りと、かねて聞き渡りしが、此所までは、今は京都より十里に足らぬ里程なり。されどいにしへ木幡の山ごえして、みかの原に出でけんは、路も迂廻してなほま遠かりけん。都出でゝ今日三日の原といひし、昔の旅路思ひやれば、をり〳〵打ちそゝぐ雨に、袂濡らす程もあらぬを、なほ病がちなる身には、如何々々と、人々に危ぶまるゝ、言ひがひなき事なりかし。

川の辺に[26]笠置寺、修繕費献金と云ふ高札建てたれば、近からんと思ひて、人に問へば、此の見ゆる山の奥の峰なり。こゝよりはよく見えねど、五里ばかりもあるべしとぞいふ。なほ袖ぬらすと歎き給ひけんも、今日ばかりの空なりけんなど思ふに、涙ぐましう成りぬ。[27]奈良坂にかゝる。[28]更級日記に、いと怖ろしとありしかば、いかならんと思ひつるに、近く新道を開かれたるよしにて、馬車にても登るべく坦(たひ)らかに広し。行く所として、開明の御代のかしこさを、思ひ知らぬ事なし。[29]なほ本を守りて、よく末に及ぼさんことこそ、

[21] だが、扇で顔を隠して顔をそむけるようような、(美しい)貴婦人がいないのは、なんともさびしいことだ。
[22] 本当に、ほととぎすがしきりに鳴くのは、土地柄にも似つかわしい。
[23] 三重県の伊賀地方から京都府の南山城地方を流れて淀川に入る川。木津川御幸橋。
[24] 鹿背山(かせやま)は、京都府木津川市にある山で歌枕。布当(ふたぎ)の山。
[25] 京都府木津川市加茂町に地名が残る。歌枕。
[26] 笠置寺(かさぎでら)は、京都府相楽郡笠置町の笠置山頂にある寺。笠置山は木津川の南岸にある。
[27] 奈良と南山城(みなみやましろ)との境をなす奈良山を越える古くからの交通路で、奈良市北方にある坂。盗賊が多く出没した地帯。

何も〳〵あらまほしけれ。[30]般若坂の左に、門さしたる長屋あり。こは、[31]光明皇后の、[32]かたゐに湯あみさせ給へりし跡とて、維新の頃までは、癩病を煩ふ者は、こゝに集ひ住みたるなりとぞ。[33]般若寺は左の方の路傍にありしかども、帰さにとて行き過ぐ。旧史につきて惟ひ見れば、昔の街道は今少し右の方にやよりてありけんとぞ覚ゆる。と許りありて小さき石橋を渡る。此の流れ乃ち[34]佐保川にて、右手の竹村隠れに仄かに見ゆる山は、佐保山なるよし。[35]さゞれに映る白菊の花など、詠みたる歌につきて思へど、それとも見えず。上も下も、みな斯くのみ細き流れなりと聞く、思ひの外なり。されど、古へはかくのみもあらざりけんとぞおぼゆる。

奈良県は、添上郡に去年の冬更に設置せられたるにて、百事なほ整頓せず。其の市街のさまを見るに、旧家ならんと見ゆるも、大方破れ損はれたるが多きを、また新たに修繕せりと見ゆる、また取毀ちたる跡に、新築せんとするなどあり。[36]県の設けありしにより、枯れなんとせし民草の色、やう〳〵出で来たるよなど、聞き渡りしが、さぞありけんとぞ覚えし。

[37]奈良の角やと云ふに着く。なほ正午許りなり。婢女の茶菓をすゝむるを見れば、青き赤き落雁やうのもの、一つ〳〵吉野紙とよべる薄き紙に包みたる、こと〴〵しげなれば、名物にやと問ふに、この菓子は[38]青丹よしと号けて、古くより調じ候なりと答ふ。流石にをかし。味ひはともかくも、こゝに名におひたる物持て来、といへば、奈良漬さま〴〵持て来て、これより外には都人の召すべき候はずといふ。そが中に李実の漬けたる、色も青やかにうるはしく、味ひいと愛たかりき。

雨もをやみぬ。[39]この県の知事は、あひ知る人なれば、まづ速く訪らはまほしけれど、過ぎ来つる県々の

[28] 平安朝の日記文学、一巻。作者は菅原孝標女。奈良坂で盗賊の家に一泊したことを記している。「奈良坂のこなたなる家を尋ねて宿りぬ。」（中略）「ここは、けしきある所なめり。ゆめ寝ぬな。（中略）息もせで臥させ給へ」といふを聞くにも、いといみじうわびしく恐ろしうて（以下、省略）」（奈良坂のこちら側の家を探して宿とした。……「ここはどうもあやしげな所のようです。けしてお眠りにならぬように。……息を殺して臥していらっしゃい」と言うのを聞くのも、たいそう恐ろしくて）。

[29] なお国の本となるところを守って、よく末の代に発展させることこそ、何といっても望ましいことなのだ。

[30] 奈良市中央部、般若寺の前を通って京都府相楽郡木津町に出る旧京街道の坂路。

[31] 聖武天皇の皇后。孝謙天皇の母。藤原不比等の娘。施薬院や悲田院を開き救済事業を行ない、仏教を振興した。法華寺の、から風呂でハンセン病患者の膿を光明皇后が吸うと、病人が光明を放ち消えたという伝承がある。

[32] 北山十八間戸は、鎌倉時代に奈良につくられたハンセン病などの重病者を保護・救済した東西に長い棟割長屋の福祉施設。注[31]と記憶が混在したか。

[33] 奈良市般若寺町にある真言律宗の寺。

[34] 奈良市春日山東方の石切峠に源を発し、市内の北部を流れ、大和郡山市で初瀬川と合し大和川となる川。古歌によくよまれた歌枕。

[35] 香川景樹「いづくより駒うちいれんさほ川のさざれにうつる白菊の花」（佐保川の水底の小石に影が映っている白菊の花のどこに馬を入れたらいいだろうか。『桂園一枝　雪』秋歌・菊映水・355）

[36] 県が設置されたことにより、枯れようとしていた人民の勢いがようやく出てきたよ、などとずっと聞き続けてきたのだが、

[37] 江戸末期から明治、大正にかけ奈良を代表する老舗旅館「對山楼・角定」（角谷定七）。後、明治二十八（一八九五）年に滞在した正岡子規は「柿くえば鐘がなるなり法隆寺」を残した。

[38] 和三盆と葛粉を混ぜ合わせて短冊形に打ち固めた干菓子。享和年間に有栖川宮が奈良を訪れた際に短冊型にして「青丹よし」と名付けよと命じたという。

事を思へば、案内人や何やと云はれんには、なか〳〵に所せくて、本意ならぬ事多かるべければ、こゝに着きたるよしも言はで、忍びやかに此所彼所見廻らんとて、先づ東大寺に詣づ。こは[40]聖武天皇の御願にて、造らせ給ひしも、さながら存せるは稀なれど、なほ[41]法華堂の、世に三月堂といへる類ひの、所々千有余年が昔建立のまゝなるも多し。遥かに聞き渡りつる大仏殿は、げに雲に聳えて高大なり。[42]本尊盧舎那仏(るしやなぶつ)の坐像、丈、五丈三尺五寸あり。こは再建のにて、千年以上なりしにはあらずといへど、それはた七百年代のものなれば、銅像、古色を帯びて、其の他の器具も、今様の物ならず。御堂の前の金銅の灯籠は、宋の[43]陳和卿(ちんなけい)が鋳たるなりと云ふ。最といと愛たし。大仏の裏の方に、往古の仮面、三つばかり並べたり。それにつきて思ふに、今の人の身の丈け、古へよりも低く小さく成りたりといふも、浮きたる言にはあらざるべし。宇治にて見たる源三位が軍頭巾(いくさづきん)といふも、大きなりき。古器物を陳列したる会場も此の中にあれば、さし覗きたれど、こは一日許りが程に、見尽すべきにあらねば、最と遺憾(のこりを)しけれど、廻りも果てずてまかでつ。ぬさも取りあへずとありし[44]手向山の八幡の御社を拝みて、[45]春日の神社に詣でんと行く程、雨また降り出づ。

小車をとゞめてぞ見んさして来し三笠の山に雨は降るとも

後なるが[46]三笠山なりとぞ。青き氈(かも)敷きたるやうなる小草の中、所々に松桜の生ひたちたる、春の頃、こゝに都の友だち、をしへ子など誘ひて、来たらましかば、いかに楽しからましなど語らふ。況て、父君に見せ奉らましかば、如何に、詩の興こよ無う増さらせ給はんと思へど、そはかなひ難き事なりと思ふぞわびしき。行く手に、木立のを暗き迄茂り合ひたるが、[47]春日山なり。武蔵野と云ふ茶屋のあたり、すべて昔の春日野にて、[48]飛火野も其の中なりと聞く。最となつかし。など此の茶屋を春日、飛火などいふ名はおほせで、かゝる名には呼ぶらん。其の故問はん人もなければ、さてやみつ。春日の本宮を拝みて若宮に参る。宮は思ひしよりも新らしう清らにて、小さきものから、物すべて整ひて、これ迄見たりしとはやう変りて覚ゆ。こは藤原氏の歴世に時めきたりし余波、徳川将軍の世となりても、伊勢の皇大神宮にさしつぎて、此の宮は廿年に一度改め建てられて、器具一切の装飾も、其のをり〳〵に改め造られたりと聞きしが、げにさぞありけん。

[39] 税所篤は元薩摩藩士で、西郷隆盛、大久保利通と共に薩南の三傑の一人。奈良県初代知事（一八八七年一一月―一八八九年一二月）。一八二七―一九一〇。

[40] 第四五代天皇（在位七二四―七四九年）。文武天皇の第一皇子。七〇一―七五六。

[41] 法華堂（三月堂）は、東大寺最古の建物。毎年三月に法華会が行なわれたことから、のちに法華堂と呼ばれるようになった。

[42] 東大寺の本尊。天平十五（七四三）年聖武天皇が大仏造立を発願、天平勝宝元（七四九）年に鋳造をほぼ完成し、天平勝宝四（七五二）年に開眼供養を行った。

[43] 平安末期から鎌倉初期にかけて、東大寺大仏、大仏殿の再興などに参加した宋の技術者。生没年不詳。

[44] 手向山八幡宮は、奈良県奈良市街東部の手向山麓に位置する。手向山神社とも。手向山は紅葉の名所で、菅原道真は「このたびはぬさもとりあへずたむけ山紅葉の錦神のまにまに」（今度の旅は急なことでしたので、前もって幣の用意もしてきませんでした。この手向山の、錦のように美しいもみじを、神様よ、お心のままにお受けとりください。『古今和歌集』巻九・羇旅歌・420）と詠んでいる。

[45] 奈良市春日野町にある神社。藤原氏の氏神。

[46] 春日大社の後方の山。若草山の南にあり、春日山の西峰をなす。若草山をさしていうことも多い、歌枕。

[47] 奈良市東部の山。若草山の南隣に位置し、ふもとに春日大社がある。

[48] 飛火野は春日山のふもと、春日野の一部。また、春日野の別称。とびひのとも。

故に、広前の景色の神々しく、大樹の蔭の物ふりたるに合せては、宮のさま神さび、昔覚ゆるなどやうの事は少したち後れたる、却りて口惜しき心地す。御神楽捧げよと母君の宣ふ儘に、そこに在る神官に請ひたれば、白き小忌衣（をみごろも）に、摺箔（すりはく）したる着て、緋の袴穿きたる若きみこ二人、鈴打ち振りて、舞ひ出でたるに、[49]はふり二人、笛吹き、拍子木打ちつゝ、神楽歌謡ひたる、[50]国栖（くず）の翁のむかし覚えてあはれなり。御山くだるほど、鹿多く群れ来て、餌を請ふさま、まことに手飼の犬などよりも親しく睦まじげにぞある。其の辺りの茶店にひさぐ食ひ物もとめて、掌にのせて遣るを静かに取りて食ふ。木のもとに臥したる、此方ざまに走り来るなど、目路（めぢ）の限りに見えたるのみを、伴なる少女の大方算（よ）みつれば、三百余りばかりありきといへり。角は落ちたるが多し。子打ち連れたるも少なからず。維新の頃世態の一大変動にあひて、諸々の規律も、旧きは廃れ、新たなるは未だ起らざりしほど、射（う）ち殺されたる、犬などに取られたるも多かりしが、今は県庁よりも、さる事切に禁ぜられたれば、やう〳〵年々に繁殖せりとぞ。[51]猿沢の池の辺りに来る頃ほひ、雨またをやみぬ。[52]采女（うねめ）の祠は後ろざまにたち、[53]衣掛（きぬかけ）柳は前ざまに垂れたり。此の池には、捕猟を禁じられたれば、魚鼈、許多水上に遊泳せり。右手なる古刹は、乃ち興福寺なり。今存在せるは、[54]南円堂と金堂となり。[55]金堂に安置したる仁王の像は、[56]運慶が彫刻にて、日本第一の作物なりなど人はいへど、其の道にたど〳〵しければかひ無し。当寺は、自（おのづ）から荒れたるのみにもあらで、維新の頃、さかしらに取り毀ちたるが多しと、ほの聞きしはまことにや。げに仏像の由緒（よし）ありげなるが、身首所を異にして、片隅の小屋に、累々と積まれたる、暗ければよくもわかざりしかど、いたましく忝けなくぞ覚えし。古へは、春日の神社の別当と称して、今残れる市街よりなほ外の方の村落迄、半ば此の寺に、半ば東大寺に属して、両立せしかば、をり〳〵争ひをも引き起して、黒衣の身もて干戈を動かし、非望の企てさへや思ひ立ちけん。[57]崇徳上皇の御戦起させ給ひし時も、南都の衆徒の上るをと待たせ給ひけん事など思へば、最と勢ひある寺院なりけらし。世の盛衰のさま〲なる、まことにあはれなる事なりかし。[58]伊勢の大輔が、今日九重にと歌ひし八重桜とて、今もありといふ。それにや、覚束なし。[59]雪消（ゆきげ）の沢も程近しと聞けど、山陰暗う成りて、雲さへ立ち迷へば、今は

[49] 神社に属して神に仕える職や人をいう。神主よりは下位であるが、禰宜との上下関係は一定しない。祝（はふり）。
[50] 応神天皇が吉野の宮に行幸の際、古代部族の国栖人（くずびと）が、一夜酒をつくり歌舞を奏して天皇を慰めた故事にはじまるとされ、壬申の乱の大海人皇子をかくまった際も国栖舞を奏し、翁の称を賜わったという。
[51] 猿沢池（さるさわいけ）（さるさわいけ）は、奈良県奈良市の奈良公園にある池。
[52] 猿沢池の北西にある神社。帝の寵愛が薄れたことを嘆き猿沢池で入水した采女の霊を慰めるためにつくられたものとの言い伝えがある（『大和物語』）。
[53] 注[52]の采女が入水する際に、衣を掛けたと伝える柳。
[54] 弘仁四（八一三）年藤原冬嗣が父の内麻呂追善のために建立した、本瓦葺の八角円堂。
[55] 西金堂（焼失）に安置されていた一対の仁王像。
[56] 西金堂本尊丈六釈迦如来像（仏頭）で運慶作。運慶は、鎌倉初期の彫刻家。南都仏師で、東大寺や興福寺の復興事業に加わり、数多くの仏像を制作した。写実的な力強い作風で、鎌倉彫刻の第一人者。快慶との合作による東大寺南大門「金剛力士像」など。生没年不詳。
[57] 崇徳（すとく）天皇は、第七十五代天皇（在位一一二三年―一一四二年）。鳥羽天皇の第一皇子。母は中宮・藤原璋子（待賢門院）。平安時代末期の貴族の内部抗争である保元の乱で後白河天皇に敗れ、讃岐に配流後は讃岐院とも呼ばれた。一一一九―一一六四。

とて旅宿に帰りて、夕飯果てゝ[60]税所知事が邸を訪ふ。

このみすずめは、わが学びの窓にも在して、親しかりしかば、いたう悦びて待ち迎へらる。知事も最と珍らかなる対面かななど、最と気色よくて、さまぐ〵の物語せらる。女学校にものせんとて問ふに、此の県は設けられし日の浅くて、何もく〵整はねば見らるべきも無し。[61]今より勧めん女子教育の方法は如何してかは、など言はるゝに、心隔つべきにしもはたあらぬあたりなれば、心に打ち思ふ事ども打ち出で聞ゆ。県下の近況を聞くに、旧都の余波、跡もなくあれて、もとの[62]奈良県の廃せられし後は、此の市民、日々に困憊を極めて、始め戸数七千余と聞えしも、四千許りに減じたりしが、また[63]置県の令下りしより、漸々増加するに至れり。また此の頃[64]九鬼図書頭が、古社寺、古器物を巡視して、羅馬の旧都に比ぶべき、これらを保存せんには、まづ、土地の富饒を計らざる可らずなどいはる。げにさる事なりかし。事の序に、此所の物産にて有名なる[65]奈良晒の事を問ふに、こは古へより[66]御料にも召させ給ひ、今も奉る事にはあれど、其の需要年々に減じて、一万[67]匹余りを出だすばかりならんとなり。おのれ嘗て御おろしを給はりて、洋服に調ぜさせしに、最とよしと外国の人の褒めたる事ありき。之に改良を加へて、今様の需要に便りせば、奈良土産に求むる人も多かるべし。己れも買ひて行かまほしなど言へば、げにぐ〵さる事なりなど、猶何くれ語らるゝ程に、夜も更けにたれば、強ひていとまを請ひて、帰らんとするに、主人旧き盆とうでゝ、こは春日の神社に神供奉る料に、ものせしなり。経にける年も三百余年にはなりぬらんかし、もて帰り給へとある。最と珍らかなれば、打ち返し見るに、表は朱に、裏は黒き漆塗に、螺鈿を入れたり。え難き物なれば、浅からぬ志を謝して、携へて罷出ぬ。

[58] 平安中期の女流歌人で中古三十六歌仙の一人。生没年不詳。「いにしへの奈良の都の八重桜けふ九重に匂ひぬるかな」（その昔の都、奈良で咲いた八重桜が今日は九重、すなわちこの宮中で美しく匂うが如くかがやいていることよ。『詞花和歌集』巻一・春・27）によって、一躍歌才を認められた。

[59] 飛火野の一角にある沢。雪が消える早春の摘草の名所で歌枕。崇徳上皇は「春くれば雪げの沢に袖たれてまだうらわかき若菜をぞつむ」（春日野にある雪解け水が流れ込む沢に袖を垂れて一生懸命に君のために小さな芹を摘みます。『風雅和歌集』巻第一・春歌上・上17・崇徳院御歌）と詠んでいる。

[60] 159頁、注[39]参照。

[61] これから進める女子教育の方法はどうしたらよいか、など仰るので、心を隔てる間柄でもないので、心に思っていることを打ち明け申し上げた。

[62] 明治元（一八六八）年奈良県設置。明治四（一八七二）年大和国十県が統合、改めて奈良県設置（第一次府県統合）。明治九（一八七六）年奈良県、堺県と合併（第二次府県統合）。明治十四（一八八一）年堺県が大阪府に編入。

[63] 明治二十（一八八七）年奈良県再設置。

[64] 九鬼隆一（くきりゅういち）は、旧綾部藩士。明治二十一（一八八八）年図書頭に就任し臨時全国宝物取調掛を設置、自ら委員長となり、アーネストフェノロサや岡倉天心が委員を務めて文化財の調査・保護に当たった。明治二十一年五月—九月、一〇月から翌年二月の二回にわたり、フェノロサを伴って近畿地方の京都府・大阪府・奈良県・滋賀県・和歌山県を訪れ、社寺や美術品の調査を行なった。一八五二—一九三一。

[65] 奈良曝とも。奈良地方で生産されてきた麻織物で、天日晒されたもの。麻の生平（きびら）をさらし純白にしたもので、日本の麻織物のうちでも代表的な高級品。

[66] 天皇や貴人が使用する物をいう。

[67] 二反続きの反物を単位として表す語。

翌朝少し寝過して、髪も梳りあへぬ程に、知事みむすめゐて在したり。今日は、あひ知り給へる人案内に参らすべし。心のどかに名所旧跡をも探り給へ。おのれも今日明日の程には、彼の九鬼氏などのとゞまれる法隆寺にまからん。諸共に在すとならば、むすめも伴なふべし。いかで思ひ立ち給へと、最と懇ろに勧めらるゝ、最と嬉しく、さらでも行き見まほしきあたりなれば、すずろに懐しうさへあれど、志す所廻りも果てぬに、都よりは帰り来べきさまにいひおこせられなどしたるに、いたつきの余波も猶思ひ煩はるれば、さる人々のおはさん所にさし出でんもなど、さまぐ〵思ひめぐらされて、[68]えすがく〵とも答へやらず。また、このわたりの旧き跡尋ねんには、三日四日が程にて足るべうもあらねば、またもこそなど契りて、辞し別れつ。

昼飯果てゝこゝを出づ。彼の、道の傍なりし、[69]般若寺にまうづ。こは、[70]舒明天皇の建立せさせ給ひしを、[71]聖武天皇の修繕し給ひしなりとぞ。舒明天皇よりは、千二百有余年の歳月を経たる古刹なり。昔の経堂なりし今は観音堂にしなしたるは、聖武の御宇に更に建て加へさせられしなりといふ。そが中なる観世音は、弘法大師の師なる僧[72]勤操が作なりと、物に記したるが、側らの柱に張られたり。往昔、[73]大塔宮、鎌倉勢に追はれて、この経堂に隠れ給ひきなど聞き渡りつれば、たゞならず思ふ事多し。其の経の唐櫃は、東大寺の博物館に移したりとて、今はこゝにはあらず。此の寺院の玄関は、古への車寄せなり。形最とをかしく、今の代の洋館の玄関に似たる所あり。すべて堂に上りて見れば、げに木材なども黒み渡りて朽ちたる、年経し跡ならんと覚ゆれど、外部は保存の為繕ひたるが、心なくしなしたりと見えて、ふと打ち見てはさる古代の建築ならんとも見えぬぞ、最と遺憾き。

[74]木津にて知事の送らせられたる人に別る。こは幼かりし頃、物学びにとて父がもとに居たりし人なれば、さまぐ語らふ事かたみに多けれど、心慌たゞしくて片はしをだに尽さず。惜しき袂わかたんとす。[75]今は廿歳余りを過ぎて成人(をとな)になりたるなれど、なほ我が目には子どものやうにのみ見ゆれば、親だちたる事聞え出づるも、最とかたはらいたしや。

抑も此の県下は古へやまとと号けられたりし程なれば、[76]吉野、[77]葛城、[78]多武の峯より始めて、世に聞えたる高山多く、数千年を経つらんと見ゆる喬木の、緑深く立ち栄えたる、こと所には似るべくもあらず。

[68] すぐにははっきりとは答えられなかった。
[69] 157頁、注[33]参照。南朝との結び付きが深く、南北朝の争いで大塔宮(だいとうのみや)護良親王が大般若経の経箱に身を隠して難を逃れた話(『太平記』)は有名。
[70] 第三十四代天皇(在位六二九～六四一)。蘇我蝦夷(そがのえみし)らに擁立されて即位。五九三―六四一。
[71] 159頁、注[40]参照。
[72] 勤操(きんそうとも)は、平安初期の三論宗の僧。石淵僧正(いわぶちのそうじょう)とよばれる。七五八―八二七。
[73] 後醍醐天皇第一皇子、護良(もりなが)(もりよしとも)親王。落飾して天台座主となったが、還俗して護良と改め、建武新政府の征夷大将軍となった。建武元(一三三四)年鎌倉に幽閉され、翌年、中先代(なかせんだい)の乱で足利直義に殺された。一三〇八―一三三五。
[74] 京都府南端部の地名。奈良街道の要地。
[75] 今は二十歳余りを過ぎて大人になっているけれど、なお私の眼には子供のようにばかり見えるので、親のようなことを申し上げるのも、当然、気恥ずかしいことだよ。
[76] 奈良県の南半部、吉野郡の地域。また、吉野山の一帯。
[77] 奈良県西部、金剛山の東斜面一帯の地域。

これにても、なほ古国とはいはれぬべし。所々に生ひたる松は、世に雌松といへるが多く、こは何方のも幹赤きものなれば、赤松とさへ呼びなしたれど、こゝのは殊にその色麗はしくて、夕日さす程に見れば、まことに丹塗の柱たてたるやうなりき。この国には、舟の通ずべき大河のなきのみぞ、飽かぬ事なる。されど鉄道の交通やう〳〵開けたらんには、其の憾も少なくなりぬべし。その人の有さま形も、大方京都に類せりと見えて、それよりも今少し鄙びて、質朴なるかたによれりと覚ゆ。そは旅館のあるじ、奴婢どもが物言ひ、起ち居ふるまふさまにても、ほゞ思ひ知られつ。されど、これより奥、吉野、[79]十津川あたりのは、ことに質直にして剛き所あり。奈良あたりのには却りて優りぬべしと、此の頃その地方を巡廻せし人の語りき。遠くは、げに[80]元弘、建武の頃、また近くは維新の頃にも、[81]郷士あひ集まりて、勤王の義旗を挙げし事ども、史上に載せられたる思ひ合すれば、さもやとぞ覚ゆる。こゝにて見し物の、ことに目とまりしは、奈良朝の頃の地図なりき。内裏の結構、官省の区画の如きも、よく備はりて、市街も一条より七条迄、大路を直ぐに碁盤割と云ふやうに、縦横に通はしたるを見るに、平安の都もこれに象りて、なほ広大にせられたる迄にて、規模は早く奈良の頃よりぞ立て始められけんと推し量られて、其の世の隆盛なりしを想像するに難からず。[82]初瀬に詣でゝ後の世頼まん事は、さしおかれて、[83]畝火の御陵にこそは先参りて、現の世の御恵みのかしこまり聞え奉らまほしけれど、奈良よりはなほ六里余りの道と聞くに、身を心にも任せで、再び京都にとて出で立つ。

いかで遑作り出でゝ、この県に、少なくとも廿日許りが程も遊ばゞや。さらば歴史考証のためにもいたく補益ぞあらんなどぞおぼゆる。今日は天気もよければ、[84]八幡に廻りてと、人々の勧むるに、さらばとてこゝより道を左にとりて行く。同じやうなる堤の辺り、さらぬも畦道のぬかり多かる所を、きたなげなる車にゆられつゝ行く程、最と佗びしきに、風さへいたく吹き出でて、傘もさしあへねば、打ちたゝみて、手拭ひして顔包みたる、外見いかに見苦しかりけん。[85]三笠の山に雨にあひたるはものにもあらず。何しに来つらんと打ちつぶやくものから、

かさをだにとりあへぬ今日の嵐かな雨には頼むかげもありしを

など戯れて、[86]つれなしつくれど、心の中には、若しいたつきにも障らば、切に止めつる人の云ひ思はん程も、最とかたはら痛かるべし、など思ふにいと佗し。八幡の御神は、はやくより源氏の祖神と仰ぎまつりつるに、

[78] 奈良県桜井市寺川上流一帯の山頂を御破裂山とする地域。
[79] 十津川（とつがわとも）奈良県吉野郡の村。奈良県の最南端に位置する紀伊山地の十津川流域。南北朝の抗争時は楠木正勝ら南朝側の拠点であり、郷民が南朝方に属して活躍した史実から、勤皇の郷を誇った。
[80] 年号。元弘は一三三一―一三三四年。建武は南朝一三三四―一三三六年、北朝一三三四―一三三八年。
[81] 十津川郷士は、十津川村に居住した在郷武士。明治四（一八七一）年、全郷民が士族に列せられた。
[82] 奈良県桜井市初瀬にある真言宗豊山派の総本山。本尊の十一面観世音菩薩は平安時代、貴族の特に女性の信仰が厚かった。
[83] 奈良県橿原市の畝傍御陵は、神武天皇陵を含む、複数の天皇陵。
[84] 石清水八幡宮（男山八幡宮とも）は、京都府八幡市八幡高坊にある神社。貞観元（八五九）年宇佐八幡宮を勧請したのが起源。宇佐・筥崎とともに、三大八幡の一つ。
[85] 159頁、注[46]参照。
[86] 平然とふるまうけれど、心の中では、もし病にも倒れたならば、切に止めた人が言い思うことが、もっともだと、きまりが悪いことだろうよ、などと思うにつけてたいそう辛い。

我れをば神の受けひき給はぬにやなど、云ひがひなき事迄思ひつゞけて、なほ幾ばくの里程ぞと、同じ言繰り返しつゝ車夫に問ふより外の事なし。

辛うじて御山近くなる程に、日も傾き、嵐も落ちて、最とのどかになりぬ。人々の顔の色も、やう〱出で来て、さらばとて車乗り放ちて御坂をのぼる。己れは人よりことに疲れたれば、左右の手を人に引き助けられて、中に釣られてぞ行く。如何がと、心もと無く思ひ参らせつる母君は、なか〱にいと爽やかにみけしきよく見え給ふにぞ、少し心落ち居ぬる。社の宮司は、伴なる人の知る人なれば、時後れたれど、請ひて御門開かせて参る。御社は大きく麗はしくて、山の上なればことに愛たし。豊太閤の奉られきといふ黄金の樋は、厚さ一寸二分、廻り三尺ありとぞ。暗けれど、屋のつまに燦然(きらめき)たり。階のうへ、右手にあたりて、[87]淀のわたりを打ち渡す景色最とよし。裏の方の右には、[88]宇治の稚郎子(わきいらつこ)の皇子、次には、[89]あやは、くれはの二皇女、次には、[90]仁徳天皇を斎き祭れりと云ふ。この二皇女の事は、正史に見えず、如何なるにかあらん。[91]武内宿禰の社は、御社に続きて左の方に在り。宮詣でする幼子は先づこゝよりすとぞ。御前なる橘、花咲きてさと打ち薫りたる、夕風もすゞろに身に沁む心地して、神々しくかたじけなし。忌垣(いがき)のもとの楠の大木、[92]いたう物ふりたり。こは[93]楠公が奉られし廿八本が中のなり。それも大方枯れて、今栄ゆるはわづかに六株許りなりとぞいふ。また[94]小楠公が南朝の再興を願ひて、

石清水清き流れの絶えせずば昔にかへせ君が御代をば

といふ歌を奉られし、今なほ宝蔵に秘め置かるなどぞ語る、いと胸痛きに、[95]新田義貞朝臣が城趾、今は城のうちとよびて、こゝより遠からずなど、はふりが語るに、例の思ふ事少なからず。日も暮れ果てたれど、

風もなぎたれば、京に帰らんとてこゝを下る。車夫も疲れたりと見ゆれば、淀にて車かへんとて行くに、夜なれば四五両が車は無しといふ。為ん方なくて、もとの車にて長池の中道を揺られゆく、最とわびし。[96]伏見にて夕飯たうべ、車かへなどして、木屋町の旅寓に帰り着きしは、午後十一時過ぐる頃なりき。身は疲れたれど、風の心地もなくて熟睡せり。

[87] 京都市伏見区南西部の地名。木津川・宇治川・桂川の合流地にあり、淀川の起点、巨椋池の池尻に位置する水郷、淀のわたりは古来歌に多く詠まれた。

[88] 菟道稚郎子は、応神天皇の皇子。多くの典籍を学び父の信任も厚く皇太子になったが、父帝の死後、兄の大鷦鷯尊（仁徳天皇）に皇位を譲るために自殺したという。

[89] 古代に中国・呉から渡来した綾織の技術者で綾織（穴織）と呉織（漢服）。「はとり」は機織の意。『日本書紀』には応神天皇三十七年二月に阿知使主らを呉に遣わして縫工女を求めたところ、呉王は工女兄媛・弟媛・呉織・穴織の四人を与えたという。

[90] 生没年不詳。記紀では第十六代天皇とする。大雀命（大鷦鷯尊）、応神天皇の皇子。

[91] 石清水八幡宮武内社は寛永十一（一六三四）年に建立。武内宿祢（たけしうちのすくね、たけのうちのすくねとも）は、大和朝廷初期の伝説上の人物。

[92] 大変古びている。

[93] 鎌倉末・南北朝時代の武将、楠木正成の敬称。大楠公。一二九四―一三三六。

[94] 南北朝時代の武将、楠正行の敬称。父の楠正成を大楠公と称するのに対していう。

[95] 鎌倉末期から南北朝初期にかけての武将で上野国（群馬県）の人。一三〇一―一三三八。

[96] 京都市最南端に位置する伏見区。

またの日は、故郷へ文やるとて日一日文書き暮しつ。さるは、昨夜帰りて見たるに、うからやからより始めて、友だち、弟子どもよりおこせたるが、四十余通もやありけん。返りごと、一つ〳〵にはせねど、此方よりも云ひやらまほしき事多くて、[97]手もたゆき迄ぞ書きすさびぬる。

夕つけて、[98]山階宮より御使あり。そは、おのれがこゝにまゐ来つるよし聞かせ給ひて、殊更に御歌会催させ給はんとなれば、明日明後日が程にまうのぼりなんや。されど、そこのたよりよからん折にこそと言はせ給ふなり。最とかしこければ、直ちに御うけせまほしけれど、明日より大阪兵庫の府県の、女学校にものせんと、かねておきてたれば、同じくば其の事果てゝと答へ奉りつ。

翌朝は、まだきより人々さうぞき立ちて、七条の停車場より汽車にてゆく。[99]桂川を横ぎるほど、[100]愛宕、嵐の山々も、早う後ろになりぬ。午後二時ばかりに神戸に着きたり。港の辺りなる[101]後藤と云ふが家に宿る。日もなほ高けれど、学校にゆかんには時後れたり。さらばまづ、[102]布引滝にもとて、憩ひも敢ず出で立つ。山の麓にて車を下りて、例の人々に助けられつゝ、喘ぎ〳〵登れば、小さき観世音の堂あり。そこより対ひの岸を落ちくだる雌滝を望む。この右手に階ありて、下れば滝のもとに出づ。そのあたりにするゑたる床机に腰打ち掛けて、しばし喘ぎをとゞめつ。また山路を右に登りて、雄滝に打ち対へる掛茶屋に憩ふ。滝は五段に落ちて、左右の岸に生ひ立てる松の姿、いと愛たし。

こゝかしこたゝめる処見ゆるかな余りに長き布引の滝

とばかりありて、もとの山路を下る。

[103]生田(いくた)の森も[104]湊川に行くべき道の傍(ほと)りなりといへば、立ち寄りて、[105]生田の神社に詣づ。[106]箙(えびら)の梅とて

玉垣したる若木は、ひこばえにや、まだ幹も細く、大きなるは枯れて、一枝二枝ばかり残りたるが若葉さして、実もまばらになりたり。[107]景季がかざしゝは、まことにこれなるべしとも、思ひわかねど、げに数百年の昔覚ゆる木のさまを見るに、東西の城戸にさきを争ひけん、武士の古跡いとあはれなり。こゝより[108]湊川

[97] 手がだるくなるまで、気の向くまま書いた。

[98] 山階宮晃(あきら)親王、一八一六―一八九八。山階宮は旧宮家の一。元治元(一八六四)年伏見宮邦家親王の第一王子晃親王が創立。

[99] 京都市西部を流れる川。上流を保津(ほづ)川、嵐山付近では大堰(おおい)川。下流は鴨川、さらに宇治川と合流して淀川となる。歌枕。

[100] 京都市右京区北西部にある山。山城国と丹波国との国境に位置。

[101] 後藤勝造は蒸気船問屋「後藤勝造本店」の創業者。本業の回漕業の他、旅館業にも乗り出し、「後藤旅館」を経営している。一八四八―一九一五。

[102] 神戸市中央区、六甲山麓の生田(いくた)川にかかる滝。雄滝・夫婦(めおと)滝・鼓ケ滝・雌滝がある。歌枕で、古来多くの歌に詠まれている。

[103] 神戸市三の宮の西、生田神社境内の森。平清盛が都とした福原の東大手門にあたる。古来名勝の地として『拾遺和歌集』ほかに多数の和歌が残る。

[104] 湊川は、神戸市中心部を南流する川。延元一・建武三(一三三六)年楠木正成らが足利軍と戦った湊川の戦いの地。

[105] 兵庫県神戸市中央区下山手通に鎮座。

[106] 寿永三(一一八四)年の春、源平両軍の生田の森の合戦に、梶原源太景季(かげすえ)(その父景時(かげとき)とも)が、梅の枝を箙にさして戦い、功名をあげたという故事。神戸市の生田神社の境内にその遺跡がある。えびらうめ。

[107] 注[106]参照。

[108] 兵庫県神戸市中央区多聞通にある神社。楠木正成ほか一族殉難将士をまつる。明治五(一八七二)年創立。社地は湊川の古戦場で楠木正成らの墓所がある。楠公神社。

の神社に参る。左手に少し入り立ちたる所、乃ちみ墓なり。水戸黄門の、嗚呼忠臣楠子之墓と書きて、其の裏に[109]朱舜水（しゅしゅんすゐ）が文彫りたるも鮮明（あざやか）に読まる。此の卿の、南朝の滅亡を憂へ、忠臣の不幸を悲みて、特に斯く世に顕し給ひしより、四方のますらをが勤王の志をも鼓舞せられて、気運も次第に変転し維新の[110]宏謨は成りにけん。さるからに、この御神の徳も漸々知る人出で来りにけんを、明治の御世に改まりては、絶えたるをつぎ、廃れたるを興し、忠臣孝子の跡を尋ねさせ給ひしかば、此の神社の如きは、別格官幣社に斎き祭らせ給ひつ。世の人も挙りて此の神を敬慕し奉り、奉献の物も種々（さま〴〵）多く成りにけるなるべし。中に就いて、[111]有栖川一品親王の、忠節紀念之碑と書かせ給へるを彫りしなどは、殊にかしこく愛たし。御社は大方の社寺に異なりて、すべて此の御世に奉りしが多ければ、数百年を経たらん後の人、こゝに詣でば、今を仰ぎて、かしこき御代とや称へ申すべからん。灯籠、神供やうの物に彫りなし画きなどしたるも、外のは、[112]菊桐は申さんも畏し。大方万字巴など様の紋章多かるを、之は皆[113]菊水なれば、珍らかなるのみならで、最と愛でたく覚ゆるも思ひなしにやあらん。忌垣の橘、花もなければなつかしくて、一葉二葉請ひて、摘みてかしらにさしてぞ行く。絵馬堂に湊川の苦戦のさま、油画にゑがきなしたり。見るに[114]目もくるゝ心地すれば、急ぎ出でゝ帰る程、御社に詣づる人も少なからず。商人どもは夜店張らんとて、あき物荷ひ連れて来る、最と賑はゝし。あな嬉しといへば、従者いぶかりて、何の楽しき事か在すと言ふ。否、我が身に悦びの出で来しにはあらねど、幾年月、叢（くさむら）に埋もれ給ひつらん忠臣の跡、世に顕れて、斯く広前の賑はしう成りしが嬉しきなり。[115]総じて祭るべき神をば祭らず、親しむべきものをば親しまで、其の鬼にあらぬを祭り、其の竈に媚ぶるが多かる世に、此の神の斯く栄えさせ給ふ、返す〴〵嬉しきなりといへば、人々打ち笑ひて、今になりて時めき給ふが嬉しとおぼす神の御心ならんには、[116]などかは賊に降り給はざらんと言ふ。げにさる事なるを、我ながら幼なの心や。また打ち返し思へば、此の広前今少しこ高き木どもを茂らせて、神々しきけをぞ添へまほしき。斯くて年月を経たらんには、東京の[117]芝の神明前などのやうにやなりなましなど、心一つにさまぐ思ふもあやなし。湊川は、あの松原の彼方なりと、人の示すに、見んも最と心苦しき心地すれば、立ちも寄らでまどひ帰る。

今宵は打ちそよぐ許りの風も無くて、海の面油を流したらんやうなるに、こゝに碇泊せる大小船舶の灯影、空の星と光を争ひて、水や空、空や水とも思ひわかれず。右手なる岸に近くきらめくは税関の火影にて、対

[109] 日本へ帰化した明末、清初の儒者。初め、柳川藩の儒者安東省庵が師事した後、水戸光圀に招かれ、水戸学に影響を与えた。楠公父子の桜井訣別の図の賛が有名。一六〇〇—一六八二。
[110] 広大な計画。
[111] 121頁、注[86]参照。
[112] 日本の皇室の紋章。十六弁の菊花の正面から見たものと五七(ごしち)の桐。
[113] 菊水(きくすい)は、水の流れに菊の花が浮かぶ模様。楠木氏の家紋が有名。
[114] 目の前が真っ暗になるような感じがするので。
[115] 総じて祭るべき神を祭らず、親しむべきものに親しまず、自らの祖先以外を祭り、(直接自分に何某かの恩恵がある)竈を預かっている者に媚びることが多い世の中に。「非其鬼而祭之、諂也」(自らの祖先を祭るのは当然のことである。しかし自らの祖先以外を祭るのは、諂いの心があるからである)を踏まえる。『論語』為政篇を引く。「鬼」は人の霊魂、祖先のみたま。
[116] どうして賊に投降なさらなかったのだろうと言う。
[117] 芝大神宮は、東京都港区芝大門鎮座する神社。

ひの沖に遠く輝くは灯明台の火光（ひかり）なりといへば、彼所は[118]和田の岬にやあらん、[119]本間がかけ鳥射けん所ぞと思ふに、また懐旧の情切に成りぬ。昼見し其の傍りの嶋山は、淡路島なりけん。[120]千鳥の声は聞えねども、思ひ起す事多くて、夜半過ぐるまで打ち眺めつ。

明くれば、かねて聞え置きつる案内人も来つ。さはとて[121]尋常師範学校の附属小学校各学科を見る。こゝの女生徒は多く[122]前掛と云ふ物したり。こは往（い）ぬる頃、[123]森文部大臣が各地を巡視せられし折、聞え給ひし事ども、物語られし事ありしが、其のおきてを守れるにやあらん。一人二人知る人を尋ねて[124]前田正名ぬし許（が）り訪らひつるに、そこにありつる人々の物語りに、此の地は空気いとよし、気管の病などあらん人は、冬の頃来たらんには、いみじう効あるべし。京都は、所がらよろしうはあれど、厳冬には寒さ最と強く、盛夏には暑さ殊に烈しければ、虚弱の人の住むべき所にあらず、などぞありし。山のかこひたれば、げにさもやあらん。そこを辞して旅宿に帰りたるに、まだ正午許りなり。さらば今より[125]須磨の辺り迄もとて出で立つ。

すべてこゝは本邦五港の一つなる神戸の港なれば、軍艦、商船輻輳して、朝（あした）には英米の賓を送り、夕（ゆふべ）には露仏の客を迎へ、貿易の道もいちはやく開けて、其の居留地には何の商店、其の会社と云ふ札掲げたるも多く見えて、大路往きかふ人の歩みも、京都のゆるらかなりしに似ず、閙（いそ）がはしげなり。港を後に、道を右に取りて行く。大凡二時間許りにして、[126]まひこが浜につきぬ。道の程に、さまぐ〵の古跡もありしかど、帰さにもとて行き過ぐ。こゝには、[127]井上伯も夫人と諸共に在せりと聞きしかば、先、其の旅館を訪ひたるに、伯は今がた外に出でられつ。夫人は昨夜いたくなやみ疲れて、今しもまどろまれたる所なりと云ふ。[128]驚かし参らせんは心なきわざなれば、遥々来ぬる旅に、あはで帰らん事の最と本意なけれど、ゆめな告げそ、と

おもと人制して、もと来し道へ戻る。なほ行かまほしき所々多かれど、

[118] 和田岬は、兵庫県神戸市兵庫区にある、大阪湾・神戸港に面した岬。

[119] 湊川の戦いの折、新田義貞が和田岬一帯に布陣した際、沖に足利尊氏の軍船が現れ対陣した。この時、弓の名手である本間重氏が和田岬の波打ち際から、沖の船に向かって遠矢を放ち命中させ両軍の喝采を浴びたという（『太平記』巻十六・本間孫四郎遠矢事、巻十七・還幸供奉人々被禁殺事）。

[120] 「淡路島通ふ千鳥の鳴く声にいく夜寝覚めぬ須磨の関守」（淡路島から通ってくる千鳥の悲しい鳴き声に、幾夜目をさましたことか、須磨の関守は。源兼昌『金葉和歌集』巻第四・冬部（二度本270／288・三奏本271））を引く。

[121] 明治十九（一八八六）年四月兵庫県尋常師範学校（神戸師範学校の改称）開校、兵庫県尋常師範学校附属小学校（神戸師範学校附属小学校の改称）開校。

[122] 衣服の前面、特に腰から下を覆うひも付きの布。エプロン。

[123] 森有礼は、薩摩藩士森喜右衛門有恕の五男。初代文部大臣、藩命で英米に留学。明治十八（一八八五）年初代文相として日本の近代学校制度の基調を固めた代表的文教行政官。一八四七—一八八九。

[124] 前田正名は、薩摩藩士の漢方医前田善安の末子六男。明治政府の殖産興業政策の政策立案と実践した中心人物。一八五〇—一九二一。

[125] 兵庫県神戸市須磨区のうち大阪湾に面する一帯。古来景勝の地として知られる。

[126] 神戸市西部垂水区の明石海峡に臨む海岸。

[127] 井上馨は長州藩倒幕派の中心人物として活躍、第一次伊藤内閣の外相となり、条約改正交渉のため欧化政策をすすめた。のち、農商務相、内相、蔵相などを歴任。一八三五—一九一五。妻・武子は、外務卿夫人として鹿鳴館で舞踏会、仮装会、慈善バザーなどを主催。一八五〇—一九二〇。

[128] お起こし申し上げるのは配慮がないことなので

　またや見ん高砂の浦明石潟月なき頃は行くかひもなし

今宵は暗夜にて、雨さへ降り出でぬべければなり。此のあたりの松原、砂の白き事、物にも似ず。ありつる真砂路を清らなりと思ひしはものにあらざりけり。これをこそ銀砂とは云ふべきなれ。松は枝古り幹太きが、塩風のあたる所なれば、上ざまには延びえで、平めに、這ひたるやうにて、あるは亀の甲並べたる、あるは鶴の翼張りたるやうなる、龍の走り、蛇のわだかまれるに似かよひたるなど、庭つくりが小さき鉢物の木ども心の限り造りたりとも、いかでかくはと覚えていといとをかし。家なる父君は山辺は好み給はで、海づらを甚(いみ)じう好み給ふ本性に在せば、今迄見つる山川の景色の愛たかりし程も、見せ奉らんの心動きはしつれど、こゝにてぞ諸共に率(ゐ)て奉らぬ憾(うらみ)、遣らん方なく覚えし。九州に通はすべき鉄道線路を敷くとて、所々松の樹を伐り倒したり。千歳を経て後にしも、斧にかゝりけんよと思ふに、最と可惜(あたら)しくあはれなり。されど、

　道のためたふるとならば媛小松もとより千代も願はざるらん

と打ち誦しつゝ、[129]敦盛が首塚と云ふに詣でゝ、また少し行けば、[130]一の谷、[131]鵯越の峯も近く見ゆ。砂の流れたるやうなる所、または松のむらだてるなど、げに鹿のみぞ越ゆるといひし昔思ひ出でらる。其の地形を当世の歴史に照らして惟みるに、いかにぞや打ち傾かるゝ事ども多し。古へのは今の鵯越と云ふ所には非じといひし人ありしが、げにさもやあらん。仮の内裏しつらひたりといひ伝ふる所も、今は田になりて、御船はこゝより出できなど、里人の口碑に残れる辺りも、草高く生ひ茂りて水も涸れぬる、いとあはれなり。それより[132]須磨寺に参る。[133]若木の桜と記したる札建てたるは、最と若く細き木にて、古へのものとも見えず。寺には、敦盛が携へたりと云ふ青葉の笛、[134]蓮生(れんじやう)が自ら画がけりとある大夫が画像、さては、ありつる桜に、

[135]弁慶が一指を剪るべし云々と書きて建てきと云ふ制札も、文字鮮明に読まる。其の他なほ宝物とてありしかども、大方心もとまらず。弁慶が事は、博士たちの説さま〴〵多かれど、用なければこゝに記さず。総べてこの播磨路は山も砂がちにて、あかはだなるも少なからぬに、樹は大方松のみぞ許多立てる。そは京都奈良あたりのに異なりて、幹みな黒し。世に雄松と云ふ物なるべし。兵庫の市街より少し離れたる道の側らに、[136]平知章の墓と彫りし石新たに建てたるがあり。近く見出でたるにもやあらん。

神戸の停車場より、汽車にて大阪に至り着き、[137]北浜なる千崎といふが家に着く。此の地は大小の河川四

[129] 平敦盛は平経盛の子。寿永三（一一八四）年二月七日一ノ谷の戦いで源氏方の熊谷直実に討たれた。首は実検を終えると近くの須磨寺に葬られた。十六歳。笛の名手。通称、無官大夫。一一六九―一一八四。

[130] 神戸市須磨区西部の地名。源平の古戦場。

[131] 神戸市の市街地から六甲山地の西を越えて北方に向かう山路。源義経の奇襲で知られる「鵯越の逆落」の地（『平家物語』巻第九・坂落）。

[132] 兵庫県神戸市須磨区須磨寺町にある真言宗須磨寺派の大本山、福祥寺の通称。

[133] 『源氏物語』第十二帖「須磨」に「須磨には、年返りて、日長くつれづれなるに、植ゑし若木の桜ほのかに咲き初めて、空のけしきうららかなるに、よろづのこと思し出でられて、うち泣きたまふ折多かり。」（須磨では、年も改まって、日が長くすることもない頃に、植えた若木の桜がちらほらと咲き出して、空模様もうららかな感じがして、さまざまなことを思い出しになって、ふとお泣きになる時が多くあった。）とある。

[134] 95頁、注[42]参照。

[135] 歌舞伎・文楽の「一ノ谷嫩軍記」も若木の桜を描き、弁慶が若木の桜に対して「一枝を伐らば、一指を剪るべし」（熊谷の一子である小次郎を敦盛の身代りに立てよ）と制札を立てたとする。

通五達して橋梁多く、市街広濶にして人の往き来も繁ければ、殆ど東京にも帰り入りたらん心地す。夜中ばかりより雨降り出でゝ、明くれどなほやまず。

されど、かねて聞え置きたれば、[138]高等女学校の女教員迎へにとて来たり、それに打ち連れて行く。此校は旧師範学校の女子部より分れたると、他より新たに集まりたるとを一つに合せたるにて、一昨年許りより更に学制を改めて開校したるにて、生徒の現数二百余名なりといふ。設立日なほ浅ければ、万づ整頓せずと、校員は語れりしが、思ひしより規律よく整へりと見ゆ。生徒は束髪したるが多くて、日本風に結びたるは稀れなれど、大方尋常普通の風俗にて、洋装したるも、袴はきたるも少なし。府民が十分の六ばかりにて、府外のは其の四強に居れり。去年許りまでは、なほ府民は少なかりきなど聞くに、府下の富と人口とに合せては、住民の教育に熱心なるが稀なりと、其の官人達の打ち歎きたりし、思ひ合すれば、げにと思ふ事多かり。総べて今の世は、新旧相混同して、甲の是なりとする事は、乙はこれを非なりとし、乙の善しと云ふ所、甲はまた悪しと難ずめれば、何も〳〵事毎に容易からず、心苦しき世なりかし。[139]されど為す事あらん者は、又この時をや然りとすともいはれなまし。

そこより[140]愛敬女学校と云ふに至る。こは生徒もわづか五十余名許りにして、校の構造、器具等も始めのには比ぶべくもあらず。今の有様にては到底維持の法たゝざるべしと云ふ。最と心苦しき事なり。先年まだ女工場と聞えし頃、生徒が物したりと云ふ押絵やうの物、殊に精巧を極めたり。いかで女子職業学校やうのものにもしなして、これが販路を求めば、一つは本邦の美術を勧むるはしだてともなりぬべきをなど、そこの人々に打ち語らひつ。時移れば急ぎ出でゝ、[141]梅花女学校に行く。こは私立ながらクリスト宗教学校にて、今此の府下に時めきたり。其の教授を担当せる米国婦人達熱心焦慮して、寄宿舎には、なほ幼けなきなどもあるを、最と懇ろにもてあつかふとぞ。彼の国の人は遠く人の国に渡りてだに、道の為に斯くこそ心を尽くせ。[142]況んや畏こき官位を有ち、国税よりする俸給にあきて、その道にあたれる我等がつとめ、豈、軽々しくおもふべきかなど思へば、背に汗出でゝ面さへ赤うなりけんかし。但し此の校の今日斯く盛なるは、創立よりこゝに十余年、主義を一直線に守りて邁進し、公の変更のたびにも、聊か動き変る事なく、また、外国教師の俸給を欲せざる故に、生徒の減少せし折にも、更に云々の事なく、耐忍勉強の力たゆまで、遂に、こゝ

[136] 平知章は、平知盛の長男。一ノ谷の戦いで敗走中、監物太郎頼方らと父を守ってたたかい討ち死にした。十六歳。一一六九―一一八四。

[137] 不詳。

[138] 大阪府高等女学校は、明治十八（一八八五）年府立大阪師範学校（一八八一年二月に大阪府師範学校から改称）に女子師範学科が附設され、明治十九（一八八六）年大阪府女学校として分離独立、明治二十（一八八七）年に高等女学校に改編して開校。

[139] けれど、なし遂げようとする事がある者は、またこの時をそれにふさわしいと言うかもしれない。

[140] 愛敬女学校は、女子の中等程度の教育を目指す学校として、明治十三（一八八〇）年東区（現中央区）北浜小学校内に愛珠幼稚園と同時に設立。同二十二（一八八九）年、市立大阪高等女学校の発足に際し同校に併合され、その別科となったといわれている。

[141] 明治十一（一八七八）年創立者澤山保羅（馬之進、長州藩士）、協力者の成瀬仁蔵ほか数名により、キリスト教主義教育を建学の精神として、現在の大阪市西区土佐堀裏町一〇番地に開校。

[142] ましてや畏れ多い官位を保ち、国税から得た俸給に満ち足りて。

に至りしなるべし。

次の日も雨いみじう降りて、雲間も見えねど、例の案内人来たれば、先、[143]大阪女学校へと出で立つ。こは大三輪氏が自費にて設けられたるなり。小学の外に高等科を置きたれど、こゝの風俗は、なほ妙齢の女子の就学するを好まず。故に此の科は僅かに三名の生徒あるのみにて、始めの希望に協はねば、行く末いかゞあらんなど聞く。最と遺憾なる事なりかし。それより汽車にて[144]堺女学校に至る。こゝは、もと堺県を置かれし頃は、大阪のよりも盛なりしが、廃県の後は一時衰へたりしも、また近頃恢復せりとぞ。この地も、府内の如く人家稠密の所ならねば、運動場などもことに広らかなり。生徒は四百余名あり。髪は、束髪なる、十中の五許りにて、こゝも大方[145]前掛したり。各学科、思ひしよりもよく整ひたり。中に就きて最も優れたりと見えしは、縫入と云ふ業にて、種々の帛片を細かにぬひあはせて、花鳥人物などを押絵やうに造りなしたる、画工も筆を投げつべくおぼえて、最と愛たし。都の人にも見せ参らせまほしとて、一枚贈られたれば、携へ帰る。高等小学校、幼稚園も、こゝに隣りたれば、立ち寄りたれど、時少し遅ければ見る程もなくて出づ。帰さには、[146]住吉の神社に詣づ。今日は[147]御田祭とて、御料の御田植うる為の祭なるが、新町の芸妓は女官の装ひして、大路をねり、村の若者は甲冑して、棒もて戦ひのさまを扮するよし。今少し憩ひて見て在せと、茶店の嫗が懇ろにとゞめたりしかど、必ずと契りし方あれば、心慌たゞしうて、見ずなりぬ。

斯くて、西大谷の別院に行く。こは、かねてこゝに、[148]相愛女学校と云ふを設立せらるゝにより、其の主任の人々に、[149]女子教育の心ばへ説き聞かせよと、請はれたれど、例のいたつきにより辞したりしを、さるうるはしだちたるさまならでも、打ち解けたるまど居に、たゞ一言だにと、切に請はれしかば、集へる人々の問ひに答へて、一言二言、心に打ち思ふ事、語らひ出でつゝ、立ち帰らんとするに、せめては講堂に掲げん料に、これに一筆と強ひらるゝ、最とかゞやかしけれど、それさへにえ辞み難くて、[150]

生ひ茂れ教の庭の媛小松みさをも頼むかげとなるまで

とばかり書いつけつ。宿にも対面せんとて待つ人、多かりしかど、今日はいたく疲れたれば、明日と契りて寝ぬ。

宵打ち過ぐるより、雨、屋のうらをも通す許りにいみじう降りに降る。斯くては、あからさまに立ち出でん事も難かるべしと思ひ臥したるに、午前五時許りには、玉水の音も聞えずなりぬ。さらばとて、起き出でゝ、

[143] 明治十五（一八八二）年開校。創設者大三輪長兵衛（おおみわちょうべえ）は、福岡県生まれの実業家（父は宮司）、政治家。一八三五―一九〇八。
[144] 明治二十一（一八八八）年堺区立堺女学校が、翌年堺市が市制を施行したことに伴い、堺市立堺女学校へと改称。明治三十三（一九〇〇）年高等女学校へと改編、堺市立堺高等女学校と称した。
[145] 175頁、注[122]参照。
[146] 大阪市住吉区住吉にある神社。摂津国の一宮。
[147] 住吉大社に伝わる民俗芸能の田楽（御田植祭）、住吉の御田植（おたうえ）。御田は神功皇后が水田を設けたことに始まるとされ、五穀豊穣に関わる神聖な行事。
[148] 浄土真宗西本願寺派第二十一世門主・明如上人（みょうにょ）（大谷光尊、131頁注[122]参照）により明治二十一（一八八八）年に設立された。
[149] 本願寺別院（北御堂境内）に所在。
[150] 女子教育の心得を説き聞かせよ、と請われたが、例の病気によって辞退したのだったが。とても恥ずかしいけれど。

例の人々と大阪城趾に登る。こゝの石垣は、豊太閤が国中に募りて、遠くより徴しける大石を畳みたるなるが、そが中に、最も巨大なる、俚俗[151]たこ石と呼ぶは、前面の広さ、十六坪余あり。[152]つまがた石といふも、これに亜げりとぞ。其の規模の広大なる、公が豪邁の気象を見るに足る。これを礎にして築きなしたらん[153]大厦のあらましかば、いかに愛たからましを、維新の際、[154]兵燹に罹りたる、其の余波少し止めたるさへ、打ち毀ち捨てゝ、今は纔かに三四の蔵庫を残すのみにて、[155]鎮台の本営に充てたる館も、後に紀州侯のを引きもて来て、二棟許り建てたるなりといふ。いと惜しとも惜しき事なりかし。此の巨石の、余りにおびたゞしきにより、こゝはもと石山にて、寺院のありしを、取り毀たせて、其の石を切りて積ませたるなりと云ふ人あれども、受け難し。故如何にと云ふに、其の石の質の、一つ〳〵に変りたるを見ても知りぬ。況て、此の石を運搬せし折、船の覆りたるもありて、紀の海に沈みたるが、今は暗礁になりて、船の通路に不便なりなど、さだかに聞きたれば、返す〴〵、石山のを其の儘に用ひたりといふは附会の説なるべし。また此の城中に、[156]黄金水とてあり。こは井底に黄金を沈めたりと云ひ伝へて、こゝに来る人は汲みとりて[157]掬ぶもの多し。天主台の趾に上れば、府下の市街目の下に見ゆ。東には遠く奈良地方の山嶽聳え、西は神戸の海岸より海原に接し、北は京都に境し、南には近く[158]天王寺、[159]茶臼山を望めり。東の方遥かに遠望せらるゝは伊予山にて、少し右の方に、仄かに霞めるは[160]金剛山なりといふ。此の天主台は海面を抜くこと実に五十七八メートルなりとぞ。暫時休らひて、それより[161]高津の宮に詣づ。[162]此の御神の、高殿に炊煙を望ませ給ひけん、古への事を思へば、いと畏く忝けなし。されど物ふりたる樹だちもあらず。宮も新らしくて、昔を忍ぶべきつまも無し。広前をまかでゝ、[163]生国魂の神社に参る。宮は官幣大社にて、神代ながらの御いづ畏こけれど、

[151] 蛸石は、高さ五・五m、幅十一・七m、厚さ約七十五㎝、面積六十㎡弱（畳三十六畳敷き）。備前犬島産の花こう岩で、推定重量一三〇トンで、大阪城に数ある石垣の石の中で最大と言われる石。

[152] 蛸石に向かって左手にある振袖石か。高さ四・二m、幅十三・五m、面積約五十四㎡、推定重量一二〇トンといわれている。備前犬島産。

[153] 大厦（たいか）は、大きく豪壮な建物。

[154] 戦争による火災のために、

[155] 慶応四（一八六八）年一月戊辰戦争で本丸御殿は全焼、明治四（一八七一）年に大阪鎮台が設けられ、翌年に、本丸内に鎮台本営が新築された。明治十八（一八八五）年には、新たに紀州和歌山城の二の丸御殿の白書院、黒書院、遠侍が移築され、鎮台本営となった（紀州御殿、昭和二十二・一九四七年焼失）。明治天皇は、明治二十（一八八七）年と明治三十一（一八九八）年の大阪行幸の際、大阪城に入り紀州御殿に宿泊した。

[156] 黄金（金明）水井戸屋形。大阪城小天守台上の井戸の建物。水面まで約三十三m。天守と同じ寛永三（一六二六）年の創建。豊臣秀吉が水を清めるために井戸に黄金を多数沈めたという伝承が残る。

[157] 両手ですくう人が多い。

[158] 四天王寺のことで、大阪市天王寺区にある和宗の総本山。

[159] 大阪市天王寺区の天王寺公園内にある古墳。大坂冬の陣で徳川家康が本陣を置いた地。

[160] 大阪府と奈良県の境にある山で、金剛山地の主峰。山頂に金剛山転法輪寺、西麓に千早城（ちはやじょう）跡がある。

[161] 高津宮（こうづのみや）は大阪市南区に鎮座。難波高津宮に遷都した第十六代仁徳天皇を主祭神として祀る。

[162] 民家から炊事の煙がたちのぼらないのを見て、人々が困っているのを察し課役を三年間免除した「竈の煙」の伝承から聖帝ともされる（『古事記』下巻・仁徳天皇、『日本書紀』仁徳紀）。また「高き屋に登りてみれば煙（けぶり）立つ民のかまどはにぎはひにけり」（高殿に登って下を見ると、炊煙がさかんに立っている。民の竈はにぎやかになったことだ。『新古今和歌集』巻第七・賀歌・707　仁徳天皇御製（ぎょせい）、『和漢朗詠集』は作者不明とする）の歌がある。

こゝも神さびたる蔭も見えず。礼拝し果てゝ、天王寺に至る。聖徳太子が建立の、四天王寺とて世に聞えたる伽藍なれど、屢々兵火にあひなどして、古くより残れる所はまれにて、大方徳川氏以後の建築にかゝるが多ければ、思ひの外に心とまるべき所少なし。後に聞けば、豊公の大阪城築かれたる折、こゝの一部はかしこに取りもて行かれたりなどいふ説あり。[164]それ或は然らんか。

こゝ近き所に、雲水と呼ぶ尼寺に、精進料理調じて客に薦むるがありといへば、珍らかならんとて往きて見るに、寺は茶臼山の辺りにて、山門には[165]邦福寺と書ける額かゝげたり。げに古びたる軒のつま、板椽の朽ちたる所々など、昔覚ゆる事多かり。されど尼は居らで、腰衣着けたる小法師出で来て、こなたへと誘ふに附きて往けば、書院めきたる所の、隔ての襖(ふすま)障子はみな取り放ちて、見入れいとあらはなるに、市人めきたる者ども多く集り居て、酒打ち飲み、物食ふめり。それ見ゆる所に、[166]怪しげなる褥打ち敷きて、こゝに在せと云ふに、呆(あき)れて皆うゝと言ひたる儘に、立ちて居り。旅とは云へど、此府下にはあひ知る人多く、[167]今は所せからずしもあらぬに、食ひ物貪りて、あらぬ所に惑ひ入りぬなど言はれん事もいとほしきに、さりとて出でゝいなんも人わろし。如何せんと思ふに、雨あやにくに振り出でゝ、昼なほ暗きに、[168]かの物語の河原院に誘はれたらん心地して、むくつけくさへなりぬ。されどあえかに物おぢしぬべき人もあらねば、心易し。とかくする程に、ありつる人は皆帰りぬ。我が伴なへるのみになりにたれば、少し心落ち居て、小法師の薦むる物食はんとするに、器のきたなげなる、先、胸ふたがりぬ。されど東京にては、わざとふりはへてかうやうの所にまで来ん事も難きに、旅はなほ心易くをかしきものなりかし。辛うじてこゝを出でゝ、知る人がり訪ひて帰る。

帰りて後、豊太閤の歌をと人の請ひしかば、心に感ずる事をさながら、

藤衣しばしたゝずば唐綾もやまと錦にあはせなましを

と書きて遣りつ。

次の日は、ある人の案内せんと、切に勧むるにより、母君もいかで見んと宣ひしかば、少し頭重けれど、強ひて思ひ起して[169]造幣寮にゆく。案内に連れて、金銀銅などの鎔解場より始めて、これらを鋳造し、運搬し果つる所々迄見廻る。火の力のすさまじき、器械の巧みなる、言ふも更なれど、かく鏗き金を、飴の如、延べもし、切りもして、時の間に貨幣に造りなすも、みな学理より産み出でしなれば、人の脳力はまた火よ

[163] 大阪市天王寺区の神社。別称は、「難波大社（なにわのおおやしろ）」など。

[164] この説はあるいは正しいのではないか。

[165] 大阪市天王寺区の和気山邦福寺（現在の「和気山統国寺」）。邦福寺時代は、黄檗宗の雲水（修行僧）が修行し雲水寺と呼ばれた。

[166] 汚い座布団。

[167] 今は窮屈でないわけではないのに、

[168] 河原院は、源融（153頁、注[14]参照）の邸宅。荒廃し融の亡霊が住むという伝説を生んだ（『宇治拾遺物語』巻第十二・十五「河原院融公の霊住む事」）。『源氏物語』第四帖「夕顔」の、光源氏が夕顔を荒院に連れ出し、夕顔が霊物に取り殺される場面設定にも影響を与えたとされる。

[169] 大阪造幣寮。明治四（一八七一）年二月に大蔵省造幣寮として創業式を挙行。六月新貨条例および造幣規則布告がされ近代的貨幣制度が開始された。

りもいみじかりけり。こゝにかく造り出る業さへ、容易(たやす)からぬに、況て鉱山より鑿り出だす程の辛苦、いかばかりにかあらん。思へば金銀を冗費するは、最とあるまじく、畏き事なりかし。かくて[170]砲兵工廠に至る。こゝは巨大なる大砲、弾丸を鋳る所なれば、大方ゆゝしく、すさまじき迄見ゆれど、こは東京にても見し事あれば、目新しくはおぼえざりき。

宿には、例の待ち居る人々多くて、足さし延べんいと間も無し。[171]控訴院長児島氏の夫人は宮中(うち)に宮仕へせし頃、親しかりしなれば、己れが京都に在るよし聞きて、殊更に往きて尋ねつるを、往き違ひて、えあはざりしかば、今宵はゆるやかにも語らへ、[172]桜の宮に花火の催しさへあれば、諸共に船にてと、懇ろにすゝめられしかど、例のいたつきの余波、いかにと思ふ後れ心にとゞめられて、え出で立たず。

こゝに聞えたる歌人、[173]山田淳子といへる老女は、斯道に最と志篤き人にて、女子の風俗を矯正せまく思ひ起して、改正琴歌とて、自らつくりたる巻ども見せらる。詠める歌に節つけて伝へたりとて、[174]五代友厚氏の後室が、少女にわざと琴もたせて、諸共に訪ひ来て、新曲二つ三つ聴かせられぬ。母君は、かゝる道はいたう好み給ふに、名古屋を出でつる後は、さる方のもてなしは皆辞(いな)みて、今めきたる宴会にもものせざりしかば、せめては斯うやうの物の音だに、のどかに聴かせ参らせまほしかりしかど、今宵の中に京都に帰るべく、かねておきてたりしかば、語らまほしき事も尽さで、引き別れつゝ、終列車にて出でたつ。車の中より顧れば、彼の桜の宮の花火なるべし。空高く打ち挙げらるゝが、いと能く見えたりき。それも次第々々に遠ざかりて、終に雨雲のをりをりあかうなる影ばかり残りしも、車の進み行くまゝに、終にわかず成りて、さつき闇最と暗きに、両岸の田面の蛍の光、やうやう見えゆくもをかし。京都に帰り入る程、雨少し降り出でたりしが、袖うち濡らす程もあらぬぞ、幸なりける。

またの日は、雨降りくらす。されどかねて契り置きてしかば、昼過ぐる頃より、[175]西大谷のみ寺に詣づ。[176]法主待ち悦びて、さまぐ饗応さる。今日はのどかに物語りせしかば、預りつるみむすめの教育の事ども、何くれ打ち語らふ。なほ云ふべきも多かれど、暮れぬほどに寺院をと、人々の勧むるまゝに、案内に連れて間毎々々を打ち廻る。こは豊公の時めきし頃の建築なりとぞ。諸名家の画ける画ども、最と愛たけれど、かゝるは今日迄許多見しかば、珍らかにも覚えざりしかど、其の建物のいさゝかも毀ち損はれたる所なきと、棟

[170] 砲兵工廠。明治三(一八七〇)年大阪城内に工場を建設、同年六月、兵器の修理を主として作業を開始した。東京砲兵工廠とともに戦前日本陸軍の中枢的官営兵器製造所で、主に火砲とその素材を製造。
[171] 明治十九(一八八六)年五月裁判所官制、同二十三年二月裁判所構成法によって設けられた第二審の合議裁判所。その前身は上等裁判所(明治八年設置、同十四年以降は控訴裁判所と改称)。児島惟謙(これかたとも)は、幕末に伊予宇和島藩を脱藩し倒幕運動に参加。「護法の神」とたたえられた裁判官。一八三七—一九〇八。妻、重子。
[172] 現在の大阪市都島区の淀川(大川)左岸にあり、天照皇大神・八幡大神・仁徳天皇を祀る。
[173] 歌人・大阪高津円庵主。号は袖香。播磨生。梁川紅蘭に学び、若江薫子に私淑し、大田垣蓮月と親交。一八二七—一九〇六。
[174] 五代友厚は、実業家。薩摩藩士。明治維新後、外交官から実業界に転じ、政商として活躍。大阪株式取引所・大阪商工会議所の創設、製鋼・貿易・銀行・鉄道会社の設立に尽力。一八三六—一八八五。後妻・豊子(本名トヨ)は、儒学者・萱野恒次(通称・庸司)の三女。実兄・森山茂は維新政府の神戸外交官。一八五一—一八九二。
[175] 京都市下京区にある浄土真宗本願寺派の本山。
[176] 131頁、注[122]参照。

梁柱礎の巨大なるとは、こと所に似ず、最と〳〵愛たくぞ見えし。[177]滴翠園と号けたる園、余り広らかならねど、打ちそゝぎし雨の後なれば、いとゞ樹々の緑滴るやうにて、池にたゝへたる泉の、清き事物にも似ず。こゝにある[178]醒（さめ）が井といふ井は、ことに冷たくて、如何なる旱（ひでり）の時にも涸れず。さるからに、此の水を請ひ取りて、酒醸（かも）してひさぐ市人もあり。此の外（と）の市街は、醒が井通（どほり）と呼ぶとぞ。飛雲閣の壁間に、[179]瀟湘八景を画かる。其が中に在る月の、見所によりて見えぬが在るを、俗に隠れの月といひ、またこの三層楼上の床、壁の富士の画も、行儀の富士とて、坐せざれば見えず。こは豊公が筆なりなど、云ひ伝ふるよし。光線の至り至らぬ方によりて、見えもし見えずも為るならめど、兎にも角にも、をかしき筆のすさびなりかし。すべて此所彼所のさまを見るに、[180]一時此の宗派の隆盛なりし、思ひやるべし。

其の次の日は、滋賀県下の学校にとて、汽車より行く。小野書記官は、そが妹なる人と親しく交らひたるゆかりもあれば、まづ此の人を訪らふ。それが案内にて、[181]尋常師範学校附属小学校の、女子部を見る。こゝも[182]師範学校の女子部廃せられたれば、高等女学校を置くべく掟てられたりしが、県会の議成りたゝで、なほさながらなり。されど早晩（いつしか）設置（まうけ）んと思ふなどぞある。

[183]総じて、女子教育と云ふ事は、至る所聞かざるもなけれど、まこと、実地（じつち）に能く行はれたるは稀なり。これを思へば、其の教の、猶民智の度に適せず、為に其の効を見るが少なきによりて、これを欲する者多からざるにこそ。それらをして、まことに用あるものぞと思はしめんには、其の道に当れる吾等の、殊に注意研究せざる可らざる事なりとぞおぼえし。

廻り果つれば、新築の県庁をも見せんとあるまゝに引かれて行く。げに[184]中井知事が、建築法に心を用ひられたりしもしるく、議事堂のあたりより、つかさ〳〵の局も、最とあるべかしくめでたし。[185]中井夫人はかねて見知り越なれば訪らひたるに、[186]三井寺は、邸よりたゞ這ひ渡るばかりなり。いざ諸共にと云はるゝまゝに、打ち連れて徒歩より行く。此の門前には、彼の疏水の隧道を開かれたるが、大かた

[177] 西本願寺の南東隅の塀で囲まれた一角にあり、三層の楼閣である飛雲閣（金閣、銀閣とともに京都三名閣の一つ、関白・豊臣秀吉が造営した聚楽第の一部とも言われる）のほか滴翠園十勝がある。江戸時代中期の明和五（一七六八）年に作庭されたと伝えられる。

[178] 小醒井とも。『西本願寺名所図会』は「京都七井の其一なる醒井」と記す。

[179] 瀟湘八景は、中国の山水画の伝統的な画題。日本絵画に大きな影響を与え、狩野派などにより「瀟湘八景」が好んで描かれた。また固有の八景が瀟湘八景になぞらえて描かれるようになった。

[180] ある時期、この宗派が隆盛であったことに思いを馳せるべきだろう。

[181] 滋賀県師範学校が明治十九（一八八六）年、滋賀県尋常師範学校と改称（本科四年制）し、滋賀県尋常師範学校附属小学校と改称。

[182] 明治二十一（一八八八）年三月滋賀県師範学校女子部廃止。

[183] 総じて、女子教育ということは、至る所で聞かないことはないけれど、実際に良く行われていることは稀なのだ。

[184] 中井弘（ひろむとも）は薩摩藩士横山詠助の長男。明治十七（官選第三代県令一八八四―一八八六、知事一八八六―一八九〇）年滋賀県令（のち知事）に就任。六年間の在職中、特に琵琶湖疏水工事の実現に力を尽くした明治二十六（一八九三）年京都府知事に就任。鹿鳴館を名付けた。錦鶏間祗候（113頁、注[59]参照）一八三八―一八九四。

[185] 二番目の妻、フミか。後に、原敬と結婚する貞子は娘。

[186] 滋賀県大津市の園城寺。

工を竣へたり。此のみ寺は、千有余年が昔の構造のまゝなる所多しと聞きしが、さもあらんと覚えて、物さびたる古刹なり。世に[187]弁慶が汁鍋と称ふるは、まことに大きなる鉄鍋にて直径六尺有余もあるべし。廻りも朽ちて、色ことに古びたり。古への軍陣に用ひたる物ならんといふ人あり。此の説やゝ近きに似たり。また同人が湖水より手づから引き揚げたりと云ふ[188]釣鐘、かたへは、げにいたく擂れたる所あるは、引きずりたる跡にもやあらん。されど口碑に伝ふる所は、もとより信ずべきにもあらず。まことに、誰人の何わざしたるにかあらん。文献の足らざる故に、徴するに難き事多きは、最と〳〵遺憾なる事にこそ。

堂の左の方少しこ高き所には、十年の役に[189]西南にて戦死せし人の、記念碑を建てたり。此のあたりより湖水も市街も目下に見えて、景色いと愛たし。[190]粟田あたりの山々は、総べて樹だちなくて、赤はだなるが多かり。何故にかと問ふに、此の辺りのは、皆民有地にて、森林法、輪伐のおきても知らぬ輩の、猥りに樹木を伐り取りたるにより、わづかに数年の程に斯くなり果てゝ、淀川に砂の流れ入る事多くなりぬ。よりて県庁より出ださるゝ費用の外に、内務省よりも助け給ひて、苗木植ゑ附けに着手せられたり。此の予算にて見れば、今より百年の後には、樹木鬱蒼たる山に成りぬべしとぞ。最と遥かなる事なれど、公の斯く民の為に計りごち給ふ、最と畏こき事なりかし。此の[191]長等山の右の尾に屹立したる巖、遠くよりも見えて、珍らかなれば、名ぞあらんとて尋ぬるに、千石岩とてさま〴〵浮きたる説多かれど、そはみな受け難き事のみなりと人々語る。

まだ日も高ければ、[192]石山までと志して、強ひて夫人をはじめ、こゝに来あひたる人々に辞し別れて、従者ばかりをゐて出で立つ。此の県にも、一夜二夜は宿からんと思ひつれど、母君の少し心地悩ましとて、京にとまり給ひつれば、心もと無くて、今日の中に帰り入らんとすなり。

行く手は、[193]粟津の松原にて、[194]今井兼平が塚も、道の傍りに在り。[195]義仲寺も程近しと聞けど、心慌たゞしければ、車急がせてたゞ過ぎに過ぐ。[196]瀬田の長橋、思ひし程は長くも見えねど、をりをり打ちそゝぎつる雨晴れて、夕日花やかにさし渡りたるに、所々薄霧の立ち靡きたる景色えもいはず。石山の麓に車乗り放ちて、喘ぎ〳〵登る。大きなる巌のそばだてるさま、愛たからずしもあらねど、想像に画きて見し程よりは興少なし。月見堂といへるも余り高からず。されど月夜の頃はあはれならんかし。蛍をだに見てと人はいへ

[187] 弁慶の汁鍋は、重量約四五〇kg、深さ九三・〇cm、外口径一六・五cm、口厚一一・五cm。
[188] 弁慶の引きずり鐘は、重量約二二五〇kg、総高一九九・一cm、口径一二三・二cm。
[189] 三井寺観音堂背後の御幸山にある西南戦争出征記念碑で明治十一（一八七九）年建立。
[190] 現在の京都市内、鴨川の東岸、東山のすそ、白川下流の地域。
[191] 滋賀県大津市、三井寺の背後にある山。南は逢坂山に連なる。
[192] 滋賀県大津市の地名で歌枕。近江八景「石山の秋月」の地。石山寺があり、地名は境内の珪灰石の巨岩に由来。
[193] 滋賀県大津市南部、琵琶湖に臨み、近江八景「粟津の晴嵐」の地。木曽義仲が討ち死にした場所。
[194] 平安後期の武将。木曾義仲の乳母の子で、木曾四天王の一人。義仲に従って入京後、源範頼・義経の軍に敗れ、義仲の死後、後を追い自害（『平家物語』巻第九・木曽最後）。寿永三（一一八四）年没。
[195] 滋賀県大津市の寺。天文二十二（一五五三）年、木曽義仲の墓所に佐々木高頼が一寺を建立、義仲庵と呼んだのが始まりという。松尾芭蕉の墓があり、島崎又玄の「木曾殿と背中あわせの寒さかな」の句が有名。（よしなかでら、とも）。
[196] 滋賀県大津市の瀬田川に架かる旧東海道の橋。「瀬田の夕照」は近江八景の一つ。瀬田の唐橋。

ど、夜に入りては道の程も不便なるべきに、日の中にと契りて出でしかば、母君のいかに戸によりてや、待ちおはすらんなど思へば、何も〳〵見ん空もなくて、まどひくだる。本堂の入口右の方に、[197]紫式部源氏の間と墨黒く書きたる、最とおぼつかなし。竜宮より上りたる鐘などいふ札建てたるもありき。斯く文物の日に月に開けゆく代なれば、いかでかゝる虚談妄説を除きて、まことに歴史の考証ともすべき事実を正して、記しもしてしがな。されど、やう〳〵かうやうの道に心を寄する人も出で来にたれば、次第に改めものせらるべきにこそ。母君、思ひの外に宜しう見え給ふに心落ち居ぬ。

次の日は、午後二時ばかりより、[198]山階宮に参る。今日は我が為にと、殊更にさるべき人々をのみ選り集へて待たせ給へる、最と忝けなし。御前に暫時御物語りする程、こたび廻りつる所々(ところぐ)、何か殊に心にはとまりつる、と問はせ給ふに、

須磨の松嵐の山のそれよりもこのみかげこそ嬉しかりけれ

と答へまつる。[199]兼題、橋蛍と云ふ事を、宮のよませ給へる、

戦ひのありし昔も見る許り蛍飛びかふ宇治の川橋　歌子

打ちむれて橋を渡ると見えつるは籠(こ)にこめられし蛍なりけり　宮

いぬる夜、瀬田の橋を商人(あきびと)の籠(こ)に入れし蛍をひさぐとて、往復(ゆきかひ)つるを、まことに見しさまなれど、えよくもつゞけず。当座、仙家といふことを、

塵の世を逃れて住めば仙人の住居も市の中にこそあれ
　　　　　　　　　　　　　　　　　　　　　歌子
　いく薬今日もねるらん松の上に薄みどりなる煙立つ見ゆ
　ぬしは今奥のいはやに還りけん翼やすめてたづのおり居る
人々のも最と多かりしかど、こゝに記さんはうるさくてなん。
　またの日は、かねて契りつるやうに、昼過ぐる頃より、[200]北垣知事が夫人に誘はれて、西陣の織物見に行く。先、つゞれと云ふもの織る所に至る。家は思ひしに似ず狭くきたなげなり。小屋めきたる所に、機五つ許りたてゝ、女ども三四人つゞれ織り居たり。その織り様(ざま)は、長さ四五寸ばかりなる杼(ひ)に、種々の糸巻きたる管掛けて、細かき模様の所々は、恰も針して縫ひ物するやうに、たて糸一筋二筋許りづゝを杼(ひ)にてすくひ通して織りつゝ、踏み板を足もて踏みて、綾どるなりけり。其の価は、重掛、暖炉の前の衝立などに、用ふべきほどのものにて、廿五円乃至卅円に至り、これを織りたつる日数は、一人にて半月を費やすと云ふ。此の労を思へば、げにさぞあるべき。内地の需要よりも、外国へ輸出するが多しと聞く。最と嬉しき事なり。それより縮緬、糸織やうの物の織場見に行く。こはありつる所よりも、屋も広らかにて、機も多く建てたり。そ

[197] 本堂東方の源氏の間で『源氏物語』が書き始められたという。
[198] 171頁、注[98]参照。
[199] 143頁、注[190]参照。
[200] 129頁、注[115]参照。

こを出でて、[201]織物会社とて、近頃設けたりと云ふ所に至る。こゝは共同なれば、家屋其の他もなべて広らかに今めきたり。新皇居の御椅子、窓掛けに召さすべき錦織などやうの物、織りたてたり。いと愛たくて、見るにまばゆき迄ぞ覚ゆる。錦など織るには、昔ぶりなるは、人一人高機(たかはた)の上に上り居て、あぜの糸を引きつゝ、綾どりて地紋を作るなるが、仏国やうの新器械機(きかいばた)は上に横木ありて、それに鉄の針の如きもの、鋲打ちたるやうにしなしたるに、厚らなる紙に、円く小さき孔あけたるが、其の鋲の代る〳〵孔に入る度に、それより続ける糸の上下して綾をなすなり。極めて精巧に、且軽便にして、よしと思へど、織り上げたるは、[202]日本形のにて織りたるが、最も愛たしと外国人は云へるよしなり。斯くて、びらうど織る所に行く。織るさまは、大方何も〳〵おなじやうなれど、その緯(ぬき)に織りこみたる針金ぬくさま、其の毛を一つ〳〵に切るなど、[203]見るに目もたゆき心地す。此の毛を切らずながらあるを、毛きらずとはいふなりけり。其が中に殊に目とまりたるは、画がきたるびろうどの毛を、小刀のさきにて一つ〳〵切るさまなり。暫く見る程さへ、我が目も痛き迄覚えて、ほと息つかるゝやうなりき。こは画がきて後に染むる事にて、色は他の染物とひとしく、変らぬよしなり。こは先に見しつゞれよりも、かへりて愛たしと思ふに、価ひも廉にて、それの半額ばかりなりとぞ。また木綿糸入りたるは、価そが四分の一ばかりなりと云ふ。本邦、人工になれる物の価の低き、最といたましき迄おぼゆ。

帰さには、[204]烏丸の高嶋屋といふが家に立ちよる。こゝには種々の織物、縫物ども多く集へたり。げに美術をもて海外に聞えたるも宜(うべ)なり。いかでなほ斯かる業を今一層進めばや。さては民の富も増し加はりぬべしなど、心一つに思ふ。

今日の道のほどに、怪しと思ひつるは、街に集へる子等の、すは馬車よ〱と呼びて、祭の山車（だし）見るやうに群がり騒ぎつるなり。これにて思へば、西の京の鄙び衰へたるもしるく、最とあはれなり。またの日は、朝より空清う晴れ渡りて、梅雨の頃とも覚えぬに、暑ささへそひぬれば、外にもえ出であへで籠らひくらしつ。日一日、道の事ども語らひつる人々もやう〱帰りて、長き日も暮れにけり。中空に澄み渡れる夕月も、今宵は少し光添ひて、前の川水に移ろひたる、父君を始め奉り、故郷人と諸共に見ましかばと思ふに、東の京の恋しさやらん方なし。日ならず迎へに来（こ）とて、従者も男がたは早う還し遣りつ。母君は例の宵まどひして、寝入り給へれば、いとどしめやかにて、つく〲とひとり打ち眺むる程、夜もやう〱更け渡りて、三条大橋を往きかふ車の轟きも、間遠（まどほ）になりぬ。対ひの堤に見えし提灯の影も、稀れになりゆくに、たゞ柳の葉ごしに見ゆる軒の灯火、なほ明くて、御簾あむ音のはた〱と聞ゆるが、次第にさえ通るもいとあはれなり。

またの日は、例の旧き友と、賀茂下上の御社にと契りてしかば、午後より打ち連れて詣づ。此のあたりの

[201] 川島織物。西陣の織物業者で創業者二代目川島甚兵衛（かわしまじんべえ）は、西陣織生産に功績をあげ、渡欧して日本と外国の技術を総合し、旧来の唐織り（からおり）・綴織り（つづれおり）などを壮麗な芸術品に発展させ、織物業に従い、丹後ちりめんなどの織法を改良。またゴブラン織を研究して綴錦（つづれにしき）を室内装飾用に製作し、芸術品にまで高めた。一八五三—一九一〇。

[202] （昔の）日本の器械機で織ったのが一番素晴らしいと外国人は言っているとのことである。

[203] 見るに目が疲れる気持ちがする。

[204] 天保二（一八三一）年飯田新七が京都烏丸に木綿商高島屋を個人創業したことに始まる。明治二十（一八八七）年皇居造営の際、調度装飾の注文を受ける。

人は、加茂は下の御社方こそ見所はあれ、上は道の程も遠し、ふりはへて在さん程のかひも在せじ、など云ひしかども、忝なし、畏き御かげは、上下の区別(けぢめ)あるべくもあらねばとて、強ひて行くなりけり。先、[205]下賀茂に参る。[206]糺(たゞす)の森、木だち物ふりて、[207]紀の川の流れ透けるやうに清く、玉のやうなるさゞれの中より、ふつ〳〵と湧き出づる水の、藍の色に見えたる、掬(むす)ばぬ程に先、心もすが〳〵しうなりぬ。此の御社は、他に異なりて、絵馬堂やうのものも無くて、詣づる人も稀れなれば淋しきものから、中々神々しう昔おぼえて忝けなくぞありし。[208]先帝の賀茂行幸のかたかける額一つかゝげたるも、そのかみの事思ひ遣られて、僅に三十年許りの程に、移り変れる世のさまを思ふに、人知れず万感胸に集り来れば、とばかり佇(たゝ)立(ず)みたるを、伴なる人、彼所の木立は柊(ひゝらぎ)の杜(もり)と呼びて、如何なる樹木を持て来ても、こゝに移せばみな柊にぞなる。行きて見よといふ。げにさま〴〵の木のやう〳〵ひとつ物に変りゆく、枝のさま葉の形ども、いとをかし。地質などの然らしむる故もあらめど、これも神の御心なめりなど思ふにたゞならず。[209]葵祭も、近くよりまた古へざまに行はると聞けど、時後れて其日にあはぬぞ口惜しき。広前をまかでゝ、上の御社にと出で立つ。

遥々と広らかなる松原を行く程、心地もいとゞすがやかなり。至りつけば、広芝の所々に、松桜楓などむら立ちたるに、[210]御手洗(みたらし)河瀬の音清う澄みて、心の塵もとゞまらず。神山に生ひ立てる小松のさま、御社に近き桂の梢も、青やかに茂りあひたる、万づ神さびて、いと愛たく、なつかしき御陰なり。人の言に惑はされて来ざらましかば、如何に悔しからまし。総べて物事につきて、善しと云ひ悪しと云ふも、大方みな見る人の心々なれば、自ら見では、えさだかに思ひわくまじきなり。みしめの内には掛茶屋もなければ、とある木の本にしばし立ち休らふ程、田舎びたる嫗、席（むしろ）もて来てこれ召させ給へといふ儘に、こはよき物こそとて、それ打ち敷きて川の辺に下り居て、かの嫗が汲みてすゝむる渋茶打ち飲む。東京あたりには、かけても知らぬさまなれば、却りて興ある事に覚えて、下の社の人げ近かりしよりも、遥かに愛たく畏くぞ覚ゆるや。葵草はまことに、こゝらに生ふにかと、彼の嫗に問へば、此の山の少し奥にぞある。しばし待ち給はゞ、取りて持て来ん。また近きあたりに葵餅とていみじう甘（うま）き餅あり。買ひもて来て参らせんかといふ。名のあはれなれば買はせて食ふ。[211]少し物欲しう成りぬるけにや、かゝる物も所がらとりはやさるゝもをかし。

[212]松が崎の大黒天に詣でて、そこより畦伝ひを帰る〳〵[213]黒谷に参る。此の惣門の辺りの松、枝は広ごらで、杉のやうに直（すぐ）に、たけ高く生ひたちたる、最と珍らかなり。[214]熊谷蓮生が鎧掛松とよべる、幹太く枝繁くて

[205] 京都市左京区の賀茂御祖（かものみおや）神社、山城国一の宮。
[206] 下鴨（下賀茂）神社の境内にある社叢林。賀茂川と高野川の合流地点に発達した原生林。
[207] 奈良県南部の大台ケ原山に発し、和歌山県北部を西流して、和歌山市で紀伊水道に注ぐ川。上流は吉野川。
[208] 文久三（一八六三）年、孝明天皇の行幸。
[209] 上賀茂、下賀茂両神社の祭。古くは陰暦四月の中の酉の日、現在は五月十五日に行なわれる。当日、二葉葵（ふたばあおい）の葉を社前や桟敷（さじき）・牛車（ぎっしゃ）のすだれなどに懸け、また参列の諸役の衣冠につけたことからいう。
[210] 神社の近くに流れて、参拝者が手を清め、口をすすぐ川。
[211] 少し物が欲しくなったせいだろうか、
[212] 京都市左京区の妙円寺。「妙法」の送り火で知られる松ヶ崎東山「法」の下にある。
[213] 黒谷（くろだに）は、京都市左京区岡崎一帯の地名。転じて金戒光明寺（こんかいこうみょうじ）の別称。

愛たし。其の辺りに今一つあるも、東南の方にさしたる下枝(しづえ)、扇の様に広ごりて、緑の色深くぞ見えたる。蓮生法師が自ら彫りたりと云ふ[215]敦盛が像、また彼が六十歳に及べる頃、己れのも造りたりといふを並べ祀れり。白旗の妙号も、同人が筆なりとてあり。されどその傍らに、敦盛が室玉織姫とて、怪しげなる女の像さし示して、小法師のこと〴〵しく、縁起説き出でたるに興さめて、何も〳〵信じ難き心地して急ぎ立ちぬ。

次の日は、[216]山階宮の月並の御歌会の日なれば、若し今日までこゝに滞まらば、必らず参来(まゐこ)と仰せらるゝに、[217]宇田ぬしも在して、しか趣けらるゝ、最と畏こければ、種々事多かりしかど、しさしてまうでつ。兼題、暁蚊遣火といふ事を、

夜もすがらたき添へてけんしのゝめの空にも煙る里の蚊遣火　　宮

当座、衣、

花染の色もいつしかなつ衣薄きは人の心なりけり

とぞありし。其の外許多ありしかど、例の省きつ。そが中に、[218]石井みつ子の老刀自が、

昔だに袖狭かりし荒栲(あらたへ)の衣とともに身ぞふりにける

と云ひしは心あはれにて、歌がらも殊に愛たくぞおぼえし。おのれは、

綾錦たちゐにつけて思ふかな美(よ)き衣きたる身のかしこさを

とのみこそ。こは、女がたも十人余りありしかど、[219]村雲の尼宮にさしつぎては、先、上くらの場所(ところ)賜はりて、みもてなしも懇ろにせさせ給ふ、最と畏こく覚えて、たゞ打ち思ふ儘を詠み出でたれど、彼の老人のに、さ

し並ぶべくもあらず、まことに恥かゞやかしくて、こゝに記さんもいとわびし。

帰るべき日も近くなりにたれば、またの日は、例の旧き友誘ひて清水に詣づ。御寺はふるく聞えたる古刹なれど、しばく焼けなどして、今のは三百余年ばかり昔の建築なりとぞ。断崖の上の高欄より見下ろせば、桜の梢、目の下に見えて、四条大路の通、直に見渡さる。[220]音羽の滝とてあるは、細き石の樋三つかけて、そこよりさらくと落つる泉、清く冷たけれど、遠く音に聞えたる物にも似ず。こは今、叡山の麓近く、名のみ残りたるが昔のなりと人の云ひしが、あのあたりの山、昔はなべて音羽山と呼びたるやうなれば、さもやあらん。帰さには、土産に為べき陶器ども買ひて、[221]八坂の堂のあたりより[222]高台寺の故[223]木戸公の墓所なども遥に拝みて、萩の園分け入る程、花の頃思ひ遣られて、今一月が程もとゞまらましかばとぞ覚ゆる。

[214] 95頁、注[42]参照。
[215] 177頁、注[129]参照。
[216] 171頁、注[98]参照。
[217] 129頁、注[121]参照。
[218] 石井光子は川本延之門下の歌人。下総国佐倉（現在の千葉県佐倉市）の人。?―一八九四。
[219] 邦家親王の第八王女。九条尚忠の猶子。京都瑞龍寺（村雲御所）の門跡。明治のはじめ皇族が還俗したとき、仏門にとどまる。日栄尊尼。村雲婦人会を組織、教化と社会事業につくした。一八五五―一九二〇。
[220] 京都市東山区清水寺奥の院付近の滝。音羽山に水源があるので、この名がある。名水として知られ、清水の地名はこれに由来。
[221] 法観寺は、京都市東山区にある臨済宗建仁寺派の寺院。五重塔は通称「八坂の塔」と呼ばれる。

今宵は、陰暦五月十五日の夜なり。梅雨の候ながら、空には塵許りの雲もなくて、秋のやうに澄み渡りたるに、[224]粟田山の峯よりさし登る影、えもいはずめでたし。

さゞ浪の影こそ窓に移りけれ月や高峯を今はなるらん

例の学びの友どちと語らふ程に、夜も更けたれば、今はとて人々も帰りたれど、斯かる月夜にいを寝ん心地もせねば、庭づたひに下りて川水に下り立ちつゝ見れば、彼方の岸は草のみ生ひ茂りたりと思ひつるが、所々きら〳〵と光りて見ゆるは、水の流るゝにやあらん。

夏草に隠れてすめる加茂川の水を尋ねて宿る月かな

明くれば廿五日なり。今日は、必らず帰途に登らんと思ひつるに、此の一日二日は頭重くて、心地すがやかならねば、同じ旅寝といへど、此所にては、なほ知る人も多く、よき医師(くすし)などもあるを、途中にて若し例の発熱などせば、如何とかすべきと母君の宣ふ。げにと覚えて、都へさるよし云ひ遣りて、今三日四日が程こゝにとゞまらんとす。

今日は[225]天満宮の御日なり。こゝにてあひぬる、最と忝けなき事なり。心地少しよろしからんには、北野に詣でゝ見よと人の勧むるまゝに、昼過るころよりは少し爽やぎたれば、宿の女主(あるじ)、そが娘などゐて行く。北山なる金閣寺に立ち寄りて、足利義満が数寄を尽したりと云ふ跡も見ばやとて、案内請ひて入りて見るに、思ひしほどに愛たしともおぼえず。池の中島の三層楼、世に金閣とよべるも、金泥大方はげて、高欄も所々朽ちたる、きらびやかなる所は露ばかりもなけれど、流石に昔忍ぶつまぞ多かる。[226]後小松天皇の勅額を賜ひて掲げたる所なりと聞く、いと畏し。二階には[227]恵心(えしん)僧都の作と伝ふる、窟(いはや)観世音の像を安置せり。泉水築山のさま、銀閣寺の園よりも遥かに潤らかに見ゆ。優り劣りは見る人の心々によるらめど、数百年を経にける余波なれば、物さびて苔むせる巌、蔦まとへる梢、さはいへどあはれに心とまる陰多かり。雲根といふ石据ゑられたる辺りの松、枝ぶりことにめでたし。御茶の水と称べるは、げに最と清くて、其の辺りの岩の色も青く艶やかに、光るやうに見ゆる、最と涼しげなり。茶室の南天の床柱、萩の棚は、[228]飛雲閣の躑躅の柱に並べて、世に珍らかなりともてはやすものなりとぞ。

そこを出でゝ、[229]平野の神社に詣づ。大前の桜樹、大きなるはあらねど異種の物多くて、一つ一つに札附

[222] 京都市東山区にある臨済宗建仁寺派の寺。慶長十（一六〇五）年、豊臣秀吉の菩提を弔うため、高台院（豊臣秀吉の正妻、一五四九―一六二四）の志に基づき徳川家康が創建。

[223] 木戸孝允は、長州藩士。吉田松陰に学び、討幕の志士として活躍した。明治維新後、五箇条の御誓文の起草、版籍奉還、廃藩置県などに尽力。江戸遊学時、神道無念流・斎藤弥九郎の道場に入り塾頭となった。一八三三―一八七七。

[224] 京都市東山区華頂上から山科区日ノ岡に至る山の総称。127頁、注[167]参照。

[225] 139頁、注[164]参照。

[226] 第一〇〇代天皇。後円融天皇の第一皇子。永徳二（一三八二）年北朝の天皇となったが、明徳三（一三九二）年後亀山天皇から神器を継承し、南北朝合一が成立。応永十九（一四一二）年譲位して院政を行なう。一三七七―一四三三。

[227] 源信（げんしん）は、平安中期の天台宗の僧。比叡山の横川（よかわ）恵心院に住んで著述に専念、『往生要集』を著し、のちの浄土教成立の基礎を築いた。九四二―一〇一七。

[228] 189頁、注[177]参照。

[229] 平野神社は、京都市北区に鎮座。桜の名所として有名な神社。

けたり。春の花の頃には、こればかりが為にも、参らまほしく覚ゆ。神のおぼさん所ぞ、最とかしこきや。[230]北野の神社には、往ぬる日も参りつれど、更に広前に伏し拝みて、近き辺りにて夕飯たうべんと思ひしかど、人たち込みて、閑(しづ)かなる所も無きやうなれば、道引き違へて、[231]南禅寺の辺りの[232]瓢亭(へうてい)といふが家に至る。道の半らより、雨篠をつく様(やう)に降り出づれば、例のいたつきの怖ろしさに、夜に入らぬ程にとて惑ひ帰る。此の日は滋賀県庁の移転式にて、最と賑はゝしければ、若し此のあたりに滞(とゞ)在まれらば、来(こ)よと人々に云はれしかど、心地悪くてえ思ひ立たざりしぞ、げに世は塞翁が馬なりける。彼所に行きつる人は、誰も〳〵烈しき雨風にあひて、いといたう困(こう)じぬと後にぞ聞きつる。

夜一夜降りつる雨暁方よりやみて、朝日の影雨戸の隙よりさし入りたり。心地も少し爽やぎたれば、[233]同志社の女学校にと、強ひて思ひ起して行きたれど、今日は、あやにく[234]看護婦の学校に卒業式ありて、教師も大方其方に行きつ。授業もはか〴〵しきは無しと云ふ。最と本意なけれど、為ん方なくて立ち帰りぬ。

夕つ方より、三本木なる[235]清輝楼と云ふ楼に登る。こは此の日頃道の事問ひに来つる婦人達、かねて府下の婦人会と云ふもの企てゝ、文書き歌詠む類ひの業、研究せらるなるが、其の人々を集へて、いかで一言、さる道の心ばへ説き聞かせよと、切に請はれたれど、其の事の拙なきは云ふも更なれど、気管の病をさへ煩ひつゝあれば、いぬる日、[236]北垣夫人が慈善会にても、一ことゝ請はれしをも、辞したるなり。再び遊ばん折にこそといなびつれど、かく寛(くつ)ろかなる円居(まどゐ)に、何くれの雑談の代りに、たゞ露ばかりもと言はるゝ、それさへ無下に辞(いな)び果てんも本意なくて、強ひて思ひ起してぞ往く。人々いたく待ち悦びて、せめて十日廿日が程だに、とゞめ参らするよしもがなゝど、別れ惜みて、其の心ばへ詠みて、おくられたる歌ども許多あり。

そが中に[237]みつ子がよめる、

嬉しきは命なりけりながらへて椎のしばく君をこそ見れ

この老女は、往ぬる年東京に寓(す)みて、[238]敦子刀自が局(つぼね)にも居りし人なれば、[239]年経てまたこゝに逢ひぬる、殊にあはれに覚えて、歌ひ出でたる歌もいとゞ耳にとまりつるなり。例の夜風に怖(お)づる身なれば、かへしもせで急ぎ出でぬ。此の楼は、[240]頼大人の家近くて、しばく遊ばれたる所なりとて、こゝにて書かれたりといふ騎雲酒光とある大字の額、最と愛たくうるはし。今もなほ同じさまに掲げられたり。其の世の事も思ひ

[230] 139頁、注[164]参照。

[231] 京都市左京区にある臨済宗南禅寺派の大本山。亀山法皇の離宮を寺としたのに始まる。

[232] 瓢亭は、南禅寺近くにある日本料理・茶懐石の老舗、創業は天保年間。

[233] 明治九（一八七六）年創立の同志社女学校に始まる。昭和二十四（一九四九）年大学となる。

[234] 明治二十（一八八七）年に京都看病婦学校開校と同志社病院設立。明治二十一（一八八八）年六月、第一回卒業生四名の看護婦が卒業した。

[235] 清輝楼(せいきろう)は、京都市三本木通にあった料亭。幕末に西郷隆盛が禁門の変の直前、「血涙会議」と呼ばれる大演説を行い、諸藩に長州藩討伐を訴えた場所としても知られる。

[236] 129頁、注[115]参照

[237] 199頁、注[218]参照。

[238] 37頁、注[14]参照。

[239] 長い年月を経て再びここに逢ったことを、

[240] 頼山陽(らいさんよう)は、江戸時代の漢詩人。歴史家。主著『日本外史』は、幕末の尊皇攘夷運動に影響を与えた。一七八〇—一八三二。

やられて、すゞろに懐しきに、己れ、此の日頃、仮の宿と定めたりしも、同じ川の辺りながら、それよりも上つ瀬にて、水もます〱清く、山もいよ〱近くて、堤に立てる老木の柳の、あるは臥し、或は起きかへりたる姿も、いとゞ見所多きに、雨をり〱打ちそゝぎて、晴れ曇り、見え隠れする比叡の高峯、[241]如意が嶽の緑、洗ふが如く、打ち対ふ心の濁りさへこそ余波なき心地ぞせられたりし。

明日は、こゝを立ち出でんと思ひつるに、夜中ばかりより、また身の中(うち)ぬるみて頭痛ければ、為(せ)ん方なくて、日たくる迄臥戸に籠らひ居るに、[242]北垣知事在しぬといふに、起き返りて、眠たげなる顔つくろひもあへず、対面したるに、[243]女教師どもの、授業のうへにつきて、さま〲の事承はりぬとて、悦び候ふなりなど、最と懇ろに言はるゝも、すゞろに汗あゆる心地す。さしつぎて夫人も訪らひ来まして、何くれ細やかに語らはれつ。

またの日もなほ頭重くて打ち臥したりしが、昼過ぐる頃より少しおこたりぬ。さらば先帝の御廟、よそながらも拝み奉らんとて[244]泉涌寺に参る。此の御寺は四条天皇よりこなた、歴世天皇の御陵墓となれりしに、当代の父帝をさへをさめ奉りしなれば、新たに建て加へたりと見ゆる堂宇のきらびやかなる、他の寺院に様(やう)異りたり。心地もなほ爽やぎ果てねど、[245]知恩院なる行誡上人の墓には参らまほしくて、強ひて山路を登る。己れ去年の冬病あつしくて、いたう悩み渡りし頃、此の上人の懇ろに消息せられたりしも、昨日のやうに覚えしを、其の亡き跡を反対(うらうへ)に弔らふも、[246]あはれなる世なりかし。

思ひきや経難(へがた)かる世に存命(ながら)へて苔路の露を払ふべしとは

と云ひなげきて還り臥しぬ。

廿九日、今日は出で立たんとて、伴なひつる人々は、まだきより起きてさうぞき立つめれど、己れは例の頭重ければ、日たけてやうく起き出づ。大津迄は腕車にて、こゝより汽船にて湖上を渡りて、もと来し道へと急ぐ。日頃馴れ睦みつる人々の、送りせんと云ふも多かりしかど、[247]物騒がしからんはなかくにこそと思ひて、殊更に出で立つべき時刻も告げざりしかど、なほ二人三人は、大津迄追ひ来て別れ惜むめり。斯く百里の外も比隣の如く、往きかひたやすき御代にはあれど、今はと袂分つ程の心地はなほたゞならず。何くれ事多くて船に入りてぞ迎ひに来つる従者に、都の事ども問ひもし聞きもしつる。今日も風なくて波静かなれば、船は平らかに[248]長浜に果てつ。汽車の程は、近く過ぎ来つる道なれば、さして目とまるふしも無け

[241] 京都市左京区にある山。東山連峰の主峰。西北部を大文字山といい、そのふもとに銀閣寺がある。如意ケ峰。
[242] 129頁、注[115]参照。
[243] 女教師たちが、授業に関してさまざまなことをお伺いしたと言って、喜んでいましたなどと、
[244] 京都市東山区にあり、東山連峰の月輪山（つきのわさん）の山麓の天皇家の菩提寺。泉山（せんざん）、御寺（みてら）とも。明治以後、真言宗泉涌寺派の本山となった。明治十七（一八八四）年御座所、小方丈など京都御所の一部を移築。同年に再建された霊明殿には、四条天皇をはじめ歴代天皇、皇后、親王の尊牌（そんぱい）（位牌（いはい））が安置される。御山陵（さんりょう）には第八十七代四条天皇をはじめ、諸天皇、中宮、皇太后の御陵がある。
[245] 143頁、注[194]参照。
[246] 無常で悲しい世というものだよ。
[247] 騒がしく送られるのはかえって（気づまりだ）と思って、
[248] 滋賀県の北端、琵琶湖岸にある市。ビロード・縮緬（ちりめん）の産地。

れど、日やう〳〵山のあなたに入りて、影なほさやかなるほど、遠(をち)の山々墨画のやうに黒み渡れるに、雲の色もひとつに成りて、[249]さま〴〵怪しき形したる、珍らかにをかしきものから、すさまじき迄見ゆ。夏の雲奇峯多しとは聞き渡りしかど、斯かるは始めて見し心地ぞする。関が原のあたり過ぐる頃は、日暮れ果てゝ、風いたう吹きすさび、肌冷やかにおぼえて、[250]布子も取り重ねまほしくぞあるや。山間(あひ)なれば、寒暖の差甚しきなるべし。[251]加納の停車場には、人々例の待ち迎へられたり。岐阜に果つれば、歌人たち来て此の日頃待ち佗びたりしうらみ、多く言はるゝも苦し。二十日余りばかりには、必ず帰り在さんとて、近わたりの人、わざと集ひ来て、歌の席(むしろ)開きて待ちしかど、在せで皆本意なくて帰り去りぬとて、其の折の歌ども見せらる。

[252]小崎知事がもとにも、帰さにはのどかにと、かねて契り置きてしかば、次の朝とく、案内人も来つ。引かれて行くに、種々の饗応(もてなし)心しらひ浅からず。其が中に、みむすめ[253]寿子がまだ幼くて、最と妙に舞ひ奏でられしが、いと面白くあはれに覚ゆるに、物読み文書くわざも優れてと聞くが、殊に愛たくぞ覚えし。

もしほぐさなみ越えてとは聞きつるが舞ひこが浜はいつならしけん

と、扇のはしに書きつけて参らす。

またの日は、名古屋迄と志して、正午許りに出で立たんとす。[254]三浦翁のいたく別れ惜みて、今一夜だにとゞめらるゝ。我も立たまく惜き心地すれど、家に残したりし父君のうへ、いといたう心にかゝるに、弟子たちの事もいかに〳〵と思ひやられて、心もとなければ、東京近く成りぬと思ふに、いとゞ帰さの急がるゝなり。

次の日は、朝日やゝさし昇る程に名古屋を出で立ちて、[255]美濃国恵那(ゑな)郡なる岩邑をさして行く。彼所は、故郷(ふるさと)なれば、まづ立ち寄りてと思ひにしかど、山路さかしければ、いたつきの為、いかがと人々の危ぶみしかば、[256]身を心にも任せで、たゆたひしほどに、思ひしよりも日数経たれば、此度(こたび)はえ行くまじくやなど、思ひ煩ひしかど、故郷人の切に待ち佗ぶるさまなど、しば〳〵消息せらるゝに、[257]御祖(みおや)のおくつき所の塵払はまほしくて、強ひて行くことゝしつ。

名古屋の市街を離れて、大曽根村を過(よぎ)り、勝川の橋を渡る。此の川原も砂いと白し。水も清らなるべし。汀にさらせる布、ありつる加茂川覚えて最となつかし。春日井郡内津(うつゝ)村の[258]現(うつゝ)の神社に詣づ。むかしは、現

[249] さまざま不思議な形をしていて、珍しいもので面白くはあるが、興ざめにまで見える。

[250] 127頁、注[108]参照。

[251] 元は美濃国（岐阜県）厚見郡の城下町、江戸時代の中山道の宿場。明治二十（一八八七）年官設鉄道（のちの国鉄・JR）の加納駅(かのうえき)として開業。当時は現在の岐阜駅の北東側にあり、明治二十一（一八八八）年岐阜駅に改称、明治二十二（一八八九）年現在の名鉄岐阜駅付近に移転。119頁、注[78]参照。

[252] 113頁、注[59]参照。

[253] 平尾壽子(としこ)。下田歌子の姪で、歌子の逝去後、昭和十一（一九三六）年十一月、財団法人帝国婦人協会実践女学校　第二代理事長に就任。

[254] 三浦源助(げんすけ)は、明治の初め岐阜県岐阜町で版元兼書店の成美堂（小崎利準の命名）をはじめ、明治十九（一八八六）年東京にも支店（のちの河出書房）をつくる。一八三一―一九一二。

[255] 元・譜代藩の岩村藩、現在の、岐阜県恵那市岩村町。

[256] 身を心に任せることをしないで、ためらっていた間に、

[257] 祖先の御霊を祀る墓所の掃除をしたくて、

明神と云ひしを、維新の頃、[259]神仏両部を禁ぜられたりしかば、明神と云ひしは、側らの祠に別ち祭りて、本社は今は現尊神と云ふよしなり。宮の後ろの泉水のさま、岸にたためる巌の形、えもいはず面白きに、築山は、やがてまことの岩山に続きて、松楓の繁りあひたる、夏は殊に頼むべき蔭なりけり。こゝはおのれが十四五歳許り成りし頃、うがらに伴はれて、伊勢の大神拝まんとて、此の辺りに宿りし事ありし所なれば、すゞろに懐旧の情に堪へず。

　思ひきや現の里に二十年の昔の夢を語るべしとは

そのかみの事ども、さま〴〵人々に語りなどして、と許り打ち眺めつゝ、過ぎがてに休らふ。

[260]多治見村を過ぐれば、[261]神明峠など云ふこゞしき山路なり。峠三つを越えてやう〳〵高山と云ふ所に着く。古へは山駕籠にも堪へ難かりし許りの所なりしが、今は嶮しとはいへど車にて越さる。

　君が代はゆつ岩邑の奥迄も車やるべき道開けつゝ

をり村の辺りの山は[262]田代峠なり。田代冠者が城砦なりしよし。[263]川の岸伝ひを行く程、景色最とよし。大滝と言ふ滝川、清く漲りて暑さも流れぬ。昔は斯る山の奥なれば、見る人もなかりしを、新道の開けたりしより、人の知る事とは成りぬなど聞きて、

　木隠れて下にむせびし滝川も流れての世にあらはれにけり

山の形、始めは砂がちに、小松の生ひたるが多かりしが、現村のあたりより、次第に岩多くなりて、大木の立ち込みたる、巌のこゞしくそばだてるなど、最とすさまじき迄覚ゆ。奈良地方も、喬木巨樹の多かりしかど、彼れはなほ優なるさまぞありし。これはたゞ物すごく深山の景色しるくぞ見ゆる。[264]斯うやうの山の

奥に、いかにして生ひ立ちけんよと思ふに、我ながら最と怪しき迄なん。されど[265]手向村の近傍より、地形やゝ平坦になりて、彼の[266]岩邑の城趾の見ゆる頃は車の上も易く成りぬ。長き日もやう〳〵暮れ行く程、田面の若笛吹き靡かす風、身にしみて寒き迄ぞ覚ゆる。あの森の彼方ぞもとの宅地なると、母君のさし示し給ふに、

朽ちもせで残るもあはれ思ふどち蛍狩せしせどの棚橋

此のあたりはすべて山間にて、舟通はすべき河もなし。此の橋渡したるも、浅く細き野川なれど、我がためは、[267]桑乾の水の心地して、東都は拌洲の心地ぞする。十秋の客舎だにあるを、これは二十年に近き年月

[258] 春日井市内津町の内々神社。内津町の東端、下街道の北側に妙見寺と並ぶ。
[259] 明治元（一八六八）年八月の神仏分離までは、妙見宮（妙見さま）とよばれ、妙見寺の僧が別当を勤めた。
[260] 岐阜県東南部の地名。土岐川の流域に発達。古くから美濃焼の産地。
[261] 岐阜県土岐市土岐津町の峠。
[262] 岐阜県加茂郡白川町の田代山。
[263] 岐阜県加茂郡八百津町にある左股谷に懸かる本郷の大滝。
[264] このような山の奥に、どのように成長したのだろうと思うに、
[265] 手向村は、土岐川の支流、小里川の上流域にある旧山岡町の字。現在の岐阜県恵那市山岡町付近。
[266] 207頁、注[255]参照。岩村城は日本三大山城の一つ。別名「霧ケ城」とも。
[267] 桑乾川の心地がして。桑乾川は中華人民共和国の山西省北部と河北省西北部とを流れる川。唐の詩人、賈島の「度桑乾」で名高い。賈島は桑乾川を渡って、故郷の長安の反対側に移ることになった。それまで過ごした拌洲がかえって故郷のようだったという。「東都は拌洲の心地ぞする」は賈島の詩を踏まえ、東京が故郷のような気がしたとする。

を経て帰り渡るなれば、たゞ夢の浮橋のやうにて、現（うつゝ）の事とも覚えず。至り着く所は[268]勝川といふが家なり。こゝには、かねて宿すべく待ちまうけたり。そが子息も名古屋まで出で居てわれらを導かれつ。今日諸共に来たるなりけり。老人達の待ち悦べるさまは、余りにくだ〱しければ例の省きつ。人々の群がり集まりて書き物請ふ、最と夥し。身も疲れたれど、こと所のやうにはえ固辞（いな）びかねて、たゞ打ち思ふまゝを書いつけつ。

斧の柄の朽ちぬと聞きしふることも思ひ合はせてくたす袖かな
少女にて見しは老女（おうな）に成りにけり我が世もいかにふけやしつらん

またの日は、[269]岩邑小学校に導かれて行く。こゝはもと文武館と云ひて、我が旧藩士の物学びたりし所なり。わが幼かりし程、最と広く大いなる館ぞと思ひつるを、今見ればいと狭く小さく覚ゆるにて、[270]此の年月立ちならしたりし都のめでたさも、身の幸の忝けなさも思ひ知らる。学業は思ひしよりも進みて、岐阜にて見たりしにも劣らず。ある部分は立ち超えたらんと見ゆるもあり。流石に嬉しき事なり。教育の事一言説きてよと教員たちの請ひしかど、例のいたつきなるよし云ひて、たゞ一言、聊か打ち思ふふしを聞えつ。そこを出でて、遠近（をちこち）見廻らすに、旧藩主の館、城郭は更なり、藩士のも其の主（おも）なる家は、大方取り払はれて畑となり、田と変りたるに、桑の若木のみ、己れ所得顔に生ひ栄えたる、見るに涙もとゞまらず。たま〱残りたるも、主人（あるじ）は大方もとの主人ならじかし。惣じて此の地は、はやくより養蚕の業営む者少なからざりしが、歳月に添へて、いとゞ多く成りぬと伝へ聞きしが、げに桑苗の生ひたち他にすぐれたり。実生より今年移し植ゑたる、次の年の夏は長（たけ）五六尺に過ぎて、其の秋よりは秋蚕（ご）には摘まるとぞ。さるからに、有志者のこれを勧め励ましたりしも、やう〳〵かひあるさまに成りて、[271]浅見某など云ふ人を始め、甲乙相計り、製糸場をさへ起して、器械するゑて糸引かせつ。輸出も年々に殖えても行くよし、最と〳〵嬉しき事なり。[272]さるにより大方の生活状態も、こと所のに比ぶれば遥かに高う見ゆ。但し旧藩士のそのかみ裕かに世を過ぐしたるは、かへりて見る影もなく衰へて、傾ける門破れたる垣のもとに、幽かに住み佗びたるもあり。ありし世の事を思ふに最と悲し。

此所にありつる程の事は、余りにくだ〳〵しければ、大方省きつ。

今一日二日許りもと、車にとりすがりて、人々切にとゞめつれど、都よりも速(と)く帰り来(こ)と言ひおこせたれば、帰さの急がれて、心は残れど強ひて袂を分ちぬ。昨夜の雨に山路いたくぬかりて、車の進み遅かりしかば、夜半近く成りてぞ、辛うじて多治見村なる[273]西浦氏がり着きぬ。こゝには、かねて知りたる人の名古屋

[268] 勝川家は屋号を松屋とする江戸末期から台頭した商家。江戸後期の建物（町家建築）は、「江戸城下町の館　勝川家」として現存。

[269] 明治六（一八七三年）知新義校が開校。校地と校舎は岩村藩の藩校・知新館を使用。のち、明治十九（一八八六）年巌邑小学校に改称し、簡易科、尋常科、高等科を設置。明治二十二（一八八九）年七月、町制施行し、岩村町が発足。現在の岩邑小学校は、旧来の岩邑小学校と大成小学校を統合し、昭和三十七（一九六二）年に新たに開校した小学校。

[270] この年月、立ち慣れた都のすばらしさも、自分の身の幸いのありがたさも痛感されるのである。

[271] 浅見与一右衛門(あさみよいちえもん)。幕末から明治期に岩村町再建に尽力した大庄屋で、実業家であり政治家。旧家浅見家九代目当主。岐阜県議会議長や衆議院議員を歴任した。岩村城址公園に銅像、大井町中央通りには顕彰碑が建てられている。

[272] そのようなことで、あらかたの生活状態も別の場所に比べれば、はるかに高い水準に見える。

より来て、われらの今日来べきよし伝へ聞きたりとて、其の心がまへして、更くる迄待ち居（を）り。此の家には、嘗て遊びつる事のありしが、其の折は主人の妻も我に一つ二つ許りが年長（このかみ）にて、いみじうよき遊びがたきなりき。そがむすめはやう十一二歳ばかりになりて、いと美はしう生ひ立ちたり。かゝる山里に閉ぢこめたるも、最と可惜（あたら）しく覚ゆ。此の子のたけだちを見るに、年月の積りもしるく、うち驚かるゝ事のみなり。昔がたりかたみに尽ねど、明日は四日市の船にと思へば、心あわたゞしくて、明け離れぬ程にこゝを出でゝ[274]宮駅に至る。母君は来しをりの船路に懲り給ひしかば、引き別れて陸路を帰り給ふべしとて、家人の、更に迎への人おこせたれば、陸と海とに行き別れんとす。二日三日の後にはあひ参らすべきなれど、[275]此の日頃同じ所に起き臥し馴れまつりしかば、さすがにたゞならず。

箱根山も平らかに越えて、速く帰り着き給へなど、いひ〳〵して船に乗り移る。遠州灘のあたり、船打ち揺ぎたるよしなれど、昨夜はいも寝ざりしけにや何事も知らず。夜明けて後、室の外に立ち出でんとするに、足の立ちどゆらめきて歩み煩ふ。今日も風立ちて、波のうねりもやゝ大きなりと外（と）なる人ぞいふ。辛うじて甲板上に登りて見れば、げに風烈くて吹きもたふされぬべく覚ゆれば、再び帰り入りて臥したるに、また打ちまどろみたるにやあらん、船果て候ふ、起き出で給へと耳もとに言ふ声す。さはとて、窓より首さし出でゝ見れば、既に横浜の港近く見ゆ。わが懐かしき故郷人の、こゝに来てや待つらんと思ふに最と嬉し。こゝを離れしは、昨日ばかりの事のやうに覚ゆるを、旅衣重ね来し日数をかき数ふれば、はやう既に四十四日が程にぞ成りぬる。

[273] 西浦円治（えんじ）は実業家。明治二十一（一八八八）年五代目を継いだ。翌年名古屋に製陶工場をつくり、横浜に西浦商会を設立。次いで多治見貿易をおこし、明治三十二（一八九九）年ボストンに支店を開設。輸出に力をそそぎ、西浦焼の名をひろめた。一八五六―一九一四。

[274] 105頁、注[21]参照。小型蒸気船を運行している宮駅（熱田港海岸）。

[275] この日頃、同じ所で起き臥し慣れ申していたので、さすがに平気ではいられない。

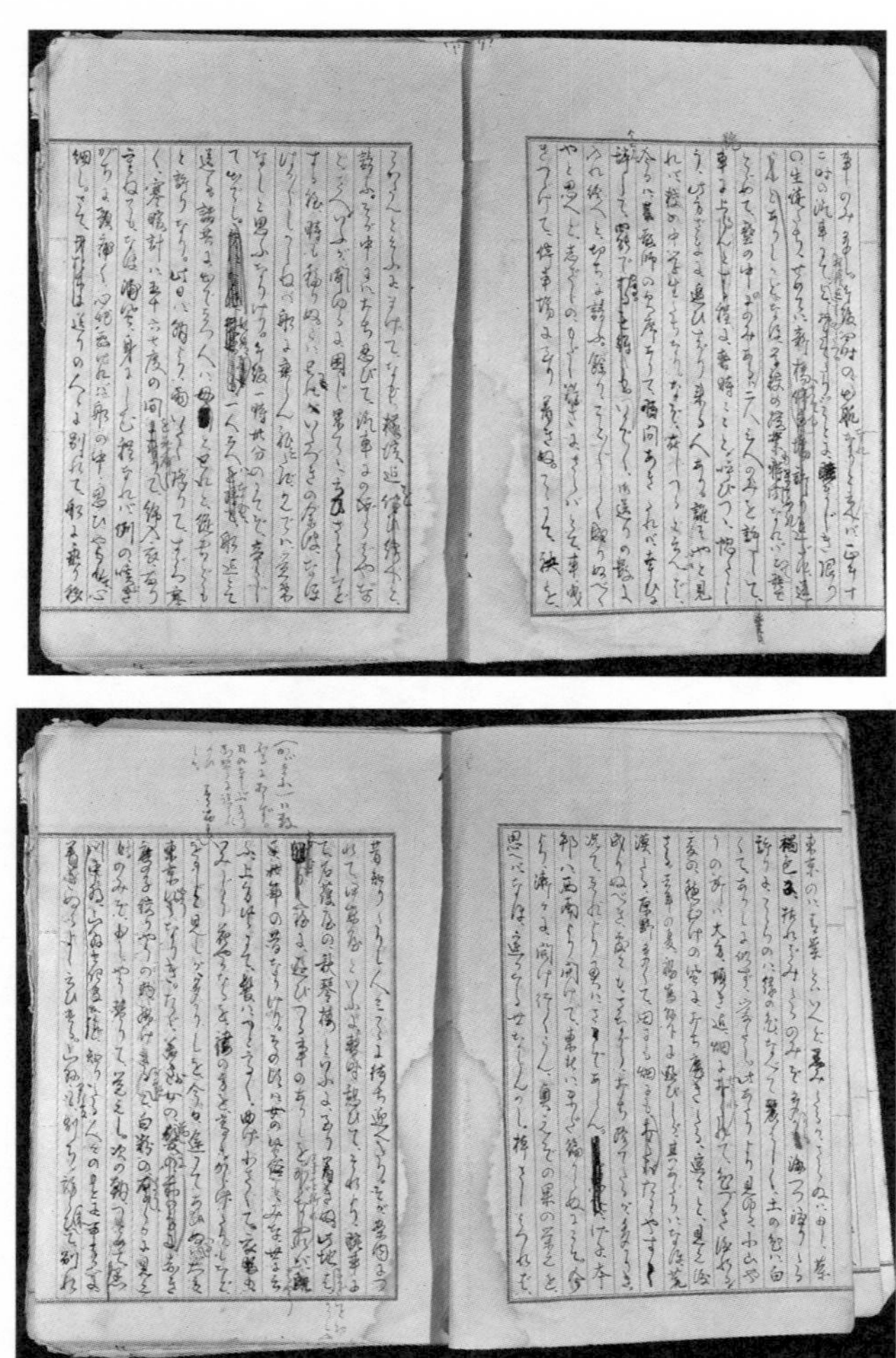

日光観楓之記

（明治二十三年）

日光観楓の記（明治二十三年）

[1]玉篋ふたらの山には、[2]高輪なる御ふた所の姫宮がたの御なりどころ在しませば、御けしき承はらんとて、夏毎の御避暑中には、必ずまうのぼるが習ひにて、かしこの山水は、恰も旧知己の心地ぞする。をかしき岩のたゝずまひ、面白き滝のけしきも、始めこそあれ、遂には目馴れて、御供の外には、ふりはへて尋ねる事もせずなりて、事はつればまかづるが常なりき。

されど斯くまう登る毎に、秋の紅葉を見ぬことやあるなど人々に言はれつれど、公け私しことしげき身には、げに一たびはと思ひ渡りながら、序なくて年頃に成りぬ。今年[3]天長の佳節は、いとよき日和なるに、明日もいとま給はるべき日なれば、[4]いざかの紅葉の蔭にをと、そゝのかさるるに、さらばとて、明日を契

[1]「玉篋」は「ふた」などに係る枕詞。「ふたらの山」は現在栃木県日光市にある男体山。
[2]明治天皇第六皇女常宮（昌子内親王）と第七皇女周宮（房子内親王）。高輪御殿で養育された。
[3]天皇の誕生日を祝った祝日。明治六（一八七三）年に十一月三日と制定された、
[4]さあ、あの紅葉の蔭に行こうと（紅葉を見に行こうと）、その気にさせられたので、

りて別る。諸共なる人は、同じ校につかふる限りしてなれば、いと心易し。

十一月四日、午前五時といふに出で立つ。

　　むら鳥塒はなるゝ声はして未だ明けやらぬ霧の中道

牛乳配達、新聞配達、さては巡査のちまたに立てる外には、なほ人もみえず。いと静かなる都大路軋轢り行く、わが車の音のみ高う覚ゆるもをかし。[5]万世橋渡るほどより少し明け初めて、人影しげく成りゆきぬ。

　　紅に雲は匂ひて朝日まだのぼらぬ軒にけぶり立つみゆ

上野の停車場にいたり着きぬるは、五時五十分ばかりなり。契りつる人々此所に集ひて、六時三十分といふに発車す。空少し曇りたれば、雨にやならんと危みて、携へ来たる新聞とうでゝ天気予報みれば、晴後曇とあるに、心落居たれど、山路は雨多きが習ひなるを、[6]花ならねば陰にかくれんともいはれじを、などいひしらふに、

　　うしろめた時雨としもや成りなまし紅葉の色に匂ふ朝雲　　[7]鳥山啓

　　八束穂のたりほの稲に秋みえて朝霧なびく遠の山本　　[8]近藤嘉三

　　内日さす都の人を二荒の山の紅葉も待ちわたるらん　　[9]松本栄子

早稲は大方刈り尽して、晩稲の稲穂重げに置きあまる露も、げに玉の価とぞおぼゆる。

ひえ鳥の声かしがまし柿の実の赤らみわたる山本の里　歌子

賤がやにふさはしげ無きみすまるの真玉は柿のあゆるなりけり　啓

ひな曇り薄き日影に風たえていなばの雲も朝じめりせり　同

利根川堤はるかに見ゆる程より、雲やうく〳〵なびき初めて、朝日花やかにさし出でたり

朝霧の中に煙をとゞめつゝとね川堤行く車かな　栄子

大方の野はかれ果てゝ山畑の柿ばかりにも残る秋かな　嘉三

[10]きぬかつぎといふものを人のすゝめらるゝに、

[5]　現在東京都千代田区にある、神田川に掛かる橋。
[6]　桜の花ではないので、花の陰に隠れようともいわれまいよ、
[7]　博物学者、作詞家、軍艦行進曲（軍艦マーチ）の作詞で有名。華族女学校教授。一八三七―一九一四。
[8]　華族女学校国文課授業嘱託（一九〇〇年九月―一九〇一年四月）。
[9]　ジャーナリスト。足尾銅山鉱毒事件の報道で知られる。華族女学校雇教師。一八六六―一九二八。

いもやさははづかしとのみ思ふらんかづきし衣をはぎとられつゝ　　啓

ゆで玉子といふものを売り歩くを見て、

明け急ぐ八声の鳥の子よりけにきぬかつぎせしいもをしぞ思ふ　　歌子

[11]しもと原の中を車のよぎる程、

わきて置くものにもあらぬ露霜にぬるでやひとり色濃かるらん　　啓

汽車は十時ばかりに日光に着きぬ。小西といふが家の支店に憩ひて、[12]先、案内人傭ひ、割籠やうの物担はしめんとするに、急(とみ)の事なればこゝに人無し。しばらく待たせ給へといふに、人々心焦(いら)れして、[13]あたら時を移さんよりは、などか自らしても持たれぬ事かあらんとて急ぎ立つ。停車場にそひたる道を伝ひてゆく程、小西が家の老嫗、やゝと呼びとめて追ひすがり来。何にかと問へば辛うじて事(つか)うまつらすべき老女(おうな)ともなひまゐれりと言ふ。さらばとて、人々の手にしたるを担はせんとするに、荷思ひの外に多くていと重げなり。[14]わが供なる女の、残れるは己れもてまゐるべしとかしこう言へど、彼れは都にのみ人となりぬるにて、えはかゞしうは為(し)あへじと危む。[15]秋山ぬしこれを見て、汝(な)が常に負ひて、山路行通ふといふ籠(こ)もて来かしと言はるゝに、[16]老女打ちゑみて、げにく、ぬしこそ能く荷負ふことは心得給ひつれといふに、みなさと笑ふ。

山にかゝれば、霜枯れたる草の中に、竜胆の花のみ濃き紫の色鮮かにて、茎長うさし出でたるにぞ、先、眼はとまる。[17]人々根ながら掘り取らんとて、絹傘の柄のさきして掘る。傘は土に塗れて穢なげになりにたれど、根は切れてはかなげなる花のみ手に残りたるいと口惜し。[18]田中阿歌麿ぬしこれを見て、己れよき物まゐらせんとて、金槌取う出て給はる。其に力を得て我後れじと掘り騒ぐ。[19]さるは、ぬしは地質学者にて在すれば、かゝる序にも、礦物やうの物尋ねんとて、斯く用意はせられたるなりけり。

[10] 里芋の小芋を皮ごと茹でたもの。
[11] 不詳。
[12] 先ず案内人を雇って、食べ物の入った食器を運搬させようとしたところ。
[13] もったいなく時間を無駄にするよりはましだと。
[14] 私の供の女が残りは私が持っていきますと健気に言ったが、都の中だけで大人になった者なので、うまく運べないのではと危ぶんだ。
[15] 秋山様がこれを見て、お前がいつも背負って山道を行き通っているという籠を持って来なさいと言われたところ、
[16] 老女は笑みを浮かべて、「そう、そう、あなた様はよく荷物を担うコツを心得ていらっしゃる」というと、一同みなどっと笑う。
[17] 人々は根が付いたまま掘り取ろうと、絹傘の柄の先で掘る。傘は土にまみれて穢くなったけれど、根は切れて見る影もなくなった花だけが手に残ったのはたいそう残念だった。
[18] 地質学者。日本の湖沼学の先駆者。子爵。華族女学校教授、のち中央大学教授。一八六九—一九四四。
[19] 実は、田中様は地質学者でいらっしゃるので、このようなついでに、鉱物のたぐいを探そうということで、このように（金槌を）準備されていたのだった。

斯くて山深く分け入るまゝに、紅葉の色、霧のたゝずまひ、浮世の外のこゝちしてえもいはずをかし。大方の草は霜枯れにたれど、例の竜胆は今を盛りに我は顔に咲き誇りたるに、地楡、松虫草などの、をりく交りてはかなげに匂ひたる、一きはあはれなり。登り果てたる所に、さゝやかなる茶店あり。[20]頭に霜をいたゞける媼の、憩ひ給へくと言ふく、渋茶もて来たるに、人々も足やうく労れつれば、いざとて簀に腰打ちかく。少し物欲しう成りたれば、まづ、此所にてをとて、くだ物やうの物とうでゝまゐる程、帰さとおぼしく、学生だつ少女の二人三人此方ざまに来。我に均しき人も在しけりと打ち思ひつゝ、[21]彼方を見やれば、帽子脱ぎて、こはくと言ひて、近づき来る人こそあれ、誰にかと見れば、[22]岩本善治ぬしなり。ぬしも此の山の秋を探らんとて、をしへ子達ゐて昨日より来つ。今朝はまだきより分け登りて、今下らるゝ所なり。[23]霧降は少し遅し、裏見のかたこそよけれと言はれたるいと口惜し。今日は霧降にやせん、裏見にや行かんと、人々心まどひて、何処にかと定めかねたりしが、なほ霧降の景色ゆかしうする人多くて、此の方の心よせに勝たれにけり。裏見に心よせの人は、さればよなどつぶやくめり。[24]いで今はいかがはせん。いざとくなどそゝのかして、岩本ぬしに引き別れて急ぎ登る。[25]男がたの足ときは、いち早く行きつきて、あなめでた、とく在せと呼ばるゝ声に力を得て、足の労れも忘れて走り登る。滝を見る所には、怪しの小屋しつらひて守る人あり。谷を隔てたる、向ひの尾より漲り落つる滝のしぶきは、げに霧降の名に背かず、晴れたる空の光も曇らはしう見ゆるに、千歳の松の緑のひまよりかゞやき出でたる紅葉の錦、[26]しくもの無しとは是れをぞ言ふべきとおぼえて、濃き、薄き、紅、黄、えび色、朽葉色などは更なり。名も知らぬ色の限りして、造化の神の心のまにまに染めつくしたる、此の世のものとしも覚えず。[27]少し移ろひがたなるが見ゆるしもこそをかしけれ。来ざらましかば口惜しからましと思ふにつけて、我は幼けなきより、自然を愛する心深くて、やうく物思ひ知る頃より、いかで山水の隈に一人住して、花紅葉の蔭に世を尽してしがなと願ひたりしに、[28]大方はみな事心と違ひて、人やりならぬ世のことわざの繁みに身を囲はるゝ事よ。[29]名利に使はれて、静なるいと間もなくと言はれたりけん。其の法師に笑はれぬべきをなど、思ひ屈してつくぐとたゝずみ居たるに、人々真昼は早う過ぎにけるを、いざ割籠開きてをなど言はるゝに、さはとて、おのく携へたるどもをとう出てものする程、

[20] 頭に霜を頂いたような（白髪の）老婆が。
[21] あちらを見やると、帽子を脱いで「これは、これは」と言って、近づいてくる人がいる。
[22] 教育者。女性解放運動に尽力。明治女学校校長。一八六三―一九四二。
[23] 霧降の紅葉は少し遅い、裏見の紅葉のほうが良いと言われたのはたいそう残念だ。
[24] さあ、今となっては行き先を変えるわけにはいかない。さあ、早く行こうとせきたてて。
[25] 男たちの中で足が速い者。
[26] 勝るものがないとはこれを言うのだろうと思われて。
[27] 少し紅葉が移ろいかけているのが、ついその様子を見ても許してしまうのが面白い。来なかったならば、どんなに残念だったろうと思うにつけて。
[28] たいがいは皆、実体は心と違って、誰のせいでもなく世の中の多忙な雑事にその身を囚われてしまうことよ。
[29] 世間的な名声と現世的な利益に翻弄されて、心休まる暇もなく、と言われていた。そう言っていた法師（兼好法師）に笑われてしまいそうだなどと、ふさぎ込んで、ぽつねんと佇んでいると。「名利に使はれて、静なるいと間もなく」は『徒然草』の一節である。

いゝけしき歌の一句も出でばこそあきれて口の開いたきりふり
啓

と例の口とく戯言はれつ。さしつぎてまた、同じ人、

まづこそは思ひよらるれ言ひふりし紅葉の錦たきのしらいと

昼飯果つれば、皆人こゝにてのみ見んはいと飽かず口惜し。[30]いざ滝のもとにと言ふに、われも後れじとあえぎ下る。[31]鳥山ぬしは足の搬び覚束なければ此所にとゞまらんとある。げにとてこゞしき岩角踏みさくみて下るゝ程、時々石のころ〳〵と転び落つるいと危し。滝川のほとりに下り立ちて見れば、近増さりして、やう〳〵傾きもてゆく入日に映えたる色えもいはず、たとふるにもの無し。[32]散りがたなる蔭にさし寄りて、

唐錦おりめ乱れて見ゆるかな縫ひとゞめてよ滝のしらいと

岸の巌は、苔の席厚う敷かれたるに、人々腰打ちかけ、寄りふしなどして、たゞあゝとのみさし仰ぎ居たり。

滝川の末より見れば秋のたつ錦は空のものにぞありける

斯くながら世をも遁ればやと思ふまゝに、

ことならば苔の衣をしきたへの枕にからん岸のいはがね

岩がねに落葉かさねやそへてまし苔の衣のやれ目見ゆるに

ふと足もとをのぞき見たるに、[33]何人のしわざにか、笹折、竹の皮やうの物穢げに取り散らしたり。など漲る水のたゞなかには、打ち込みていなざりけんといと憎し。

ともすれば浮世のちりのまじるこそこの山水のにごりなりけれ

己れも人まねに斯く思ひつゞけぬる。[34]とり直させ給ひてんやとて、藤波愛子が歌ひ出でたる。

摘みいでん言葉もしらぬ紅葉かないかなる露の染めつくしけん　愛子

霧降の滝のしぶきや染めつらんあたりの紅葉色のことなる

[35]たゝまく惜しき木蔭なれど、日は早う西の山の端近う成りて、風さへ少し身にしむ心地すれば、せん方無くて、もと来し道をたどり帰る。若き人の足とくのぼるが憎ければ、負けじ魂に後れじと追ひすがる程、いかにしたりけん、眼くるめきて胸さへ苦しう成りにたれば、道のほとりの草むらに臥して、侍婢(ひと)しておさへさす。心地はいかにと人々の心もとながるゝがいとほしくて、

[30] さあ滝の元に行こうと言うのに、私も遅れまいとあえぎながら下る。
[31] 鳥山様は足の運びがおぼつかないので、ここに留まろうと言う。なるほど、ごつごつした岩角を踏み分けて下る間、時々石がころころと転び落ちてたいそう危ない。
[32] 散り際の木陰に近寄って。
[33] 誰の仕業か、食べ物を包んでいた笹や竹の皮のようなものが汚そうに散らかっている。どうして漲る水の中に打ち込んで去らなかったのかとたいそう憎い。
[34] 沈んだ気持ちをお戻ししようと、藤波愛子が歌い出した。藤波愛子は華族女学校助教（一八九八年一月―一九〇六年四月）。
[35] 立ち去るのが惜しい木陰であるけれど。

　後れじの心の駒ははやれども老いにけらしな身のつかれたる

とこそ言はまほしかりしか。されど、束の間にしてよろしう成りぬ。帰りつきたれば、

啓

　滝の音のひゞくみたにはかげろひて夕日さやけし岸の紅葉

　むら紅葉てらす岩垣霧はれて夕日をあらふ滝つしらなみ

など許多ありしかど、えも書きとゞめあへず。火ともし頃に日光町まで帰り着きつ。[36]大谷（だいや）川の橋渡るほど、かなたの橋を越えて帰り行く人の、手毎に紅葉かざしたるが、辛うじて我が折らせつるよりは、色ことによかりければ、[37]塚原律子の、彼見給へ、紅葉は西山の方こそ増さりためれ。公けのとがめ蒙るとも、いかで、今一夜をこゝに明かして、尚山深くこそ尋ね入らめ。いかに許し給ひつべくやと言はるゝ。[38]げに我もさこそ思ゆれなど言ひて、町にかゝるほど、と見れば、今見つるよりも、なほ一きは愛たき紅葉折りはへたる人の、我が名を呼ぶに、[39]誰そと問へば、瓜生ぬしなり。先ことぐも無くて、うるはしの枝やと打ち歎きつれば、げに持（も）たまへるは劣りにけり、これまゐらせんとて、殊に色濃きを分ち与へられたる、嬉しさものにも似ず。

　立ち帰りまたも来て見ん二荒の山の紅葉われをわするな

午後六時十分の発車に後れじとまどひ乗る。

　紅葉がり山路くらしてかへるさの田面は月の影になりぬる

　置く露やふかく成るらし寄せかへる稲葉の波に月やどるなり

とひとりごちたれば、烏山ぬし、己れも斯くとて、

とくはしる車の窓の月見れば山の端にぐるこゝちこそすれ

心も置かぬどちして物語しつゝあるに、つれぐも無くて、車は早う上野停車場に着きぬ。

つぐの朝、学校にのぼりて、[40]紅葉見ぬ人こそ、いとうつけたれなど言ひて、口惜しと思はせんとて、惜しき枝を少しづゝ折りて、昨日え行かざりつる人々にわかつ。

[41]坂正臣ぬしのもとへ

[36] 日光市を流れる、利根川水系鬼怒川支流の川。

[37] 塚原律子が「あれを御覧なさい、紅葉は西山のほうが勝っているようです。公の咎めを被ったとしても、何とか今一夜をここに明かして、なお山深く尋ね入りたいものだ。何とかお許しいただけないか」と言われる。塚原律子は図画教員。初め、本多錦吉郎の彰技堂に学び、後に川村清雄についた。明治二十（一八八七）年—三十九（一九〇六）年華族女学校勤務。明治三十二（一八九九）年—明治三十九（一九〇六）年実践女学校にも勤務。明治二十三（一八九〇）年八月には下田歌子の父の肖像画を描いた（「明治廿三年ヨリ日記香雪女史」実践女子大学図書館蔵　下田歌子関係資料三二）。

[38] 「なるほど、私もそのように思います」などと言って。

[39] 「誰ですか」と問うと、瓜生様だった。まず他の事はなくて、「すばらしい枝ですね」と嘆いたところ、「なるほど、お持ちになっているのは劣っています、これを差し上げましょう」と言って、格別に濃い紅葉の枝を与えてくださる。嬉しさはたとえようもない。

[40] 「紅葉を見ない人はたいそう愚かなことだ」など言って、悔しがらそうと思って、大事な枝を少しずつ折って、昨日行くことができなかった人々に分けた。

かくばかり移ろはましや言の葉の露の恵のかゝらましかば

枯れがたなる葉に書きつけてやりたれば、

諸共に行きてたをらばうるはしき言葉のつとは得がたからまし　　正臣

[42]なほ負けじとすまはるゝいとねたし。[43]浅岡一ぬしの、歌はいかにとあるに、[44]紅葉はいとくうるはしかりき。されど言葉の花は、えこそ摘み得ざりけれといひたれど、ゆるさるべくもあらねば、[45]反古のまゝながら見せたるに、[46]浮世のちりとある所のはしに、

山水にうき世のちりのまじらずばたれ霧降の名をもしるべき

となじられたる、[47]げにとこそ覚えたりしか。

[41] 歌人。書家。宮内省御歌所寄人。華族女学校教授（一八九二年十二月―一九〇六年四月）。一八五五―一九三一。

[42] なお負けまいと意地を張られるのがたいそう妬ましいことだ。

[43] 華族女学校教授兼幹事（一八九三年十一月―一九〇六年四月）一八五一―一九二六。

[44] 「紅葉はたいそう美しかった。けれど言葉の花（和歌）は、うまく摘むことができなかった（詠むことができなかった）」と言ったが、

[45] 未整理な草稿の状態で見せたところ。

[46] 225頁「ともすれば浮世のちりのまじるこそこの山水のにごりなりけれ」

[47] なるほどそのとおりだと思ったことだった。

解説

久保　貴子

ここに『新編下田歌子著作集』第二期の第一冊目として、『紀行随筆　よもぎむぐら 上』を復刊する。下田歌子は、その生涯において『和文教科書』（明治十八・一八八五年）などの教科書類、『泰西婦女風俗』（明治三二・一八九九年）などの修養書類、『家庭文庫』（明治三十・一八九七年～明治三四・一九〇一年）などの文庫類、『信越紀行』などの和歌・日記・紀行類など極めて多くの著作を執筆し、精力的に世に問うている。一冊の書籍として刊行されたその数は、八十を超える。同時代を生きた女性の作家や先駆的な女性教育者の著作と比較しても、群を抜いて多い。それだけ同時代において下田の著作は需要があり、広く読まれていたのだった。しかしながら現在、これらの著作の多くが、入手困難な状態にある。そこでこれまで、現在絶版で、尚且つ現代社会や女子教育に資することが大きいと考えられる作品を選び、『新編下田歌子著作集』第一期（三元社）として刊行してきた。既刊は、以下の五冊である。

・『婦人常識訓』（校注・伊藤由希子、二〇一六年）
・『女子のつとめ』（現代語訳・伊藤由希子、二〇一七年）
・『女子の心得』（校注・湯浅茂雄、二〇一八年）

・『結婚要訣』（校注・久保貴子、二〇一九年）
・『良妻と賢母』（校注・久保貴子、二〇二〇年）

今期も第一期に続き、現代の読者の理解に供するために、人名や歴史的な出来事を中心に注記を加える。

第一冊には、下田歌子の自撰著作集である『香雪叢書』（全五冊）に収載された『第一巻　紀行随筆　よもぎむぐら』を上・下に分冊して復刊する。下田歌子は、明治天皇の第六皇女常宮昌子内親王（後の竹田宮妃）と第七皇女周宮房子内親王（後の北白川宮妃）の教育掛の内命を受け、明治二十六（一八九三）年九月から明治二十八（一八九五）年八月までの約二年間、西欧諸国の女子教育の状況を視察した。この渡欧経験は教育者としての下田歌子のターニングポイントと言っても過言ではないほど、下田の人生に大きな影響を与えることになった。底本『第一巻　紀行随筆　よもぎむぐら』は全一冊（四六版、四九四頁）であるが、このたびの「新編下田歌子著作集」では、渡航前までを「上」とし、渡航から渡航後の作品を「下」に分かっての刊行とした所以である。「上」には『東路之日記』から『日光観楓の記』の十二作品を、「下」には『外の濱づと』から『花吹雪』の九作品を収める。

下田歌子の著作集『香雪叢書』は、下田の晩年ともいえる昭和七（一九三二）年～昭和八（一九三三）年にわたり、実践女学校出版部が刊行した下田の自撰による著作集全五巻である。実際の編集作業には、栗原元吉（栗原古城。実践女子専門学校教授。英文学者）があたった。第一巻の「凡例」によると、全六巻の刊行を想定していたことがわかる。さらに、そこには、いずれ刊行される「下田歌子全集」の前哨として、下田の喜寿記念事業の一つとして企画したことが付記されている。叢書の構成内容にも言及があり、下田の著書の中から三巻を選び、想定した全六巻中の他の三巻は未発表の紀行、随筆、和歌、源氏物語講義等を集録することにしたとある。今あらためて実際に刊行されたラインアップを振り返ると、第一巻『紀行随筆　よもぎむぐら』（昭和七・一九三二年十一月）、第二巻『歌集　雪の下草』（昭和七・一九三二年十二月）、第三巻『日本の女性』（昭和八・一九三三年一月）、第四巻『増補訂正　婦人常識訓』（昭和八・一九三三年三月）、第五巻『増補訂正　家庭訓』（昭和八・一九三三年五月）となっている。『下田歌子全集』は実際には刊行されず、『香雪叢書』も当初の予定とは異なる形となったが、『香雪叢書』の刊行された五巻は下田自身が、著作集に収載するに相応しいと判断し、刊行に至ったことを重く受け取るべきであろう。第一巻について下田は「はしがき」に次のように述べている。

「此の叢書の第一巻は、自分の少年（ママ）時代のものより、大正年中迄の間に記したものであります。此の中には省いても善いと思ふものもあり、又ある時のは記して置きたかったのにと、後から少し残念に思ふものもありますけれども、筆を執る時間が少しも無かったり、後で書こうと思って書きかけて止めたりしたものがあったりして、誠に意に満たないものが多いのでございます。」

下田自身は他にも書きたい対象があったことや推敲不足を記してはいるが、少女時代の才気が躍動する感のある『東路之日記』をはじめ、出仕時期や教員時代の下田の肉声を思わせる日記、紀行、随筆を収めた本巻は時代の貴重な証言であり、史料的な価値が認められるだろう。宮廷時代の、皇后を初めとする主人への賛仰の思いや女官同士の交流、紀行文からうかがえる、当時の交通事情を含めた地方の暮らしの実態、折々に挟まれる女子教育への熱い思いの告白など、読みどころも多い。何よりも典雅な和文、和歌によって構成された達意の文章は、時に辛辣な批評や諧謔な表現を交えつつ、読む者を魅了してやまないだろう。

以下に、本書に収める作品の概要を記して、その簡単な案内としたい。なお「日光観楓の記（明治二十三年）」について、明治三十三年（一八九九）年の誤植あるいは下田自身の記憶違いかとの説もあるが―愛甲晴美氏「実践女子大学図書館蔵　下田歌子自筆日記について㈢」「女性と文化3」二〇一七年三月―、本書は底本の表記を尊重した。

「東路之日記」（明治四年）

嘉永七（一八五四・安政元）年、美濃国岩村藩（現在の岐阜県恵那市岩村町）に生まれた下田歌子は、前年に神祇官宣教使史生に任ぜられて単身上京した父・平尾鍒蔵の後を追って、明治四（一八七一）年満十六歳で上京する。『東路之日記』は、この上京の旅日記で、岩村から東海道の宿場沿いに箱根山を越えるまでを綴る。下田歌子の原点に立つ作品で、全てはここから始まったと言っても過言ではないだろう。歌枕を詠み込みつつ感動を伝えるが、「かくて後、兎角心地悪くて、又日記も書かずなりぬ。」と筆を置いていることから、年若い女性のその当時の旅の過酷さを物語ってもいる。この道中で、下田歌子は「錦着て立ちかへらずば三国山またふたゝびは越えじとぞ思ふ」（のちに初句「綾錦」）の一首を詠み、生涯を通しての代表歌ともなった。自筆原稿は散逸するが、僅かに『香雪叢書　第一巻』「紀行随筆　よもぎむぐら」口絵（本書口絵に転載）にその一部が遺されて面影を今に伝えている。

「浜御殿に候して」（明治六年）

下田歌子は、上京した翌年の明治五（一八七二）年、八田知紀、高崎正風らの推挙によって宮中に出仕した。「こは己れ宮仕してまだ一年に足らぬ程の事なり。」と記すように、『浜御殿に候して』は、その翌年の明治六（一八七三）年十月二十五日、明治天皇皇后美子（はるこ）（後の昭憲皇太后）の供をして浜御殿（浜離宮）に出かけた時の随筆。皇后美子は、『昭憲皇太后御集』が遺されるほどに歌を好んだことで知られるが、当時の有名な歌人であった米田本子、間宮八十子、跡見花蹊らと共に「浦秋」という題詠歌を詠み交わした時の様子が描かれている。「己れは今日まで、見もしらざりし間毎々の玉の灯火きらびやかに、磨きなしたるおほみ鏡にうつるを見るも、我ならぬ心地して、かしこさ嬉しさ言はん方なし。」とこれまでの自分が身を置き過ごした日常とは別世界の様子に「自分ではないような気がして、ありがたさ、嬉しさは言いようもない」との感動を綴っている。折から、同年十月十四日新橋―横浜間に開通した直後の蒸気機関車を、浜御殿から活写している記録としても貴重。

なお、本作品の初出は、「新聞雑誌」（第百八十号、日新社、明治六・一八七三年十二月）である。次の一文を添えて載っている。

○岐阜県士族平尾鍒蔵の女子歌子と云へる人官級十五等にて皇后宮御側近く出仕せしに　当十八歳にて和歌筆跡に巧みなれば此頃十三等出仕に昇級せりと斯女先般皇后宮浜殿へ幸啓供奉の節和文にて作りし道の記を得たれば左に掲ぐ（『日本初期新聞全集　64』ペリカン社、平成十二・二〇〇〇年）

「新聞雑誌」は、明治四（一八七一）年五月、木戸孝允が新政府の施策の徹底と人心の啓発を図るために新聞の発行を決意し、山県篤蔵を主任として創刊したものである。

なお、『香雪叢書』に再録するにあたり、下田自身が「新聞雑誌」に掲載されたものに推敲を加えているようである。

「洗心亭に陪して」（明治七年）

明確な日時は不明であるが、「垣根の梅」、「ともすれば雪もかつちるものから」、「今日はいとよう晴れて、空の色もやう〳〵霞み渡れるに」と書かれることから早春の良く晴れた一日のことであろう。后宮は少し体調が優れないものの、天皇の勧めもあり、気分転換に洗心亭に出かけた。振る舞い酒の中、入相の鐘に風情を感じつつ、登場した子犬をめぐっての無風流な出来事をも記す、下田歌子の宮中生活を垣間見ることができる作品と言える。

「御発輦のあした」（明治九年）

明治天皇の陸奥行幸に際して、皇后は千住まで見送った（六月二日。『明治天皇紀』第三、吉川弘文館、昭和四十四・一九六九年）。「御ふたところの御輦（みくるま）の蓋（かさ）とり除けつべし」との指示に慌てる女官達の様子や、天皇・皇后が不在のわびしい様子を「堤にあふれし水の俄に干（ひ）果てたらんやうにて、」と記す。小品ながら、宮だけでも早く帰ってほしいとの願う様子から皇后美子への信頼と、「洗心亭に陪して」と同様に下田歌子の宮中生活の一端を窺い知ることができる。

「鈍色の雲」（明治九年）

明治天皇の第二皇女で大正天皇の同母姉、昭和天皇の伯母にあたる梅宮薫子内親王の崩御直前から埋葬までの様子を記している。天皇の陸奥行幸からの早い帰還を願い、生母・柳原愛子のもとに使いを出すなど気遣う皇后が「終にとのみ」との知らせに「御寝所より転び出で」「神はなきかと打ち歎く」姿は胸を打つ。また、「御櫛筐の具とく奉らせ給へ」との言葉に従い、「いと悲しうくれ惑ふ心を、思ひ強りて取りぐして奉りつ。」と準備する下田の姿には、内親王崩御後の皇后の悲しみに寄り添う姿が見られる。生涯の友となる楓内侍・税所敦子とともに下田歌子が、弔いの歌を手向けている点なども注目に値する。

「楓のもとを離れて」（明治九年）

明治天皇は、この年の六月二日～七月二十日、北海道・東北地方へ巡幸していた（前掲『明治天皇紀』第三）。その間、皇后は体調を崩したことから医師や女房たち、また大臣たちの強い勧めに従って、しぶしぶ箱根へ湯治に出かけた。楓掌侍・税所敦子は、皇后の供に加わったが、下田歌子は留守居となった。その折のことを記したもので、皇后の衣装描写や皇后不在の寂しさ、宮中の風情ある日々も綴る。皇后の帰りを待ちわびつつ、自身が風邪気味であることも記している。この年五月には天然痘予防規則布達がなされるなど、はやり病への恐怖もあったものか、当時の宮中生活を知る上で貴重と思われる。

「御苑観楓伺候の記」（明治九年頃）

十一月二十六日、「衆芳亭（しゅうほうてい）」で天皇・皇后の仰せで催された歌会の様子を記したものである。末尾に「明治九年頃とおぼゆれど、さだかならず。」と附記している。九条道孝、高崎正風、嵯峨実愛（さねなる）らが集う歌会に侍したことを大変恐縮しながらも「嬉しきこと限りなし」と喜びを吐露し、「時さす針のはこびも、常よりは遅くおぼえて待ち奉るほどに、短き日影も長き心地す。」というほど参列することが楽しみであったと記している。皇后から歌の道のことを尋ねられた正風が、面目を施した出来事などを臨場感あふれる筆で綴っている。

「寂しき宮居の上」（明治十年）

明治十（一八七七）年一月二十四日、明治天皇は京都、奈良、堺、大阪への行幸に出発し、二月十一日には神武天皇陵を参拝した（『明治天皇紀』第四、吉川弘文館、一九七〇・昭和四十五年）。この行幸は折からの西南戦争勃発のため、長期化することになり、下田らが出仕していた宮中には、皇后と大后（英照皇太后（えいしょうこうたいごう）、九条夙子）も不在であった。この時の宮中の女官たちの動揺する様子を「思ひもかけぬ障り出で来て、まことに魂といふもの取られたるやうなり。」と生きた心地がしなかったと記し、西南戦争時の宮中の状況を今に伝える貴重な記録である。

御調度を御庫に蔵め、「御庫閉ぢ果つるを見るに物も云はれず、これは此所、それは其所とのみうなづきあふめり。」、「女房達例の火桶のもとにさし集ひて、とかくなげきかはす。」などの記述は生々しく臨場感がある。「二月中の十日ばかり」「月もかへりぬ」「同じ月の十日余り七日ばかり」「五月のはじめ」と日付を記す一方で、紅梅、土筆、桜、藤、子規といった歌語によって時の流れを綴る様からは、女房の伝統的な筆遣いを垣間見ることができよう。また、味方の傷兵が多く、「大后の宮、后の宮にも、みてづから作らせ給ふ」という綿繖糸で手当て用の白布を「こゝにも塵ひぢのはしばかりにても、さるみたすけにそふことならんには、いかで嬉しみ畏まざらんとて、皆諸心にはげみて、夜を更しつゝいとなむものから」と夜通し準備した様子も当時の後宮の切迫した様子を記し留めていて注目に値する。「女子の弥生の節句待ち侘びたらんやうにて」指折り数えて心待ちにしていた天皇・皇后が大后に少し遅れて海路で還御との知らせを聞き、下田は天にも昇るばかりに喜ぶが、延期された。

「寂しき宮居の下」（明治十年）

「寂しき宮居の上」に続いて、天皇・皇后の不在の日は続いている。「六月十日余りのほど」で、「池のほとりの菖蒲いみじう茂り増さり」という季節になった。嵐の夜に眠ることができず、「御軍に従ひなどして遠きさかひに引き別れ、こゝにとゞまりたるうからの類、いかに消えかへるらんなど、人のいたさぞ思ひ知らるゝや。」と思いをはせ、「宮だに残らせ在しまさましかば」と嘆く。

また、「小さき鳥のもろ羽そこなはれて、悲しげに打ち鳴きつゝ飛び廻るを見つけて、女の童の何心もなう追ひとらへ、ふせ籠にこめてめでもてありくを」と『源氏物語』第五帖「若紫」の場面を彷彿とさせる記述もある。宮中に留まっている人々への天皇・皇后からの気遣いの濃き紫色の巻布が届き、感涙を流している。

七月三十日に横浜に恙なく還御との知らせを聞き、今回は本当のことと思うと胸が苦しく、何事の分別が出来ないほどに涙にくれて、現実のこととは思われず茫然となったと綴っている。

「伊かほの記」（明治十三年）

冒頭には、「明治十三年七月末つかた　歌子」とする「はし書」を持つ。明治十三（一八八〇）年七月三日午前六時から筆を起こし、同月二十日までの悲喜こもごもの出来事を記した日次の旅行記である。この「はし書」から、帰京後、ほぼ十日という早い段階でこの紀行文が纏められたことがわかる。日付や時刻を記していることから、実際の旅程において周到な手控えが準備されていたと考えてよいだろう。この旅行記は筆の赴くままに書いたものだが、同僚たちが読みたがったため、隠しているのももったいぶって風流心がないようなので見せた、と成立事情も「はし書」に述べられている。

この前年、下田歌子は、かねてより病気が重く、宮仕えに堪えられず、宮中を辞していた。両親が心配する中、医者の勧めがあり、折から体調が万全でない柳原愛子、植松務子も伊香保に赴く予定もあり、彼女らの誘いもあって伊香保温泉へ療養に出かけた。母と従者を連れた気楽な旅であった。

伊香保は、温泉地として特に元禄時代前後から賑わいをみせた場所であった。下田が出かけた明治十三（一八八〇）年、浴客数は二万五三八人と記録されている（群馬県統計表）。当時伊香保方面までの鉄道はまだ通っておらず、「車はてて」と書いているように、馬車で宿場を辿る旅でもあった。

伊香保の地を訪れて、「都あたりとはやう異なりて」「いと面白し」と記しているように、旅先で気分が晴れた様子がうかがえる。新田、足利も近いと聞けば「まづ打ち偲ばれてゆかしうもあはれにも」と感じ、伊香保の宿の主がもとは武田信玄の重臣であったことを聞けば、「昔のゆかりたゞならぬ心地して」としみじみと思う。そこには、下田の父祖に対する意識が垣間見られる。

また、雨が上がると近くに出かけ「打ちわたす山々の姿やう〳〵顕れ初めて、夕ゐる雲のたゝずまひ、えもいはずをかし」と感動を記す。「山路の登り降りに、衣も汗に打ちひたりて、つき〴〵しからぬよそへなれど、泥にいきづく鮒に似たり」と旅先ならではの経験をユーモラスに綴る。しかし、折々「例の心地悪しければやみぬ」、「胸いみじうせきあげて、息も絶ゆるやうなるに」などと記すように、体調が思わしくない時も少なからずあったようだ。柳沢愛子、植松務子とは、作品中、多くの題詠歌を交わしているが、「己れのは引きも破りつべき心地す」と自分の詠歌に謙遜を忘れない。帰る日が近くなると宿の主をはじめ歌を請う人が絶えなかったとし、「終始物書き暮らして、身もいたう労れぬれば、とく枕につきぬ」「人々許多集ひ来て請ひしかど、うるさければ其の名も聞かず成りぬ」と疲労困憊している。下田の名声が偲ばれるところである。他にも、伊香保の宿での盗人騒ぎで眠れなかったことや、池田謙斎との邂逅も記している。まだ鉄道が開通していない時期の伊香保の様子とともに、当時の上流階層の女性の温泉旅行の実態を知ることもできる貴重な記録となっている。

「四十四日の記（明治二十一年）」

明治十八（一八八五）年華族女学校が開設した。開校時、下田歌子は幹事および教授に任ぜられた。折しも下田歌子は半年ほど気管支炎のため療養していたが、あまり体調の回復が見込めずにいた。そういった折、土方久元大臣から「病がちにては何事かはならん、且は各地の女学校などをも視ば、かたへは公の御ためにもこそならめ。速かに思ひたち候へ」と背中を押され、実母とともに視察旅行に出かけた。

『四十四日の記』は、明治二十一（一八八八）年五月二十三日新橋を出立し、横浜から海路で四日市へ向かい、その後陸路で、中部、関西方面を巡り、帰路は往路と同じく四日市から海路（母は陸路）にて横浜へ戻る行程を綴る紀行文である。「上の巻」「下の巻」に分かつが、「下の巻」巻末に「旅衣重ね来し日数をかき数ふれば、はやう既に四十四日が程にぞ成りぬる。」と筆を置き、その「四十四日」という旅の日数を書名としている。

旅立ちに際し、小出道子からは「君が行く県々の少女子は学びの窓をあけて待つらん（あなたが行く地方の少女たちは学びの窓を開けて待っているだろう）」の歌を贈られ、励まされてもいる。新橋の停車場には、教え子たちが見送り「どうしてもここから帰らない」と泣く姿も活写されていて、下田と教え子達との深い師弟の絆が描かれている。

「上の巻」には、愛知―岐阜―京都の視察旅行の行程が記されている。道中では名所旧跡を訪ね、これまで知識としてのみあった場所が、実際に眼前に立ち現れたことへの感動が記されるが、これは旧来の歌人が歌枕の地を訪ねた折に記した紀行文と同じであると言って良いであろう。

折々の学校視察を通して、「女生徒は、男子の十が一なり、名古屋にてだに、十が二ばかりには過ぎざりしかば、況て理りにこそと思ふに、これらの女子の位置を高めて、欧米と其の隆を競はん日は、なほいと遥かなるべし。如何してかは、過不及なき淑女賢婦を作り出すべからんなど、ひとり心の中に思ふ。」と述べ、また美濃一宮の南宮大社附近では「なほよく勉め励みて、生糸の質弥が上にも善くなりて、その輸出額もなほ多くなりなん事をぞ望まるゝ。」と述べるなど、将来を見据えた下田の考えが開陳されている。

また、各地での歌人や女子教育者との邂逅、知事とその夫人らとの交流もあり注目されるが、中でも勝間田稔（第五代愛知県知事）に関わる記述があることは看過できないだろう。

やがて、下田歌子は帝国婦人協会を設立し、会への賛同者を募り、女子教育の先駆者となっていくが、会の普及のために出かけた最初の遊説先は信越方面で、「新潟女子工芸学校（現在の新潟青陵学園）」の創設へと結実する。この創設の有力な支援者が勝間田稔夫妻であった。勝間田稔（第八代新潟県知事、明治三十・一八九七年四月〜明治三十三・一九〇〇年一月）とのこの出会いが、およそ十年後の、下田の活動に大きく関わっていく。

「下の巻」には、伏見―宇治―奈良―京都―神戸―大阪―京都―滋賀―京都―名古屋―岐阜（岩村）―愛知（四日市）―横浜と広域にわたる視察旅行の様子をつぶさに記述している。しかし、正確な日時を記す箇所は巻末近くの「明くれば廿五日なり」「廿九日」にすぎず、それ以外は「次の朝は」「またの日は」「明くれば」「次の日も」「其の次の日は」などと記すにとどまっている。ほかにもこの紀行文には、文中に「蛍の、三つ四つ二つなど打ち光りて、水の面、岸の辺りなどに飛びちがひたる、最とをかし。」と『枕草子』を模した記述や「伊勢の大輔が、今日九重にと歌ひし八重桜とて、今もありといふ。それにや、覚束なし。」と『百人一首』に採られた有名な一首に関する記述、「かの物語の河原院に誘はれたらん心地して、むくつけくさへなりぬ。」と『源氏物語』の内容に触れる記述などがあり、古典文学を踏まえた表現が目立つ。下田がこれまで親しんできた古典文学の教養が自然と溢れ出た形だが、下田が伝統的な価値観を重んじながら、紀行文を記していたことも見えてくるだろう。

税所篤、中井弘、北垣国道ら当時の知事やその夫人との交流も注目される。奈良県知事の税所とは、「女学校にものせんとて問ふに、此の県は設けられし日の浅くて、何もくく整はねば見らるべきも無し。今より勧めん女子教育の方法は如何してかは、など言はるゝに、心隔つべきにしもはたあらぬあたりなれば、心に打ち思ふ事ども打ち出で聞ゆ。」と女子教育を題材に会話が交わされたことも記されている。また、物産の奈良晒について「之に改良を加へて、今様の需要に便りせば、奈良土産に求むる人も多かるべし。」との下田の考えも記す。愛敬女学校では「先年まだ女工場と聞えし頃、生徒が物したりと云ふ押絵やうの物、殊に精巧を極めたり。いかで女子職業学校やうのものにもしなして、これが販路を求めば、一つは本邦の美術を勧むるはしだてともなりぬべきをなど、そこの人々に打ち語らひつ。」と女子の将来を見据えた考察が吐露されている。相愛女学校の主任たちと「女子教育の心ばへ説き聞かせよと、請はれ」「集へる人々の問ひに答へて、一言二言、心に打ち思ふ事、語らひ出でつゝ」というやりとりがあったのは、すでに下田歌子が女子教育者として広く知られていたことの証左であるだろう。西陣の織場では「内地の需要よりも、外国へ輸出するが多しと聞く。最と嬉しき事なり。」と述べ、織物会社では、「本邦、人工になれる物の価の低き、最といたましき迄おぼゆ。」「いかでなほ斯かる業を今一層進めばや。さては民の富も増し加はりぬべしなど、心一つに思ふ。」などと記すなど、今後の日本の産業に関わる考えも示されている。

歌人たちや知人、婦人会との交流もあった。特に山階宮の月並の御歌会に招待され、その歌会の様子を記録していることは注目される。下田は「綾錦たちゐにつけて思ふかな美き衣きたる身のかしこさを」の一首を詠むが、他の歌人が詠んだ歌と比べて「さし並ぶべくもあらず、まことに恥かゞやかしくて、こゝに記さんもいとわびし。」と謙遜している。

名所旧跡の訪問記録は、当時の観光案内書としての需要もあっただろうが、「総じて、女子教育と云ふ事は、至る所聞かざるもなけれど、まこと、実地に能く行はれたるは稀なり。これを思へば、其の教の、猶民智の度に適せず、為に其の効を見るが少なきによりて、これを欲する者多からざるにこそ。それらをして、まことに用あるものぞと思はしめんには、其の道に当れる吾等の、殊に注意研究せざる可らざる事なりとぞおぼえし。」（滋賀県尋常師範学校附属小学校女子部）の記述は、下田の決意を伝えて重い。この記述は、この作品が視察旅行の報告書的な要素が強いことを物語っているのではないだろうか。

また、この紀行の最後には、故郷岩村を訪問したことが記されている。下田は生涯で三回の里帰りをするが、そのうちの一回がこの機会であった。岩村訪問の最後を「此所にありつる程の事は、余りにくだく〳〵しければ、大方省きつ。」とした簡潔な一文で纏め、故郷の人々の歓迎ぶりと高ぶる思いを伝えている。

春日神社附近では、同行していない教え子や父への思いを「春の頃、こゝに都の友だち、をしへ子など誘ひて、来たらましかば、いかに楽しからましなど語らふ。況て、父君に見せ奉らましかば、如何に、詩の興こよ無う増さらせ給はんと思へど、そはかなひ難き事なりと思ふぞわびしき。」とも記している。他に、幼い平尾寿子（後年、第二代理事長）の様子を窺い知る記述もあり貴重な記録となっている。

「日光観楓の記（明治二十三年）」

華族女学校の同僚とともに日光に出かけた折の小旅行記。日光は、教育掛を担った常宮・周宮の夏の避暑地であり、下田歌子にとっては、「旧知己の心地する」親しみ深い土地であったが、秋の紅葉の季節には訪ねることができずにいた。そこで、十一月四日六時三十分発の汽車で上野停車場を出発した。同僚たちと歌を詠み交わしながら、十時に日光に到着。「斯くて山深く分け入るまゝに、紅葉の色、霧のたゝずまひ、浮世の外のこゝちしてえもいはずをかし。」と感動を記す。教え子を引率した岩本善治とも偶然に出会った。夕日に映える霧降の滝では「やう〳〵傾きもてゆく入日に映えたる色えもいはず」として「唐錦おりめ乱れて見ゆるかな縫ひとゞめてよ滝のしらいと」と詠むが、足元に「笹折、竹の皮やうの物穢げに取り散らしたり。」と腹立たしさも綴る。午後六時十分発の汽車で上野停車場に帰ってくる日帰り旅で、折々詠み交わされる歌からは、その楽し気な様子を窺い知ることができる。翌朝、この旅行には不参加であったため、紅葉の一枝を贈った坂正臣と草稿を見せた浅岡一とのやり取りをユーモラスに記して擱筆している。

〔付記〕　なお、「東路之日記」「伊かほの記」の行程地図の作成には、奥島尚樹氏（元実践女子大学図書館参事）の懇切な御助力を得た。記して深甚の謝意を表します。

下田歌子顕彰碑

昭和十年八月八日、下田歌子の八十一歳の誕生日を記念して、除幕式が開催された。綾錦の歌が刻まれている（岐阜県恵那市岩村町：城趾公園）。

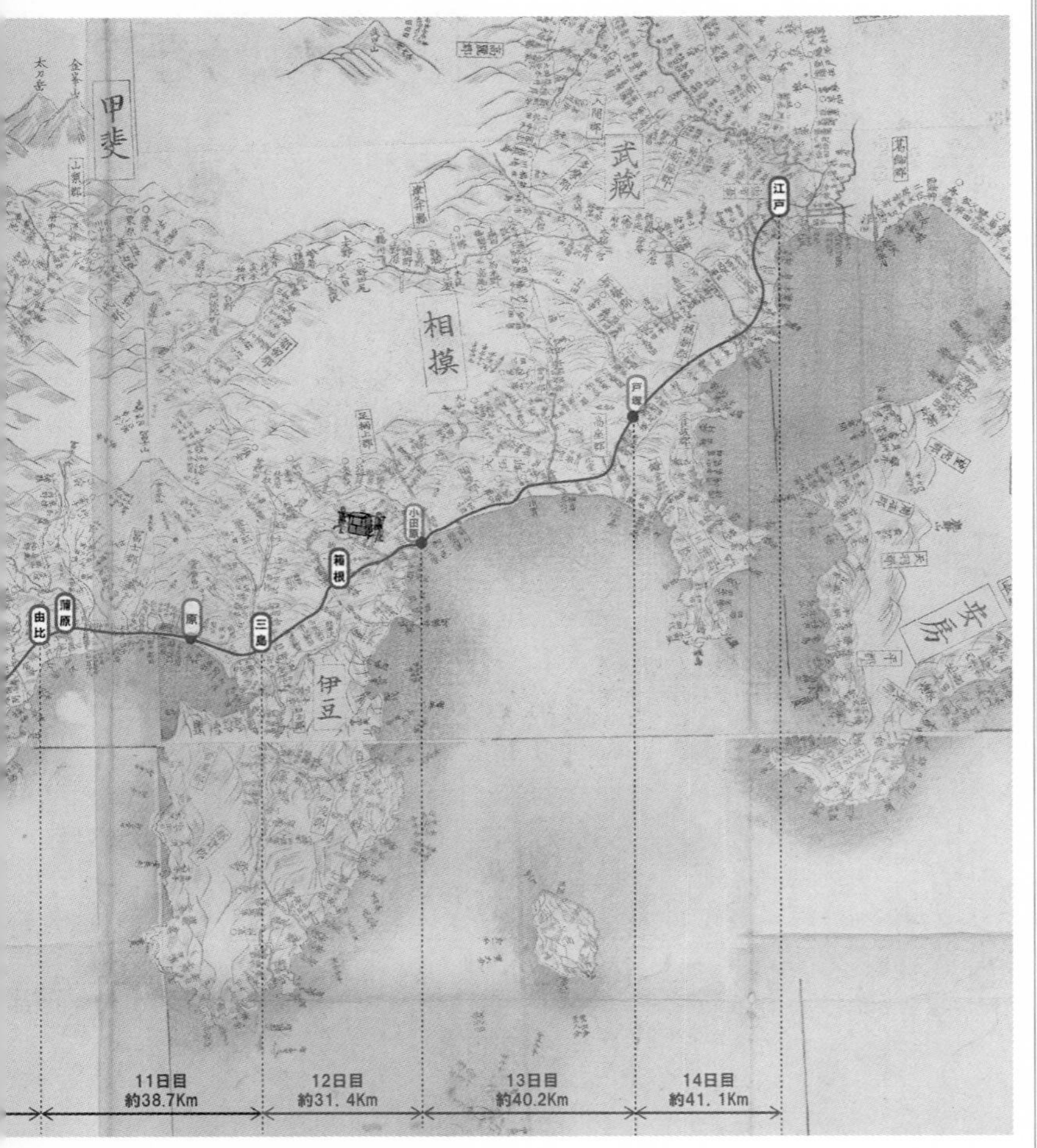
甲斐
武蔵
相模
伊豆
安房
江戸
戸塚
小田原
箱根
三島
原
蒲原
由比
11日目
約38.7Km
12日目
約31. 4Km
13日目
約40.2Km
14日目
約41. 1Km

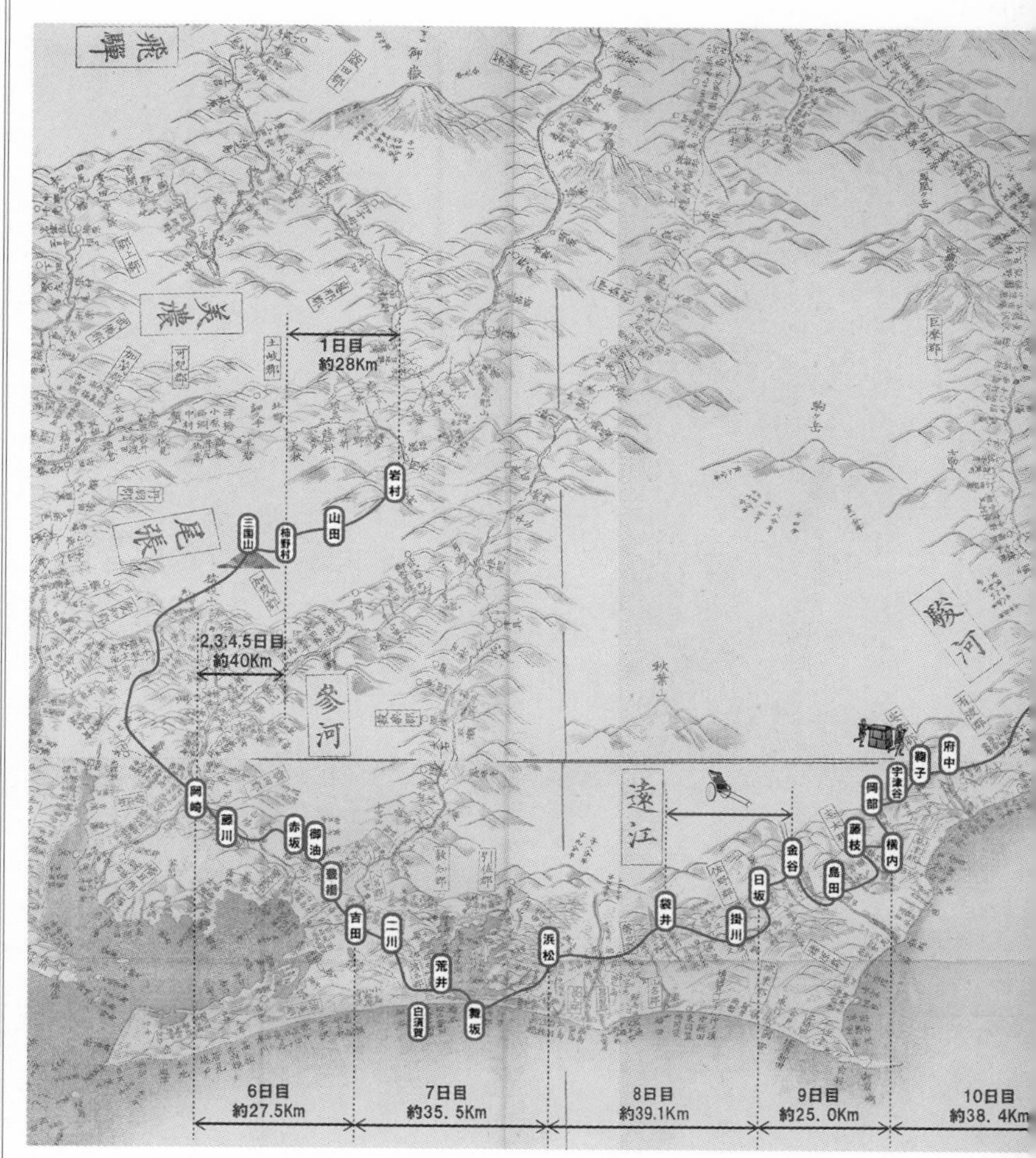

「東路之日記」行程地図

国土地理院所蔵：「官板実測日本地図　畿内　東海　東山　北陸」より一部使用

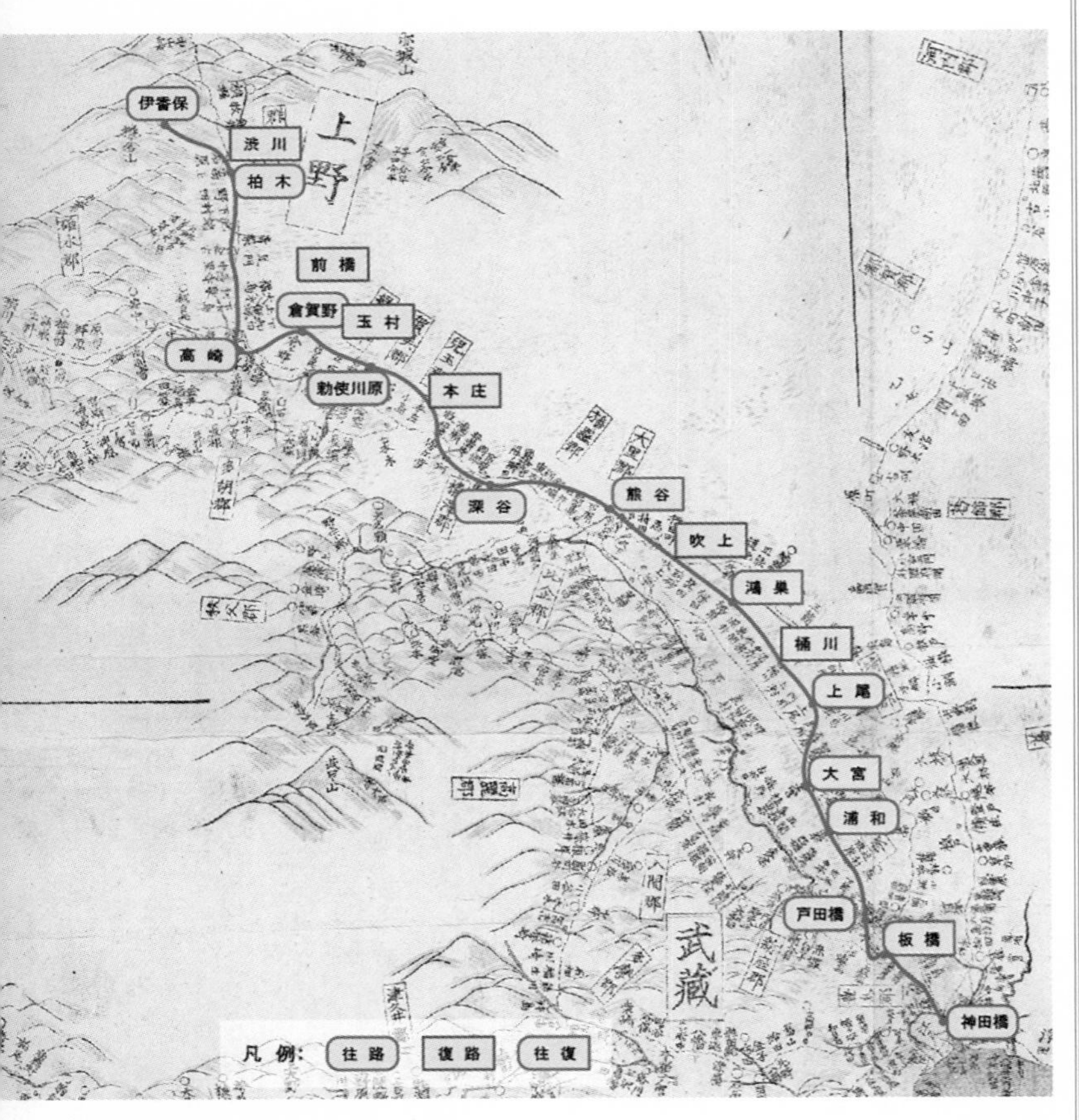

「伊かほの記」行程地図
国土地理院所蔵：「官板実測日本地図　畿内　東海　東山　北陸」より一部使用

下田歌子と実践女子学園　略年譜

西暦	和暦年	月	日	事項
1854	嘉永7年 安政元年	8	9	改元前の嘉永7年8月9日（8日説もある）、下田歌子、美濃国岩村藩（現在の岐阜県恵那市岩村町）藩士平尾鍒蔵と妻房の長女として生まれる。幼名鉐（せき）。
1860	安政7年 万延元年	3		弟、平尾鍗蔵生まれる。
1867	慶応3年			これより先、早くから京都の八田知紀に書簡によって和歌の指導を受けていたが、この頃、江戸の加藤千浪にも添削を受ける。
1870	明治3年	6		父鍒蔵、宣教使史生に任ぜられ、単身上京する。
		9		祖父東條琴臺、神祇官宣教少博士に任ぜられる。
1871	明治4年	4		父の後を追い、東海道で上京〔16歳〕。途中『東路之日記』*を草す。
				祖父琴臺の教えを受ける。
		8		神祇官の改革に伴い、琴臺と鍒蔵は官職を解かれる。
1872	明治5年	10		八田知紀、高崎正風等の推挙によって宮中に出仕〔18歳〕。宮内省十五等に補せられる。
				ほどなく和歌の才能を愛でられ、美子皇后より「うた」の名を賜る。以後、「うた」あるいは「歌子」と名のる（正式な改名届の提出は、1911・明治44年）。
1873	明治6年	12		宮内省十三等出仕に補せられる。
				『浜御殿に候して』*を執筆。「新聞雑誌」（12月発行第180号）に名文として取り上げられる。
1875	明治8年	5		宮内省十二等出仕に補せられる。
		5		権命婦に任ぜられる。
		12		平尾鍗蔵、宮内省十等に出仕（9月1日　補十等出仕　侍従試補心得）。
1878	明治11年	9		祖父、東條琴臺没（84歳）。
1879	明治12年	5		讃岐国丸亀藩（現在の香川県丸亀市）藩士下田猛雄と結婚（1880・明治13年11月説もある）〔24歳〕。

西暦	和暦	月	事項
		11	宮中奉侍を辞す。
1880	明治13年	7	病気療養のため母とともに伊香保温泉へ。『伊かほの記』*を執筆。
1882	明治15年	3	私立下田学校を東京市麹町区一番町四二番地に創設〔27歳〕。
		6	下田学校を桃夭学校と改称。
1884	明治17年	5	夫、下田猛雄没（37歳）。
		6	祖母、貞子没（89歳）。
		7	宮内省御用掛に任ぜられる。
1885	明治18年	9	華族女学校開設にともない、幹事および教授に任ぜられる〔31歳〕。
		11	華族女学校開校式、皇后が行啓。下田は教師総代として祝詞を上奉する。
		12	桃夭学校の生徒、華族女学校に移り、桃夭学校閉校。旧桃夭学校寄宿舎が桃夭塾となる。
			『和文教科書』（宮内省版）を編纂刊行。
1886	明治19年	4	『和文教科書』全10巻の編纂刊行を開始（〜1889・明治22年5月、中央堂）。
		11	奏任二等に叙せられる。
		11	正六位に叙せられる。
1887	明治20年	6	『国文小学読本』全8巻を編纂刊行（十一堂）。
1888	明治21年		転地療養と学校視察を兼ねて、名古屋・岐阜・長浜・京都・奈良・神戸・大阪などを旅行、『四十四日の記』*を執筆。母とともに上京後初めて岩村に帰郷する。
1889	明治22年	12	高等官五等に叙せられる。
1890	明治23年	11	華族女学校の同僚と日光に遊ぶ。『日光観楓之記』*を執筆。
1893	明治26年	4	『家政学』上下2巻を刊行（博文館）。
		8	華族女学校教授に任ぜられる。
			高等官四等に叙せられる。
		9	内親王御用掛として欧米各国の女子教育の視察のため渡欧する〔39歳〕。

西暦	和暦	月	日	事項
1894	明治27年			ロンドンのゴルドン（ゴードン）夫人（Elizabeth Anna Gordon）宅（プリンスズゲート61番地）に寄寓する。
				イギリスでは、ロンドン郊外にあるミセス・ホールドン・スクールやミス・キヌヤード女史経営の女学校で英語などを学ぶ。
				オックスホード大学サマヴィル・カレッジ、ケンブリッジ・トレーニング・カレッジ、チェルトナム・レディーズ・カレッジなどを視察する。
				イギリス・ロンドンを中心に、フランス、ドイツ、イタリアなど、8か国の女子教育などを視察する。
1895	明治28年	5		バッキンガム宮殿において、イギリスのヴィクトリア女王に袿袴（明治の女官の装束）を着用し、拝謁。
		8		欧州視察を終えて帰朝。
		8		華族女学校学監に復職。
1896	明治29年	5		常宮および周宮両内親王御用掛を拝命し、教育の任に当たる。
		12		正五位に叙せられる。
1897	明治30年	9		華族女学校教授を兼任。
		10		『家庭文庫』全12冊刊行開始（～1901・明治34年2月、博文館）。
1898	明治31年	2		父、鍒蔵没（81歳）。
		11		帝国婦人協会を結成し、会長に就任する。
1899	明治32年	4		帝国婦人協会私立実践女学校ならびに女子工芸学校（東京市麹町区元園町二丁目四番地）を創設し、校長に就任する（44歳）。
		5		実践女学校付属慈善女学校を開設する。
		5		開校式典を挙行。校服を制定。
		6		高等官三等に叙せられる。
		8		『泰西婦女風俗』を刊行（「女学叢書第一巻」）。
		8	9	信越地方で遊説する（～9月7日）。
		12		帝国婦人協会雑誌「日本婦人」創刊。『信越紀行』を第10号まで連載。

西暦	和暦	月	事項
1900	明治33年	2	帝国婦人協会北越支会が柏崎に設立され、発会式を挙行。同年、比角護摩堂を校舎として北越女学校（後の新潟県刈羽郡立高等女学校、現在の新潟県立柏崎常盤高等学校）を開設。
		4	帝国婦人協会新潟支会が設立され、4月23日に付属裁縫伝習所（その後、私立新潟女子工芸学校と改称、現在の新潟青陵学園）を開設。
		夏	日光で来日中の革命家孫文と会談。支援を約束する。
		10	『信越紀行』（*）を刊行（帝国婦人協会）。
1901	明治34年	5	同窓会発足。
		7	帝国婦人協会会員募集や北海道支部設立のため、遊説に出発する。（～9月2日）
		9	帝国婦人協会北海道札幌支部設立。
		秋	清国女学生1名入学。
			辺見勇彦、戢翼翚（早稲田大学の男子留学生）らと上海に作新社を開設。「大陸」を発刊。
		12	従四位に叙せられる。
1902	明治35年	3	同窓会会則制定。桜同窓会と命名され、4月に第1回桜同窓会を開会。
			実践女学校に教育・手芸の2科目を加え、女子工芸学校に家庭教育科を増設。
		7	清国女子留学生4名を迎え特設課程「清国女子速成科」を置く。
		10	豊多摩郡渋谷村大字下渋谷常盤松（現在の渋谷区東一丁目一番地）の宮内省の常盤松御料地二、〇〇〇坪を借用し、実践女学校校舎の建築に着手する。
1903	明治36年	2	実践女学校新校舎竣工。
		4	実践女学校・女子工芸学校、麹町区元園町より渋谷村常盤松の新校舎に移転。
			下婢養成所廃止。
		4	華族女学校の教え子、築地水交社において癸卯園遊会を催し、純益金六、五〇〇円を寄付。
		5	新校舎で開校式を挙行。
		6	常宮・周宮両内親王の大阪勧業博覧会見学に随行して京阪に赴く。

年	和暦	月	事項
		6	大日本少女会「日本の少女」が創刊される（1905・明治38年8月大日本少女会会長に就任）。
1904	明治37年	1	『女子自修文庫』全5冊を編纂刊行（冨山房）。
		6	国際親善と文化交流をめざして東洋婦人会を結成。顧問に就任する。
		7	清国留学生普通科第1回卒業式挙行、卒業生2名。
		7	校歌制定（作詞下田歌子、作曲澤田孝一）。
		11	清国湖南省有志の委嘱により学生20名を受け入れる。
1905	明治38年	6	母、房没（76歳）。
		8	赤坂檜町十番地に留学生仮分教場を設置し、授業を開始する。
			実践女学校規則を改正し、聴講生規定、清国女子速成科規定を定め、留学生部を中等科・師範科・工芸師範科に分ける。
1906	明治39年	2	清国留学生部分教場を渋谷の実践女学校内に移転。
		4	学習院教授兼女学部長に就任。二等に叙せられる。
		5	『女子之修養』を刊行（弘道館）。
		7	清国留学生の速成師範科7名、速成工芸師範科5名、計12名および女子工芸学校1名の修学生を出す。
		12	正四位に叙せられる。
1907	明治40年	5	清国奉天省より3年の留学期間をもって教育者養成の委嘱を受け、官費留学生23名、他に私費留学生21名を迎える（以後、1914・大正3年まで清国各省の留学生が就学し、111名が卒業する）。
		10	秋季桜同窓会に、日本滞在中のゴルドン（ゴードン）夫人を招く。
		11	学習院女学部長を辞す〔53歳〕。
		11	多年女子教育に尽力したことにより、御手許金二、五〇〇円および御紋章付銀製花瓶一対を賜る。
		12	勲四等に叙せられ、宝冠章を授けられる。
1908	明治41年	3	卒業式にゴルドン（ゴードン）夫人を招く。

西暦	和暦	月		事項
		4		女子工芸学校と実践女学校の補習科を廃止して、実践女子校内に中等学部と工芸部を設置。高等専門学部（文学科、家政科、技芸科）を設置。
		4		実践女学校付属幼稚園を開設（1933・昭和8年に実践幼稚園に改称）。
		4		女学校敷地内に支那部教室、松柏寮落成。
		4		従三位に叙せられる。
		9		下田が女学校の全資産を寄贈して、財団法人私立帝国婦人協会実践女学校を組織する。
		9		『近世名媛伝』（「大和なでしこ」臨時増刊第8巻11号）を著す。
1909	明治42年	2		「私立実践女学校」の名称を「私立帝国婦人協会実践女学校」と変更。
		4		豊多摩群渋谷町大字下渋谷六一七番地に五三五坪を借地して、実践女学校付属幼稚園設置認可を受ける。
		4		常宮昌子内親王および周宮房子内親王の御成婚に際して下賜された金一封をもって、雨天体操場を建設。
1910	明治43年	5		ロンドンで開催の日英博覧会に生徒の工芸作品および校舎の写真等を出品（～10月29日）。
		7		『婦人常識の養成』（初版は1909・明治42年7月、実業之日本社）の改訂版を刊行。後の『婦人常識訓』*。
1911	明治44年	3		文部大臣より高等女学校の認可を受け、中等学部を高等女学部と実科高等女学部に分ける。
		4		高等専門学部を廃止して、高等女学部専攻科（家政・技芸）と高等技芸部を設ける。
		6		東京市赤坂区長に「うた」を「歌子」とする改名届けを提出〔56歳〕
1913	大正2年	1		『日本の女性』を刊行（実業之日本社）。
1915	大正4年	2		『家庭』を刊行（実業之日本社）。
1916	大正5年	4		『女子の礼法』『家庭の衛生』を刊行（国民書院）。
		5		女子教育界に対する多年の功績に対して、帝国教育会より表彰される。
		7		校友会誌『なよ竹』第1号発刊。
		11		『結婚要訣』*を刊行（三育社）。
		12		付属幼稚園「園歌」（作詞下田歌子）制定。
1917	大正6年	3		『礼法の巻』を刊行（「嫁入文庫」第三編、実業之日本社）。

年	月	事項
	3	大日本婦人慈善会の名誉顧問となる。
	3	校旗制定。
1918 大正7年	4	この年設立された順心女学校（東京・麻布、現在の広尾学園）の理事および校長に就任。
1919 大正8年	8	直心影流園部秀雄教員による薙刀指導を実施、翌年より正課とする。
	9	帝国婦人協会内に会員および卒業生、在学生を対象とした文学部（文学研究組織）を開設。
1920 大正9年	3	高等女学部専攻科に新たに修業年限3年の国文科を設置。国文・家政・技芸の3科とする。
	9	愛国婦人会第五代会長となる〔66歳〕。（1927・昭和2年4月退任）
1921 大正10年	3	高等師範部の設置が認可され、高等技芸部を修業年限3年の高等師範部とする。
	6	逓信省貯金局女子従業員のために明徳女学校を設立し、校長に就任。
1922 大正11年	3	女子大学等の設置をめざし、「実践女学校大学部・専門学部設立主意書」を発表。
	4	文化夜間女学校（順心女学校内）の顧問となる。
	7	財団法人実践女学校拡張後援会を組織。
	11	校地として宮内省常盤松の御料地二千五百坪の払い下げを受ける。
1923 大正12年	4	弟、鍗蔵没（64歳）。
	9	関東大震災による惨害に対し、実践女学校は困窮者の救済に献身する。
1924 大正13年	1	皇后陛下より女学校拡張資金としてお手許金二、五〇〇円を下賜される。
	1	高等女学部専攻科に新たに修業年限3年の英文専攻科を設置。
	4	愛国夜間女学校の校長に就任。
	4	国文科・英文科に各予科を設置。4月より施行。
1925 大正14年	1	専門学校令により高等女学部専攻科を、修業年限3年の専門学部に昇格改称する。
	4	淡海女実務学校（滋賀県）の2代目校長となる（1930・昭和5年辞任）。名称を、淡海実践女学校と改称。
	11	皇后陛下より拡張資金として重ねてお手許金二、五〇〇円を下賜される。
	11	下田歌子古稀祝賀式挙行（71歳）。

年	和暦	月	事項
1927	昭和2年	4	愛国婦人協会会長を辞す。
		4	専門学部に修業年限1年の研究科を設ける（国文・英文・家政・技芸）。
		8	一般婦人の為に、文学科・家政科・技芸科の女子夏季大学講座を開く（1日〜9日）。
		10	多年の功績により勲三等に叙され瑞宝章を受ける。
1928	昭和3年	8	宮内省常盤松御料地四千坪を、女学校校地として払い下げを受ける。
		11	下田校長陞勲記念館竣工式、贈呈式を挙行。
1929	昭和4年	1	実践女学校付属夜間女学部設置認可を受ける。
		4	夜間高等女学校開校（1938・昭和13年廃止）。
1930	昭和5年	7	淡海女学校の経営を譲渡し、校長を辞す。
1931	昭和6年	11	御料地千八百坪、第3回払い下げを受ける。
1932	昭和7年	4	実践女学校各部の名称が実践女子専門学校・実践女子高等女学校・実践実科高等女学校と改称認可される。
		4	専門学校研究科に国史研究科を増設、技芸科研究科を裁縫科と手芸科に分ける。
		11	校歌を改詞し（作詞下田歌子）、一部改曲する。
		11	『香雪叢書』第1巻「よもぎむぐら」を刊行（実践女学校出版部、1933・昭和8年5月全5巻を刊行）。
1933	昭和8年	2	付属幼稚園を実践幼稚園と改称。
		3	専門学校国文科・英文科・家政科・技芸科各科および高等女学校、実科高等女学校、夜間女学部、改称後の各学科第1回卒業生を出す。
1934	昭和9年	4	実科高等女学校の組織を改め、第二高等女学校と改称する。
		4	『源氏物語講義　首巻』「総論及び概説」を刊行（実践女学校出版部）。
1935	昭和10年	3	専門学校に家政研究生を新設。修業期限1年、50名に対し85名入学。
		6	法人寄附行為改正が認可され、下田が財団法人帝国婦人協会実践女学校の終身理事長となる。〔80歳〕
		8	岐阜県恵那郡（現在の恵那市）岩村町に下田歌子顕彰碑を建設、除幕式を行う。
		10	下田校長の八十寿記念成績品展覧会を開催（〜11月1日）。

西暦	和暦	月	日	事項
1936	昭和11年	5		『源氏物語講義 第1巻』「桐壺、帚木、空蝉」を刊行（実践女学校出版部）。
		10	8	下田歌子逝去。享年82歳。
		10	13	故下田校長の校葬を執行。
		11	14	遺骨を、小石川音羽真言宗豊山派本山護国寺墓地に埋葬。
		11		理事長に平尾壽子（かずこ）就任。平尾理事長より故下田歌子の恩賜品約50点、書籍数千冊、衣類など寄贈される。
		11		50日祭に際し、歌子の「遺訓」を冊子にして配布する。
		12	6	岐阜県岩村町乗政寺山墓地に下田校長の分骨埋葬。（墓地竣工、1938・昭和13年6月8日）
1937	昭和12年	2		香雪神社建設の地鎮祭を行う。
1938	昭和13年	6		岐阜県岩村町において故下田校長の墓地竣工、開眼供養と三回忌法要を行う。
		10		小石川護国寺境内に故下田校長の墓域工事竣工し、開眼供養と三年忌法要を行う。
1939	昭和14年	3		故下田校長邸の一部を校内に移し茶室を付設して無我精舎（無我荘）と名付ける。
1943	昭和18年	10		『下田歌子先生伝』刊行（故下田校長先生伝記編纂所）。
1947	昭和22年	3		財団法人帝国婦人協会実践女学校を、財団法人実践女子学園と改称。
1951	昭和26年	2		財団法人実践女子学園から学校法人実践女子学園へ組織変更。
1955	昭和30年	10		渋谷校地に「香雪記念館」落成（下田歌子の遺品等を展示、保存）。

下田歌子と実践女子大学下田歌子記念女性総合研究所関係　略年譜

西暦	和暦 年	月	日	事　項
1979	昭和54年	5	7	創立80周年を記念して実践女子大学文芸資料研究所設立。
		10	5	渋谷東急百貨店にて「下田歌子関係資料展」を開催する。
1981	昭和56年	5	11	『実践女子学園八十年史』を刊行。
1986	昭和61年	10	8	学祖下田歌子逝去50年祭を挙行する。
1988	昭和63年	5	14	陸勲記念館2階の香雪記念室で学祖下田歌子の遷座祭を行う。
1989	平成元年	5	1	『実践女子学園創立90周年記念』（写真集）を刊行。
		5	7	学園創立90周年記念式典と祝賀会を日野校舎で開催する。
		5	7	実践女子学園創立90周年を記念して「下田歌子資料展」を開催する（～15日）。
		6	17	「下田歌子勉学所」が岐阜県岩村町によって、岩村城址公園内に完成。
1991	平成3年	11	22	下田歌子が、郷土の偉人の一人として岐阜県から顕彰される。
1998	平成10年	3		『下田歌子著作集』全9巻刊行（実践女子学園）（～2002・平成14年）
1999	平成11年	5	10	学園創立100周年記念式典を東京国際フォーラムで挙行する。
		5	10	「下田歌子と実践女子学園100年のあゆみ」展を香雪記念資料館で開催する（～15日）。
2001	平成13年	3	31	『実践女子学園100年史』を刊行。
2002	平成14年	3	20	『源氏物語講義　若紫』刊行（実践女子学園）。
		5	10	ビデオ「はばたけ！　わが娘らよ―下田歌子の生涯―」を制作する。
		7	31	日野校舎に香雪記念資料館を設立。
2004	平成16年	5	9	学祖生誕150年記念式典を渋谷校舎講堂にて開催する。
2005	平成17年	2		学祖生誕150年記念として、恵那市教育委員会と大学の連携により、特別展覧会「源氏物語展」（8日～20日）、特別講演会「源氏物語の旅」（10日）、ＰＨＰ研究所を含む三者による「下田歌子賞表彰式と記念フォーラム」（11日）を、岐阜県岩村町で開催する。

年	月	日	事項
	3	28	中学校・高等学校に新設の「下田歌子生誕150年記念　桃夭館」竣工式を挙行する。
2009 平成21年	6	5	学園創立110周年記念学祖下田歌子先生法要を、恵那市岩村町で実施する（〜6日）。
2011 平成23年	3	3	杉原萌原案、牧野和子著の漫画『きらり　うたこ』を刊行（小学館スクウェア）。
	7	20	**実践女子学園プロジェクト研究・下田歌子研究所を設置する**（〜2014・平成26年3月31日）。所長に大関啓子教授就任。
	12	7	中学校高等学校「創立120周年記念体育館」竣工式を挙行する。
2012 平成24年	1	27	実践桜会会館竣工式を挙行する。
	6	10	恵那市岩村町隆崇院において、学祖下田歌子先生77回忌追善法要を実施する。
	7	20	下田歌子研究所「うた子だより」を創刊する。
	12	9	恵那市岩村町「平尾家墓所」を改修し、開眼法要を執行。
2014 平成26年	4		渋谷校地に「創立120周年記念館」竣工。文学部、人間社会学部、短大が渋谷キャンパスに移転する。
			香雪記念資料館、渋谷キャンパスに移転・開館する。
	4	1	**実践女子学園下田歌子研究所開所**。所長に湯浅茂雄教授、主任研究員に伊藤由希子就任。
	6		下田歌子研究所「ニューズレター」を創刊する。
	7	12	下田歌子研究所開所記念シンポジウム「下田歌子と現代女子教育」を渋谷キャンパスで開催する。
2015 平成27年	2	26	講演会「女性と〈いのち〉の場づくり」を開催する（講師、清水博）。
	3	10	下田歌子研究所年報「女性と文化」を創刊する。
	5	30	男女共同参画室、下田歌子研究所および女性キャリア形成研究所共催講演会「社会が変わる　女性が変わる」を渋谷キャンパスで開催する（講師、岡澤憲芙）。
	11	21	下田歌子研究所シンポジウム「学祖研究の現在」を渋谷キャンパスで開催する。
2016 平成28年	3	24	新編下田歌子著作集『婦人常識訓』を刊行（三元社）。
2017 平成29年	3	1	中高平成27・28年度東京都私学教育研究所研究協力学校発表会　感性表現手法育成のための学習プログラム　下田歌子音楽劇「ことほぎ　コトホギ Kotohogi〜見目麗しき花の如く」を開催する。

		3	20	新編下田歌子著作集『女子のつとめ』を刊行（三元社）。
2018	平成30年	3	31	新編下田歌子著作集『女子の心得』を刊行（三元社）。
		4	1	**実践女子大学下田歌子記念女性総合研究所に名称変更。**所長に広井多鶴子教授、専任研究員に久保貴子就任。
		10	13	下田歌子記念女性総合研究所主催講演会「女性が社会を変える、世界を変える」を大学渋谷キャンパスで開催する（講師、松下玲子）。
		11	4	下田歌子記念女性総合研究所主催講演会「私立学校で家庭科教員に携わって～実践報告と後輩に伝えたい事」大学日野キャンパスで開催する。
2019	平成31年	3	31	新編下田歌子著作集『結婚要訣』を刊行（三元社）。
		4	1	実践女子学園創立120周年を記念して「下田歌子と実践女子学園120年のあゆみ」展を香雪記念資料館で開催する。
	令和元年	5	1	『学校法人実践女子学園　創立120周年記念写真集』を刊行（英語版も同時刊行）。
		5	7	学園創立120周年記念式典および記念碑除幕式を恵那市岩村町綾錦顕彰碑前で挙行し、懇親会を下田歌子勉学所前で挙行する。
		5	11	学園創立120周年記念祝賀会を創立120周年記念館（大学・短大棟）9階カフェテリアで開催する。学園創立120周年記念朗読劇「ことほぎ・コトホギ・Kotohogi～乙女らよ大志を抱け～」を中学校高等学校桃天館桜講堂で上演する。
2020	令和2年	3	31	『学校法人実践女子学園創立120周年記念　実践女子学園史（1999-2018）』刊行。
		3	31	新編下田歌子著作集『良妻と賢母』を刊行（三元社）。
2021	令和3年	8	15	下田歌子記念女性総合研究所研究叢書第1巻　広井多鶴子編『下田歌子と近代日本　良妻賢母と女子教育の創出』を刊行（勁草書房）。
		11	27	下田歌子記念女性総合研究所研究叢書第1巻『下田歌子と近代日本　良妻賢母と女子教育の創出』刊行記念シンポジウムを開催する。

年	月	日	事項
2022　令和4年	1	10	『下田歌子小伝　下田歌子と実践女子学園の歩み』を刊行（実践女子学園、非売品）。
	2	10	『実践女子学園　オーラルヒストリー下田歌子―卒業生の証言』を刊行（下田歌子記念女性総合研究所、非売品）。
	4	1	所長に髙橋桂子教授就任。
	11	1	新潟青陵大学・新潟青陵大学短期大学部1号館2階（図書館内）にて、同・社会連携センター連携事業特別展示「下田歌子と教育」を開催する（～30日）。
2023　令和5年	5	15	実践女子大学香雪記念資料館内下田歌子記念室（渋谷キャンパス1階）にて、企画展示「下田歌子と結婚」を開催する（～6月2日）。
	6	1	公益財団法人ブルボン吉田財団ドナルド・キーン・センター柏崎1階ロビーにて、ロビー展「下田歌子とその時代」を開催する（～30日）。
	9	11	新潟県立柏崎常盤高等学校常盤祭（第二棟三階3B教室）にて、特別企画展示「下田歌子と柏崎常盤高等学校」を開催する。
	10	1	新編下田歌子著作集『よもぎむぐら 上』を刊行（風間書房）。
	10	8	下田歌子記念女性総合研究所開所10周年記念シンポジウム「女性が社会を変える、世界を変える」を渋谷キャンパスで開催する（第1部特別講演講師、政井貴子。第2部卒業生によるパネルディスカッション）。

注：〔　〕内の下田歌子の年齢は満年齢。ただし（　）に記した親族の年齢は数え歳。
　1873・明治6年1月元日以降、新暦（太陽暦）を採用し、それ以前の日付は旧暦に基づく。
「新編下田歌子著作集」に収載した作品には、*を付して示した。（　）内は予定。
出典：『創立120周年記念　実践女子学園史（1999―2018）』の年表をもとに、『下田歌子と近代日本―良妻賢母と女子教育の創出』、『下田歌子小伝―下田歌子と実践女子学園の歩み』に掲載の各年表を参照して作成した。

和歌口語訳

東路之日記

3頁

仮初の………しばしの別れではあるけれど、夏草の葉末に露がたくさん置くように涙とともに別れる旅の空であることよ。

足引の………(「あしひきの」は「山」にかかる枕詞)。山田の畔の卯の花を衣に重ねて今日出立することにしよう。

かきつばた…かきつばたが咲き匂う汀に藤の花が同じゆかりの色に咲いていることよ。

4頁

あし引の……(「あしひきの」は「山」にかかる枕詞)。山ほととぎすの鳴き声を私だけが聞いているので(せっかくの)初音も憂わしいことだ。

鶯の………鶯が鳴いて帰った谷の入り口を(次に)名乗って出てきた、ほととぎすであることよ。

夕されば……夕方になったので我が袖が寒く感じられる卯つぎ原だ。雪の降る道を行く気持ちがして。

行けど〳〵…行けども行けども後方に見える三国山だ。ずっと同じ所に留まって歩いている心地がするよ。

錦着て………故郷に錦を着て帰らなかったら(仕事を成し遂げて故郷に名声を得て帰らなかったら)、この三国山を再び越えまいと思うのだ。

5頁

夏もまだ……夏でもまだ風が寒いので、麻の着物を重ね着て、ここにまた来た今日であるなあ。

染めたるは…(「紫のゆかり」とは「いとしい人に縁のある人」。『源氏物語』で、光源氏が藤壺の姪である紫の上を求めたことから生まれた語)。染めたのは誰の衣なのだろうか。その紫のゆかりが知りたい藤川の里であるよ。

6頁

大麦の………大麦の穂の波を一方に寄せて吹く風に、一団の身分の低い者たちの菅笠もなびいている。

人目には………人目には吉田という良い田に見えても、同じく豊橋という豊かな橋を流浪しながら渡る浮世をこの遊女たちは渡っているのだろう（実際は辛いだろう）。

御仏の………御仏の道はわからないが、海が見えるという坂（しほみ坂は東海道の名勝）に私も高嶺（高い教え）に惹かれてきたのだなあ。

白妙の………（「白妙の」は「袖」にかかる枕詞）。袖をわざわざ振りながら、白須賀の浜の白洲を行きつ戻りつしたものだ。

遠つ近江……遠くにあるという遠江の国の荒井の浜は近いけれど、荒いという波の響きは聞こえないのだよ。

立ちよれば…立ち寄ると袂に吹いてくる浦風も秋の声がする浜松の里であることよ。

小石原………小石原を軋むように進む車はたいそう速く、後方になってしまった袋井の里であることよ。

7頁
越えぬべき…越えなくてはならないさよの中山はどれほど険しいのだろうか。雲がかかっている掛川の里であるよ。

8頁
行く先は……行く先はどうなっていくだろうか。浮雲が高い嶺で迷っているように見えるさよの中山であるよ。

東路の………東国へ行く道の、さよの中山の半ばまで来て、たどりかねている霧の立ちこめた道であることよ。

さして行く…さして行く笠を傾けるように、篠を突く、激しい雨が降っている中を進むさよの中山であることよ。

たち慣れし…立ち慣れた故郷に錦を飾るどころか粗末な細布を着る、徳川の家人たちはこの合点がいかない世をさぞ恨んでいることだろう。

古し世の……いにしえの世の跡もとどめずに高嶺まで大路が開けている今のつたの細道であることよ。

9頁
するがなる…駿河の国のうつの山路を現実に越えたのを全くわからないうちに（夢の中で）私は越えたのだなあ。

数ふれば……数えればまりこの里に、こてまりの花が二つ三つと咲き初めているのだなあ。

10頁

天乙女………天女が衣をかけたという故事が今なお残っている美保の松原だよ。

立ち渡る……立ち渡る雲と霧との間の空にほのぼの見える美保の松原だよ。

八百日行く…多くの日数をかけて行く浜の砂を行く路の跡を留めて、再び開くことになった千代の古道であることよ。

限りなき……限りなき沖の海原を連なって漕ぎ進んで空に消えて行った天の釣舟であることよ。

もしほ草……書き集めたものに宝石のような優れたものはないが、都への土産として書き集めていくのだよ。

下紐を………下紐を結ぶという由井（結い）の浜風が吹く中、波の音も知らないで長閑に夢を見た（眠った）ことだなあ。

富士のねも…富士の嶺も田子の浦も白雲に重なって見えず、浦見ならぬ恨みになるのだなあ。

宿るべき……宿るはずの三島も見えず、かきくらす雲の中に浮島が原が見えることよ。

浜御殿に候して

16頁

花鳥の………花鳥をあしらった錦帳はのんびりと穏やかで春に知られない梅の香がすることだ。

おも白く……興趣深く見える絵の島、江島もあるというのに、一方で進み苦しむ和歌の中山、歌の中山があるのだ。

海のさち……海の幸、山の幸をお食事として準備してくださった。どのような神が取り集めたのだろうか。

松原の………松原の梢を離れた小舟であることよ。どの木に寄って魚を求めるのだろうか。

浜松の………浜の松の枝を飛び移る群れなす鳥が立ち離れたかに見える、あま（海人）の釣り舟であることよ。

18頁

大君の………大君の恵みも広く行き渡る池の水に所を得ている、かいつぶりの群れであるよ。

目の前の……目の前の炎のような車に乗り慣れて（死者を迎えにくるという火炎の車を忘れてしまい）、極楽浄土の蓮台を口にする人もいなくなったよ。

唐錦……唐錦を今日の帳にかけよ（紅葉させよ）とどうして山姫におっしゃらないのか。

夕づく日……夕日を招くこともできず淋しさにほんの少し姿をあらわした花薄であることよ。

19頁

うつゝとも…現実とも夢ともわからない、幻のすばらしい御殿をたどる心地ばかりがする。

洗心亭に陪して

24頁

君臣の……君臣の心の塵を洗うのだろうか。早くに解ける池の薄氷であるよ。

雪かあらず…雪なのか、どこが白壁なのか、わからない。豊年の貢物を収める御蔵なのだろう。

ちりひぢも…塵も泥もみな雪に氷に埋もれて、清らかなのは冬の汀なのだなあ。

けものにも…けものでもこのような情けを思うのではないだろうか。くれるならば投げ与えるのが君の恩恵なのか。

あかねさす…（「あかねさす」は「日」にかかる枕詞）。夕日の光に松の葉も紅葉するのかと驚いたことだ。

御発輦のあした

29頁

きのふけふ…（「衣（川）の関」は陸奥（みちのく）の歌枕）。昨日今日と夏の薄着になったことだ。衣の関も涼しいことだろうよ。

30頁

玉ぼこの……（「玉ぼこの」は「道」にかかる枕詞）。道の奥まで大君の威厳を示す時が来たことだ。

大君の………大君の尊い光で陸奥のしのぶ草に置いた露も今に乾くことだろう。

鈍色の雲

35頁
露もなき……露もない御垣の草がしおれているのは、袖の涙がかかったせいだろうか。

36頁
木の下の……木の下の茂みの露を方々の袖にかけて濡らし（涙に）添えたことだよ。
ゆふだすき…木綿襷をして榊の枝を手向けても君のお姿を心にかけない時はない。
榊葉も………榊葉もしっかり持てない袖にふりかかる涙の外は何を手向けたらよいのだろうか。

37頁
亡きみたま…亡き御霊は高天が原にいらっしゃるのだろうと空を眺めない時はないほどだよ。

楓のもとを離れて

42頁
夏川の………夏川の枯れぬ流れを頼りにするのだなあ。蘆を分けて進む舟のように障りがある世であるけれども。
障るべき……障るべき時さえなかったとしたら、夏川の汀の蘆のよ（節と節との間）のように世を重ねたとしても長く共にいたいものだ。

43頁
御車の………車を引く駒の歩みの時の間も立ち別れるのが辛い、楓の元であることよ。
とゞむべき…とどめるべき力もなく泣きながら車の駒の跡を追うくつわ虫であることよ。

よの為と……世の為と思い返すけれど車が進みやすいのは涙のせいであることよ。

遠からん……遠い将来の御繁栄をかけて、いすず川を流れる水に袖を濡らすまい（涙を流すまい）。

44頁
いすゞ川……いすず川は遠くに流れていながら急に涙で濡らすことになった袖であるなあ。

かしこしと…畏れ多いと思うも何ともさびしいのは君のお姿が見えぬせいであることよ。

今宵しも……今宵に秋の御山の姿が見えないのは、満ちた月が曇ったせいだろう。

満ち渡る……満ち渡る光を空に頼りにさせても、心細さが勝る月だなあ。（月は宮の比喩）。

45頁
木のもとの…木の元の小萩の枝を折り取ると、恨み顔にも露がこぼれている。

46頁
玉だれの……御簾を垂らして隔てたように、箱根山はいよいよ遠くになってしまったなあ。

花すゝき……（花薄を刈り）仮の宮の居場所の露の上に、濡れながら月は今宵宿っていることだろう。

かへる手の…楓の陰にも寄ったならば、晴間なく降る袖の時雨もかからずにすんだろうに（涙を流さずにすんだろうに）。

呉竹の………（「呉竹の」はふしにかかる枕詞）。寝床がさびしい秋の夜を汝（きりぎりす）より他に誰が訪ねてくれようか。

47頁
袖垣の………袖垣（建物の脇に添える幅の狭い垣）の荒れた隙間にかかった朝顔の塵も払わぬように自分の容貌に気を遣うことのない昨日今日だなあ。

いたつきに…病気で伏せている、みすぼらしい家の軒に雨が注ぎ、あんまりなまで（涙で）朽ちる袖だなあ。

宵に見し……宵に見た跡形さえもない。天の川の水があふれて雨となったのだろうか。

48頁

末の露………人の命の長短はあれ、必ず死ぬものだと思うけれども、この地にとどまるのはさぞかし辛いことだろうよ。

おほみ舟……お乗りになる舟が渡り終える時まで酒匂川の水かさを増さないでおくれ、雨は降ったとしても。

なつかしき…なつかしい楓の陰にいち早く立ち寄りたいものだ。風邪よ、邪魔しないでくれ。

御苑観楓伺候の記

52頁
御園生(みそのふ)に……御苑にお着きになるまで紅葉が梢に残っていてほしい、冬の日の光の中で。

紅葉の………紅葉は落ちて根に帰ってくるというその昔を偲ぶ袂に散る涙であるなあ。

もみぢばの…もみぢ葉の散ってただよう水の面にまた盛りに見える秋であることだなあ。

あかねさす…（「あかねさす」は「緋」にかかる枕詞)。緋の袴を見た目で続けて見ると、紅葉も色を失っているように見えるなあ。

九重の………宮中の秋の宮の御座所に唐錦が織り添えたと見える今日であることだなあ。

53頁
みや人の……宮人の袖に譲って紅葉は夜の錦となったことだなあ。
大君の………大君の大いなる御前に憚って、宮中の外に冬が立ったのだろう。
夕日かげ……夕日の光が射すにつけて宮中の紅葉が再び美しく映えてその色は明るく清らかだ。

54頁
菊の花………菊の花が宮中の垣根のもとで匂うばかりに咲いているなあ。千年の秋の契りは変わらずに果たして。
かぎりなく…限りなく気持ちが良いのは、お供をして、月の光を踏んでいく夜道なのだなあ。

寂しき宮居の上

60頁

今はとて……今はもうこれでということで閉じる御庫の響きを聞くにつけ、塞がるものは、わが心なのだなあ。

誰にとひ……誰に問い、誰に語ったらよいのだろうか。移り行く月日も知らない宮中にいて。

わくらはに…たまたま風の便りがあったが、返る波がない浦見をすることだ（お帰りがないことを恨めしく思っている）。

61頁

鳥の跡………鳥の跡（筆跡）を見る目に早くも先立って涙の磯にかかる波（あふれ出る涙）であることよ。

62頁

閨の戸の……寝室の戸のすきまを漏れてくる風は置き場所を変えても、なお消えそうな夜半のともし火であることよ。

埋火の………炭火が埋まった灰に書きなした筆跡も松より外を流れることはないのだなあ(待っても甲斐がないのだった)。

結び置きて…結び置いて出て行った人が帰って来たのだろうか、柳の糸が解けて見えるのは。

さま〳〵に…さまざまに思い乱れて刺す片糸を数多くより合わせたように流れる我が涙であることよ。

63頁

のどかなる…のどかな日も夕方になり霞がかかるときに折ってかざしにしていた桜の花も咲いたのだったよ。

日の光………日の光に照らされて薄紅に咲く花桜は誰のために微笑み咲いているのだろうか。

梅も散りぬ…梅も散った、桜も咲いた。天皇の月毛の駒よ。いつ引いたらよいのだろうか。

大庭の………大庭の花より花にさまよい歩いて元の所に巡り出たのだなあ。

桜には………桜には及ばない、風情のない言葉を書きつくして、つくしとともに送ることだなあ。

64頁

いつしかと…早く咲いてと待っていた御垣の八重桜が咲いて散るまでなってしまったのだなあ。

思ふこと……思うことを言はないのも辛いことだ。山吹はどうして口がないまま咲きにおい始めたのか。（くちなしの実は山吹色の染料であった）。

何事を……蜘蛛の糸は何事を思い残してはかなくこの世に留まっているのだろうか。

大内の……宮中は青葉に埋もれて、松の操のように変わらぬ松の緑もはっきりわからない頃であるなあ。

帰るてふ……帰るという評判ばかりが流れて、春の風情も留まらずになった、夏が近づく花の白波よ。

65頁

呉竹の………（「呉竹」は「世」にかかる枕詞）。この世を思いのままにしているのだろうか。松にも藤は掛からないのだなあ。

先だつは……先立ち遅れるのは世のならわしと知りながら、なお今さらにあふれる涙であることよ。

66頁

ことならば…こうなるならば君がいらっしゃるあたりに帰るのに及ばないと山ほととぎすよ、告げておくれ。

寂しき宮居の下

70頁

むらぎもの…（「むらぎもの」は「心」にかかる枕詞）。心は千々に砕け散ってしまった、身がなくなってしまっても、何とかこの世を過ごしたいものだ。

雲の上に……宮中ですっかりもの思いに嘆くあまりに、粗末な家までに思いが及ぶわが心であることよ。

71頁

とり重ね……とり重ねて物を思えということか、日の光が疎い宮中に嵐が吹くことだろう。

ほどもなき…たいして広くない私の袂に余るご主人様の恵みの露が涙に代わるだろうよ。

伊かほの記

76頁
あまたゝび…なんども晴れたり曇ったりして落ち着かないまま心をまどわす今朝の群雲であることよ。

頼み来し……ずっと頼りにしてきた風の力は衰えて雨脚が早くなった旅の道であることだなあ。

早苗とる……早苗を取る田子の袂を濡らす雨がこの小さな車にもかかり袖を濡らしている。

雨暗き………雨のため暗い田中の森で、その下露のためにさらに濡れてしまった旅の衣であることよ。

77頁
そぼぬれて…そぼ濡れて下り立つ鷺の蓑毛をまだ隠さないでいる、小さな田の若苗であることよ。

ふるさとの…故郷の山さえ見えれば慰められるのに、何とも落ち着かない武蔵野の原であることだ。

78頁
ゆくものは…去り行く者はこうでありたいものだ。関守が跡もとどめぬ戸田の川水であるよ。

若薦の………若薦(わかこも)の末が現われる岸もない。戸田の渡りの五月雨の頃だ。

降りくらす…降り込められて雨の氷川の神の社を幣も準備することができず過ぎる今日なのだ。

縄手道………畦道を行きかねている車が自分のせいでと声をあげて泣いているような旅の空であるなあ。

雲のうちに…雲のうちに見える緑は長雨が晴れた、榛名の山の高嶺であるのだろう。

雨雲の………雨雲の晴れるのを見ると、朝風が吹き上げる、吹上の里の畦道なのだなあ。

79頁
みなもとは…水源は同じ流れであるのに、小さな川はどうして絶え絶えに行き分れるのだろうか。

青柳の………青柳の芽に今朝はかかっているよ。普段は水草に隠れている水の流れであるが。

80頁

ふじがねの…富士の山の裾野の山に連なって秩父の嶺が高く見えることだ。

草枕………（「草枕」は「旅」にかかる枕詞）。旅路の憂さを慰める小石は宝石のような価値があるのだなあ。

板橋の………板橋の隙間が危ういように、危うく烏川で泊まり遅れそうで急ぐ旅人であるよ。

81頁

白雲の………白雲が迷う山路はどんな様子だろうか。軒端伝いに行く道も霧が深くて。

空の色も……空の色も梢も区別がつかない雨の中で、緑を残している小さな田の若苗であることよ。

82頁

山水の………山水（自然）の心も汲んで行くべきなのだが、ああ、あいにくの今日の雨であるなあ。

むらぎもの…（「むらぎもの」は「心」に掛かる枕詞）。心の駒に鞭を入れて雨の激しい脚には遅れますまい。

83頁

横雲の………横雲の上にひと固まりに立つ雲は山のいで湯の煙なのだなあ。

木隠れに……木隠れに雪も残って、蝉の羽のような薄い着物の袂が寒く感じられる、夏の山里だよ。

84頁

山賤が………身分が低い者が解き洗いをした衣を今日もまた充分干さないうちに雨が降ってきた。

大かたは……大概に雨になっていくこのごろの天気を見て、夕べを待って鳴くほととぎすであることよ。

茂りあふ……茂り合う青葉の下の仮小屋は、雲の行き来に村雨が降っている。

85頁

雲のゐる……雲のいる山の奥にも白波（盗賊）が立ち寄る隙がある世なのだなあ。

かゞりたき…篝火を焚いて畑を打つのを見ていると、さみだれに田に降り立つ農夫の袖は物の数ではない（たいしたものではない）。

つゞら折……九十九折を行き苦しんだ駒の足跡なのだろうか。咲く卯の花が、雪がまだらに消えた中に見える。

86頁

雨晴るゝ……雨が晴れた遠い山里の夕煙は、今日は雲にも紛れず見えるなあ。

浮雲の……浮雲が戻る山路に星が見えて数えるばかりに立つ煙であるなあ。

玉だれの……御簾の隔てのように夕霧の晴れないことを恨めしく思う今日であるなあ。

さみだるゝ……さみだれが降る旅寝の窓の所在なさを今日ばかりは思い知ったことだ。

旅枕……旅の枕で同じ宿りをしていたのに、五月雨がかかった（所在なく過ごしている）とも知らないで過ごしていたのだなあ。

上野の……上野（こうずけ）の国の伊香保の山路を越えてくると、夏草に混じり、うつぎが咲いているよ。

朝づく……朝の日の光はさすがに寒くはない。山路を卯の花が雪のように咲いている。

87頁

みるめかる……物聞山という名で見ることができないせいなのか、白雲が物聞山を立ち隠しているのだろう。

玉ぼこの……（「玉ぼこの」は「道」にかかる枕詞）。道は一つなのに、二つ嶽をどうやってたどり、分け登ることができようか。

賤が刈る……（身分が低い者が刈る汀の）真菰の隙間に見えて、一本咲いている、池の蓮であることよ。

88頁

枝垂れて……枝が垂れて岩を覆っている山の松の梢を超える滝の白波であることよ。

なく蝉の……鳴く蝉の声もしぐれて（泣いているように聞こえて）、楢の木陰に露が置いている谷の下道であることよ。

奥山の……奥山の滝の早い瀬も世俗の塵に交じるばかりに開けたことだなあ。

此やどを……この宿を千代までとも言うまい。岩からあふれ出てくる湯が（末長く）枯れる時を知らないので。

89頁

いかほ山……伊香保山の朽ちない岩に残っていたのだなあ。甲斐なく枯れてしまった一むらの竹が。

伊香保山……伊香保山嶺のいで湯に比べれば、箱根もいまだ麓であったのだなあ。

言の葉も……言葉も及ばない嶺の滝の瀬はその音（評判）だけ聞いておくべきだったなあ。

90頁

若ごもの……（暑さのために）新芽を出した真菰が折れ臥しているのを見ると、川柳の下で涼まない人はいないだろう。

伊香保山……伊香保山のいで湯の花が一層栄えて開き続ける宿をすばらしいと思っている。

人のみか……人だけではなく国の病も救うという医術の道は尊いことであった。

出づる湯の…いで湯のその源を求めてきたところ、暑さをそえる蝉の一斉に鳴く声であることよ。

91頁

草枕…………旅の枕の仮の宿に朝露が置くように、起きて出発する袖に涙がこぼれている。

92頁

芝中の………芝の中の松の木陰に憩いて、千代にわたって残るのは君の恩恵であることを感じるのだ。

久かたの……（「久方の」は「月」にかかる枕詞）。月（皇太后）のお姿の跡をとどめた所で憩えば涼しく感じられる松の下風であることよ。

呉竹の………（「呉竹の」は「世」にかかる枕詞）。一夜だけの旅ならば、都の土産に手折って持っていくのに。

打ち向ふ……向かっている嶺の白雲が小さな車の後ろに巡っていく九十九折であるなあ。

うたゝ寝の…うたたねの夢の枕に侍る遊女の簪が美しい玉村の里であることよ。

93頁

露分けて……雲分けて昨日私が来た伊香保路の山が見えなくなってしまったなあ。

かげもなき…日陰もない田中の道を行く袖にうれしく映る露草の花であることよ。

94頁
うまや路の…駅路の塵に汚れた袂を洗うのもうれしい夕立の雨であることよ。

95頁
事そぎし……簡素な仮の神の社に大昔の姿をしのぶ森のしめ縄であることよ。

四十四日の記

「上の巻」

100頁
旅衣………旅に出て立ち別れるのは辛いけれど言葉の花が届けられるのがたいそう待たれるのだ。

草深き………草深い夏の野原も君が行く道一筋は埋もれることはないだろう。

君が行く……あなたが行く地方地方の少女たちは学びの窓を開けて待っているだろう。

教草………教えを広めるために旅に立つ袖はどんなに涼しいことだろう。

103頁
万代の………限りない長寿を保つ亀の名を持つ亀島の島影も短夜の夢の中ですぐに通り過ぎてしまったと聞いたのだ。

108頁
船はてし……舟が無くなってしまった昔の岸に今もなお寄せるのは麦の穂波ばかりだなあ。

115頁
立ち帰り……立ち帰りまた来て結ぶことにしよう。稲葉山の岩に伝ってくる滝の白糸を。

116頁

もちの花……もちの花が散って流れる谷川に袂を浸して立つのは誰の子だろうか。

ながら川……長良川の鵜船の篝火をささぬ間の暗さを照らして飛ぶ蛍だなあ。

117頁

夕づゝの……宵の明星の光が清らかで美しい川岸の水草の中に河鹿が鳴いているよ。

山のはに……山の端に月も美しく照り映えている。長良川の鵜船の篝火を早くさしてほしいものだ。

118頁

かゞり火の……篝火の消えて後に上ってきた月は鵜飼もまだ見ていないことだろう。

今しばし……今しばらく木の間を離れる月の姿を待ってから、いなばの山の月に別れを告げることにしよう。

立ちかへり……立ち帰り戻って来ると聞いているけれど、いなば山を「いなば」すなわち立ち去るあなたを待つ間をどんなに長く感じるだろうか。

峰に生る……峰に生えている松のように、あなたが待っていると聞いていない時でも、この山かげは立ち去りがたいものなのに（ますます立ち去りがたくなった）。

120頁

瑞枝さす……みずみずしい若枝の岸の楓が緑に茂り、いよいよ白く見える滝の白糸であることよ。

落滝つ……滝から落ちる早い瀬の水は岩に触れ砕けてのちは宝石のように見えるのだ。

122頁

老の波……老いの波が寄るとも見えぬ滝の瀬に千歳（長寿）の姿がまず浮かんでいる。

125頁

音高く……名声をずっと聞いていたなあ。実際は徒歩で渡る人の脛も濡らさない加茂の川水だ。

132頁
立ち帰り……立ち帰り言葉を捧げることにしよう。橘の花は昔の香と同じように匂っていたと。
大宮の……御所の花橘の陰に来てひとり痛切に鳴くほととぎすだなあ。

136頁
久方の……（「久方の」は「桂」にかかる枕詞）。桂の宮の御門守よ。月夜は鍵をかけないで寝てほしいものだ。
嵐山……嵐山が映る姿まで見て行くべきだが、惜しくも水が濁っているのだなあ。

137頁
大井川……（「大井川」は歌枕）。大井川の千鳥が淵に来てみると、夏なのに身に染むような嵐が吹き荒れているのだった。
大井川……大井川の流れをさかのぼる船の中に初音が落ちてくるように聞こえるほととぎすの声だなあ。

141頁
声さびて……声がさびれて鳴く鶯も悲しいものだ。青葉もすっかり老いた森の木隠れで。

142頁
明けぬ間に…夜が明けぬ間に起きだして鳴くのか、ほととぎすよ。旅の日数がおまえも少ないのだね。
玉だれの……（「玉だれの」は「小簾（をす）」にかかる枕詞）。簾越しに見える外山の滝の瀬の音も枕に落ちてくるように感じられる宿であるなあ。

144頁
聞くやがて…聞くとすぐに飛び立ちたいくらいにうれしいのは、宮中（雲のいる場所）に慣れたあなた（鶴）の声だ。
言のはの……言葉の道の仲間（友同士の鶴）として、立ち帰って同じ場所（沢辺）でいつか遊ぶことにしよう。

147頁
おくつきの…お墓に参ることもせずに出てしまったので、傘（三笠の山）のことは、知らないのだ。

浮雲に………浮雲にしばし隠れた月の輪の御陵で在世の姿を誰が偲ばぬことがあろうか。

「下の巻」

154頁 朝日山………朝日山はまだ夜を残している頃、さみだれを降らす雲に籠って鳴いているほととぎすであるよ。

158頁 小車の………小さな車のほろの破れ目の不快さに袂を貸してくれないか、宇治の橋姫よ。

167頁 小車を………小さな車を停めてでも見たいものだ。目指してやってきた三笠の山に雨が降るとしても。

かさをだに…笠でさえ役に立たなかった今日の嵐だなあ。雨には頼りにする陰(三笠山)もあったのに。

168頁 石清水………石清水の清い流れが絶えないならば昔に戻しておくれ。君が御代を。

170頁 こゝかしこ…ここかしこに畳んだところが見えるなあ。あまりに長い布引の滝であることよ。

176頁 またや見ん…また来て見ることにしよう。高砂の浦や明石潟は月のない頃は行く甲斐がないというものだ。

181頁 道のため……道のために倒れるとならば姫小松も(本望だ)、もとより千年の寿命を願わないことだろう。

185頁 生ひ茂れ……生い茂れ。教えの庭の姫小松よ。その固い志を(周囲が)頼りにする木陰となるまで。

192頁
藤衣………藤衣（粗末な衣）をしばらく仕立てなかったら、唐綾も大和錦に合わせればよかったのに。

須磨の松……須磨の松や嵐の山の景観よりもこの御殿こそが嬉しく感じられることよ。

戦ひの………戦いがあった昔を見るばかりに、蛍が飛び交っている宇治の川橋であることよ。

打ちむれて…うち群れて橋を渡ると見えたのは籠に閉じ込められていた蛍だったのだよ。

193頁
塵の世を……俗塵の世を逃れて住むというが、仙人の住居も市井の中にあるのだよ。
いく薬………仙薬をいくつ今日も練っているのだろうか。松の上に薄緑である煙が立っているのが見える。
ぬしは今……主人は今や奥の岩屋に帰ったのだろう。翼を休めて鶴が地上に降りている。

198頁
夜もすがら…一晩中、焚き添えられていたのだろう。東雲の空にも煙っている里の蚊遣火であることよ。

花染の………花染の色も早くも夏衣に変わり、その薄さは人の心なのだなあ。

昔だに………昔でさえ袖が狭かった粗末な衣とともに自分の身も古びて年をとってしまったのだなあ。

綾錦…………綾錦を着た人の立ち居につけて思うのだ。良い衣を着た身の賢さを。

200頁
さゞ浪の……さざ波の影が窓に移って見える。月は今頃高峯を離れたのだろうか。

203頁
夏草に………夏草に隠れて澄み切った加茂川の水を訪ねて宿る月であることよ。

204頁
嬉しきは……嬉しいのは命なのだなあ。長らえてしばしば（たびたび）君に会うことができる。

206頁
思ひきや……思っていただろうか。過ごし難い世に長らえて、苔の生えた道の露を払うことになろうとは。
もしほぐさ……藻塩草は波を越えてと聞いていたが（文筆が優れていることは聞いていたが）、舞ひこが浜（舞の技）はいつ親しんだ（稽古した）のだろうか。

208頁
思ひきや……当時、思ったことだろうか。うつつ（現実）の里で二十年も昔の夢を語ることになろうとは。
君が代は……君が代は清浄な岩邑の奥までも車が通れる道を開いているのだ。
木隠れて……木隠れて下にむせんでいた滝川も世が流れてその姿をあらわしたのだなあ。

209頁
朽ちもせで…朽ちもしないで残るのもしみじみといとおしい。お互いを思っている同士で蛍狩りをした、後ろの棚橋だよ。

210頁
斧の柄の……斧の柄が朽ちしてしまうと聞いた昔のことも思い合わせて涙で朽ちる袖であることよ。
（「斧の柄が朽ちる」とは、『述異記』にみえる爛柯（らんか）の故事。何かに心を奪われているうちに思わず長い時間を過ごしてしまうことのたとえ）。
少女にて……少女で見た人は老女になってしまっているなあ。私の寿命もどんなに残り少なくなってしまっただろうか。

日光観楓の記

218頁
むら鳥……群れをなした鳥がねぐらから飛んでいく声がして、まだ夜が明けやらない霧に閉ざされた旅の中途の道であることよ。

紅に………紅に雲は美しく映えて朝日がまだ昇らぬ軒に煙が立つのが見える。

うしろめた…きがかりな時雨がふってくることになりそうだ。紅葉の色に映える朝雲であることよ。

八束穂の……長く、実って重く垂れ下がっている稲の穂に秋の到来が見えるようで、遠くの山のふもとに朝霧がたなびいている。

219頁
内日さす……（「内日さす」は都にかかる枕詞）。都の人の訪れを二荒の山の紅葉も待ち続けていることだろう。

ひえ鳥の……ヒヨドリの声がさわがしい、柿の実がすっかり赤らんでいる山のふもとの里であることよ。

賤がやに……粗末な家にふさわしくない、緒で輪にした美しい宝石は（実のところ）柿が熟して落ちたものだったのだ。

ひな曇り……薄曇りで、微かな日差しに風も絶えて、雲のように見える稲穂も朝霧で湿っている。

朝霧の………朝霧の中に煙をとどめながら、利根川の堤を行く車であることよ。

大方の………大部分の野は枯れ果てて、山畑の柿ばかりが残る秋であることよ。

220頁
いもやさは…芋はさぞかし恥ずかしいと思っていることだろうよ。かぶっていた衣を剥ぎ取られながら。
明け急ぐ……夜明けにけたたましく鳴く鶏の子よりも、衣をかぶっていた、あの子をもっと恋しく思っていることだよ。
わきて置く…露霜が特別に置いたわけでもないだろうが、なぜか、ぬるでの木が一つだけ色濃く紅葉しているよ。

224頁
いゝけしき…すばらしい景色に歌の一句も出ればよいのだが、出ずにあきれて開いた口に弁当を食べる霧降であることよ。
まづこそは…まず思いつくのは、言い古された紅葉の錦、滝の白糸だね。
唐錦………（紅葉が唐錦のように見えるが）その唐錦の織目が乱れて見えるなあ。縫い留めておくれ。滝から落ちる、その白糸で。

滝川の……滝川の末から見上げると秋の紅葉でできた錦は空の所有物であったのだなあ。

ことならば…いっそのこと、覆っている苔の衣を枕に借りたいものだ。岸の大岩よ。

岩がねに……大岩に落ち葉を重ねて添え（て隠し）たいものだ。苔の衣の破れ目が見えるから。

225頁
ともすれば…ともすれば俗世の穢れが混じるのは、この山水の濁りということでしょう。
摘みいでん…摘み出すような言葉も見つからない紅葉だなあ。どのような露が染め尽くしたのだろうか。
霧降の……霧降の滝のしぶきが染めたのだろうか。このあたりの紅葉の色は格別に美しい。

226頁
後れじの……遅れまいと心の中の駒ははやるけれど、私はすっかり老いてしまったようだ、身は疲れてしまっている。

むら紅葉……濃い薄い、まだらな紅葉が照らしている岩垣に、折からに霧が晴れて、滝の白波が夕日を洗っているように見える。

滝の音の……滝の音が響く谷には陽炎が立って、夕日が明るく清らかな岸の紅葉であることよ。

立ち帰り……立ち帰りまた来て見ることにしよう。二荒の山の紅葉よ。私を忘れないでおくれ。

紅葉がり……紅葉がりで山路で一日を過ごしてしまい、帰り道の田は月の光に照らされている。

置く露や……置く露が深くなっているころだろう。寄せては返す稲穂の波に月が宿っていることだ。

227頁
とくはしる…速く走る車窓の月を見ると、山の端が逃げていくような心地がすることだ。

228頁
かくばかり…これほど移ろうことがありましょうか。もしも言葉の葉に置いた露の恵がかかったならば（もしもおいでになっていたら、あなたの言葉（和歌）の恵でこれほど葉が移ろう（枯れる）ことはなかったでしょう）。

諸共に………御一緒に行って紅葉を手折っていたら、美しい言葉の土産を得ることはできなかったでしょうよ（ご一緒しなくて良かったのです）。

山水に………山水に俗世の穢れが混じらなければ、誰が霧降の名を知ることになりましょうか（誰も知らないでしょう）。

索引　凡例

一、索引はすべて五十音順で配列し、作成した。
一、原則として、本文列を対象とし、校注に含まれる文字列は対象としない。
一、「和歌初句索引」「人名索引」「地名索引」「固有名詞索引」については、本文の初出に従い項目を作り、別称は（　）に入れて示した。
一、「和歌初句索引」については、初句を同じくする歌がある場合には、第二句を示すことで区別した。
一、なお、「固有名詞索引」については、項目だけでは区別が判然としないものは、読者の便を考慮し〈　〉に入れて区別した。

和歌初句索引

あ行

か行

さ行

た行

な行

は行

ま行

や行

わ行

人名索引

あ行

か行

さ行

た行

な行

は行

ま行

地名索引

あ行

か行

な行

は行

固有名詞索引

あ行

著者紹介

下田歌子［しもだ　うたこ］

1854（安政元）年、美濃国恵那郡岩村（現・岐阜県恵那市岩村町）に生まれる。16歳で上京し、翌年から宮中に出仕。皇后より「歌子」の名を賜る。1879（明治12）年、宮中を辞した後は、華族女学校開設時に中心的役割を果たすなど、女子教育者として活躍。1893（明治26）年から2年間欧米各国の女子教育を視察、帰国後の1899（明治32）年、広く一般女子にも教育を授けることをめざして、現在の実践女子学園の前身にあたる実践女学校および女子工芸学校を設立。女子教育の振興・推進に生涯尽力し続けた。1936（昭和11）年没。

校注者紹介

久保貴子［くぼ　たかこ］

実践女子大学下田歌子記念女性総合研究所専任研究員・専任講師。

実践女子大学大学院文学研究科博士課程単位取得満期退学。

主な著書に『良妻と賢母』（校注・解説「新編下田歌子著作集」三元社、2020・3）、『結婚要訣』（校注・解説「新編下田歌子著作集」三元社、2019・3）他がある。

カバー絵

織田涼子［おだ　りょうこ］

実践女子大学文学部美学美術史学科准教授

新編 下田歌子著作集
よもぎむぐら 上

二〇二三年一〇月一日　初版第一刷発行

著　者　下田歌子
監　修　実践女子大学下田歌子記念女性総合研究所
校　注　久保貴子
発行者　風間敬子
発行所　株式会社　風間書房
101-0051 東京都千代田区神田神保町一―三四
電　話　〇三―三二九一―五七二九
FAX　〇三―三二九一―五七五七
装幀　松田静心
印刷　富士リプロ・製本　井上製本所

NDC 分類：914
ISBN978-4-7599-2480-0　Printed in Japan